Rainer Düsing

Spielzeug

Rainer Düsing

Spielzeug

Roman

The times they are a-changin
Die Zeiten ändern sich
Bob Dylan

Bibliografische Information der Deutschen
Nationalbibliothek:
Die Deutschen Nationalbibliothek verzeichnet
diese Publikation In der Deutschen
Nationalbibliografie; detaillierte bibliografische
Daten sind im Internet über http://dnb.dnb.de
abrufbar.

© 2021 Rainer Düsing
Herstellung und Verlag:
BOD – Books on Demand, Norderstedt

ISBN: 978-3-7534-0570-4

Prolog

Region Peschawar, Nord Pakistan, 16. April 1986

Es war kein schöner Tag in dieser so weit entfernten, abgelegenen Region. Während die Menschen in Europa überwiegend einen sonnigen Frühlingstag erwarten durften, zeigte sich das Wetter etwa siebentausend Kilometer südöstlich von Deutschland von seiner herben Seite. Heftige Schauer des für die Jahreszeit typischen Monsunregens begleiteten den kleinen Fahrzeugkonvoi, der sich vom Flughafen Peschawar kommend auf der pakistanischen Nationalstraße 5 langsam in Richtung auf die afghanische Grenze bewegte. Die vier älteren, zum Teil bunt bemalten Lkw aus japanischer Produktion lagen tief auf den Hinterachsen. Begleitet wurden sie von zwei kleineren Pick-Up Trucks, einer am Anfang und ein weiterer am Ende des kleinen Konvois. Die tiefe Bewölkung bedingte eine sternlose, pechschwarze Nacht, aus der die unruhigen Scheinwerfer der Autos scharfe Kegel herausschnitten. Auf der holprigen und kurvenreichen Straße bewegte sich die Kolonne nur langsam. Die widrigen Umstände, die selbst bei höchster Stufe der Scheibenwischer durch den starken Regen eingeschränkte Sicht der Fahrer und die schwere Beladung der Lkw erlaubten keine höhere Geschwindigkeit.

Die pakistanische Nationalstraße 5 wendet sich von Peschawar kommend Richtung Westen zum Khyber Pass und führt dann zur Grenze nach Afghanistan. Ab hier führt sie als Nationalstraße 1 über Jalalabad, der größeren Stadt auf der afghanischen Seite der Grenze, bis zur afghanischen Hauptstadt Kabul. Als eine der wenigen Verbindungen zwischen Zentralasien und dem indischen Subkontinent diente der Khyber Pass bereits in der Antike Alexander dem Großen bei seiner militärischen Expansion Richtung Indien und später als südlicher Arm der sogenannten Seidenstraße dem Handel zwischen Asien und Europa. Die Passstraße durchkreuzt dabei das Stammesgebiet der Paschtunen, das sich beidseits der Grenze zwischen Pakistan und Afghanistan ausbreitet.

Der direkte Weg zur afghanischen Grenze war offensichtlich jedoch nicht das Ziel der Fahrzeugkolonne. Nach etwa einer Stunde langsamer Fahrt auf der von Peschawar an stetig ansteigenden Straße näherte sich der Konvoi, immer noch in strömendem Regen, dem auf über tausend Meter gelegenen höchsten Ort des Passes, Landi Kotal. Einige hundert Meter vor den ersten Häusern des Ortes verlangsamte das führende Fahrzeug seine Fahrt auf Schritttempo und bog dann nach rechts in eine Umgehungsstraße ein. Nach nur kurzer Wegstrecke gab der vorn fahrende Pick-up Truck den nachfolgenden Fahrzeugen erneut einen Richtungswechsel von Landi Kotal wegführend in nordwestliche Richtung vor.

Die über die ersten Kilometer leidlich ausgebaute Straße war mittlerweile in einen unbefestigten Weg mit zum Teil tiefen Löchern übergegangen, dessen seitliche Begrenzungen man bestenfalls noch ahnen konnte. Riesige Pfützen spritzten meterweit auf, wenn die schwer beladenen Wagen sie durchkreuzten. Gelegentlich machte das grelle Licht der Scheinwerfer Ausschnitte der kargen Bergkulisse sichtbar. Dann, vor einer langen, breiten Ausbuchtung des Weges, verlangsamte das Führungsfahrzeug sein Tempo und hielt mit eingeschalteter Warnblinkanlage und laufendem Motor an. Hinter ihm kamen die vier Lkw und das Schlussfahrzeug ebenfalls am linken Straßenrand zum Stehen.

An dem vorausgefahrenen Pick-up öffnete sich die Beifahrertür und ein großer Mann in dunklem Mantel und einem tief ins unrasierte Gesicht gezogenen breitkrempigen Hut stieg aus. In wenigen Momenten war er vom prasselnden Regen völlig durchnässt. Wasser lief ihm von der Hutkrempe auf die Schultern und Ärmel seines Mantels. Gegen die Lärmkulisse der laufenden Dieselmotoren mit ihren defekten Auspuffanlagen und des peitschenden Regens rief er den aus den anderen Fahrzeugen aussteigenden Männern, die ausnahmslos in lokaler Art mit einem um den Kopf gebundenen Tuch, einem langen hellen Umhang und einer westenartigen dunklen Jacke gekleidet waren, in Paschtu einige wenige befehlsartige Sätze zu. Dabei gestikulierte er weit ausholend mit beiden Armen. Zustimmend nickend stiegen die Männer zurück in ihre Fahrzeuge. Offensichtlich waren die meisten von ihnen froh, sich wieder ins Trockene des Wageninnern zurückziehen zu können. Dem Führungsfahrzeug folgend vollzogen alle Lkw eine scharfe, durch die Breite des Weges ermöglichte Kehrtwendung. Der Fahrzeugkonvoi kam nun auf der gegenüberliegenden Seite der unbefestigten Straße zum Stehen, sodass die gesamte Kolonne jetzt rückfahrbereit in Richtung Landi Kotal geparkt war. Erst jetzt wurden die Motoren und Außenlichter aller Fahrzeuge und das bis dahin immer noch blinkende Warnlicht des Führungsfahrzeugs ausgeschaltet. Der westlich gekleidete Mann aus dem den Konvoi anführenden Wagen war bereits wieder ausgestiegen. Auf seinen Zuruf hin wurde nun auch die Wagentür auf der Fahrerseite geöffnet. Suchend griff er in die tiefen Ablagen der Innenverkleidung. Schließlich, nach einigen wenigen ungeduldigen Gesten, zog er eine großkalibrige Signalpistole hervor. Mit dieser in der Hand schritt er laut gestikulierend einige Schritte vom Fahrzeugkonvoi weg. Dem Knall der in den Himmel gerichteten Pistole folgte ein weißes Signallicht, das in etwa zweihundert Meter Höhe seine maximale Leuchtkraft erreichte und dann langsam verdämmerte.

Ohne weitere Diskussionen zogen sich einige der mittlerweile wieder ausgestiegenen Männer in ihre Fahrzeuge zurück. Offensichtlich wusste jeder, was nun passieren würde. Der völlig durchnässte Beifahrer des Führungswagens hatte sich ebenfalls wieder zu seinem Pick-up begeben. Neben dem Fahrzeug stehend wanderten seine Blicke suchend in Richtung der afghanischen Berge. Er war sich unsicher, ob sein Signal in den dichten Wolken den richtigen Adressaten gefunden hatte.

Die nur durch den prasselnden Regen gestörte Stille der tiefschwarzen Nacht wurde durch einen weiteren Schuss, gefolgt von dem gleißenden Licht der in den Himmel abgefeuerten Signalmunition, erneut unterbrochen. In einigen Fahrzeugen wurden die Seitenfenster heruntergekurbelt und neugierige Blicke richteten sich auf den Mann mit dem breitkrempigen Hut, der nach seiner erneuten Aktion nun wieder Schutz vor dem Regen in seinem Wagen suchte.

Etwa fünfzehn Minuten später, der Regen hatte sich ein wenig abgeschwächt, konnte man in den Bergen Richtung Westen vereinzelt fahl schimmernde Lichter erkennen, die sich der wartenden Gruppe in den sechs Fahrzeugen langsam näherten. Es dauerte weitere zehn Minuten, bis man die Umrisse der Gruppe zuerst erahnen und dann immer besser erkennen konnte. Etwa hundert Menschen und eine größere Zahl Esel bewegten sich langsam über einen engen Pfad den Berg hinunter auf den Fahrzeugkonvoi zu. Die Tiere trugen Seile und andere Vorrichtungen, mit deren Hilfe man Lasten an ihnen befestigen konnte. Die ankommenden Männer waren ebenfalls in paschtunischer Art gekleidet, aber im Unterschied zu den Fahrern und Begleitpersonen des Lastwagenkonvois mit Pistolen, Schnellfeuergewehren und Munitionsgürteln bewaffnet. Kurze Zeit später standen alle neu eingetroffenen Männer mit den Besatzungen der Lkw und der beiden Pick-ups zusammen. Man umarmte sich und redete aufeinander ein. Es wirkte, als ob die Männer sich kannten oder in anderer Weise eng miteinander vertraut waren.

Der Anführer des kleinen Konvois hatte sich der Begrüßungszeremonie entzogen und es sich auf dem Beifahrersitz des Führungsfahrzeugs bequem gemacht. Soweit es dem großen Mann möglich war, streckte er sich auf dem engen Sitz und nahm einen tiefen Zug aus seiner Zigarette. Um sich herum nahm er die sich wiederholenden und nicht enden wollenden Begrüßungsrituale wahr. Ganz offensichtlich herrschte da draußen eine freundliche, ja ausgelassene Stimmung. Gelegentlich wurden Schüsse in den dunklen Nachthimmel gefeuert, Zeichen der Freude und Zufriedenheit.

1. Kapitel

Köln, Dienstag, 3. Mai 2011

Jo Schneider schreckte auf, als er für einen kurzen Moment den grellen Ton der Alarmanlage vernahm, der sofort wieder verstummte. Von einer Sekunde zur anderen beschlich ihn ein ungutes Gefühl. Jetzt war es wieder still. Eigenartig, ja ein wenig unheimlich. Hatte er sich geirrt? War es wirklich der Firmenalarm gewesen oder hatten Polizei oder Feuerwehr oder vielleicht Kinder in der Nachbarschaft …? Gerade wollte er sich beruhigen und von einem technischen Fehler der Alarmanlage ausgehen, als plötzlich das Licht erlosch. Die Dunkelheit nicht nur auf seiner Etage, sondern auch in den Treppenhäusern konnte nur bedeuten, dass die Stromversorgung im gesamten Gebäude unterbrochen war. Auch solche Situationen hatte Jo schon erlebt, aber dann war doch immer sofort das Notstromaggregat angesprungen. Das war diesmal anders, es blieb dunkel und Jo wurde das unheimliche Gefühl nicht los, dass etwas Ungewöhnliches passierte. Kurzer Alarm, Stromausfall, auch das konnte ja irgendwie zu erklären sein. Jo versuchte mit aller Kraft, sich gegen die aufkommende Panik zu stemmen. Aber was war das? Jo hielt den Atem an. Im Erdgeschoss, eine Etage unter ihm, waren eindeutig Schritte und leise gesprochene Worte zu hören, die durch das dunkle Treppenhaus vage herauf hallten.

Jo hatte die Luft so lange angehalten, dass er dem Erstickungsgefühl nun mit einigen wenigen tiefen Atemzügen nachgeben musste. Seine Hände zitterten, für einen Moment war er völlig planlos, sein Verstand wie ausgeschaltet.

Johannes, wie sein eigentlicher Name lautete, war ein wenig speziell. Das Chromosom 21 in seinem Erbgut war statt zwei gleich dreimal vorhanden. Was das bedeutete, wusste er mit seinen dreißig Jahren genau. Die bei ihm vorliegende Abweichung des Erbguts vom Durchschnittsmenschen mit üblicher Chromosomenzahl bescherte Betroffenen mehr oder weniger stark ausgeprägte Besonderheiten bezüglich Gesundheit, Aussehen, Persönlichkeit und Intelligenz. Wer mit den Dingen vertraut war, konnte Jo seine drei Chromosomen anmerken, aber man musste sich schon gut auskennen. Auf den ersten Blick imponierten seine Körpergröße von etwa 1,70 Meter, eine kräftige Figur, kurz geschnittenes dunkelblondes Haar, ein freundliches, rundliches, etwas flaches Gesicht und seine immer mehr oder weniger erstaunt wirkenden, großen, etwas auseinanderliegenden Augen mit den leicht schräg gestellten Augenlidfalten. Ein wenig speziell sein Gang, die ausladenden Schritte mit nur angedeuteten Bewegungen der Arme. In Unterhaltungen und Diskussionen kamen seine Einlassungen oft mit einer kleinen Verzögerung, einer kurzen Pause. Die Sätze waren meist kurz mit einer bunten, manchmal skurrilen Wortwahl.

Von seiner inneren Einstellung her war Jo eher nachdenklich, besonnen, seine gesamte Lebenserfahrung hatte ihn in diese Richtung geprägt. Am liebsten hätte er Medizin studiert. Es konnte doch nicht so schwer sein, ein einzelnes Chromosom aus dem Zellkern herauszubekommen. Oder vielleicht wenigstens ruhigzustellen, zu blockieren, funktionsunfähig zu machen. Aber daraus war nichts geworden. Nach Sonderschulabschluss und Schreinerlehre in einer öffentlich geförderten Lehrwerkstatt war er seinerzeit durch das Arbeitsamt auf diese Stelle in der Weiss GmbH vermittelt worden. Seine genaue Funktion war nicht wirklich definiert und bewegte sich irgendwo zwischen Laufjunge, Bürohilfe, Hausmeister und Nachtwächter. In der Firma kannte Jo jeden. Die meisten duzten ihn und wurden von Jo zurück geduzt. Eine seiner vielen Aufgaben war, abends nach dem Reinigungspersonal nochmals durch die Entwicklungslabore und Büros der Firma zu gehen und nach dem Rechten zu sehen. Nach ihm würde dann der reguläre Wachdienst übernehmen. Heute war er mit seinem Rundgang nahezu fertig gewesen und bereits wieder in der ersten Etage des dreistöckigen Gebäudes angekommen, als ihn der kurze Alarm kurz nach neun Uhr aus seinen Gedanken gerissen hatte.

Das Gebäude kannte er bestens. Im Dämmerlicht des frühen Maiabends ging er wie ferngesteuert im Gang einige Meter zurück an die Stelle, wo ein zentraler Alarmknopf angebracht war. Er hatte sich immer gefragt, wozu dieser überhaupt gut sei. Mit einem lauten Klirren ging die dünne Schutzscheibe unter dem leichten Schlag mit dem Schlüsselbund in Scherben. Jo drückte den dicken Knopf so fest er konnte. Aus einem unguten Gefühl, aus Unsicherheit und Angst wurde Panik. Keine blinkenden Lichter, keine Sirenen. Der Alarm funktionierte nicht und auch das erneute Drücken des Alarmknopfs löste nicht die erwarteten akustischen und optischen Signale im Innen- und Außenbereich des Gebäudes aus. Andererseits musste er nun davon ausgehen, dass, wer immer sich im Gebäude herumtrieb, das Splittern der Schutzscheibe gehört hatte und nun von seiner Anwesenheit wusste.

Auf Zehenspitzen bewegte er sich so leise wie möglich über den Gang zurück zu dem Zimmer, das er gerade abgeschlossen hatte und jetzt wieder öffnete. Der Raum war durch die teilweise herabgelassenen Rollläden noch dunkler als der Flur. Jo tastete sich zum Schreibtisch und griff zum Telefon. Obwohl er kein Freizeichen vernehmen konnte, drückte er die Sterntaste und dann die 9, die Nummer des Wachdienstes der Firma. Er wusste sofort, dass dies eher eine Verzweiflungstat war, die Leitung war tot. Ohne weiter zu überlegen, nahm Jo sein Handy aus der Jackentasche und klappte es auf. Wen zur Hilfe rufen? 110, die Polizei? Was, wenn alles nur ein technischer Defekt war? Da war die Nummer des Hausanschlusses von Robert Jansen, dem Geschäftsführer der Firma. Obwohl sie wenig direkten Kontakt pflegten, hatte Jo über die Jahre zunehmend das Gefühl entwickelt, dass der Firmenchef auf eine diskrete Art und Weise seine schützende Hand über ihn hielt. Irgendwie war er sich sicher, Robert Jansen sollte Bescheid wissen, dass in der Firma irgendetwas nicht in Ordnung war. Er drückte die Nummer und wartete, dass sein Telefon die gewünschte Verbindung herstellte. Erleichtert nahm er den mit kurzer Verzögerung einsetzenden Klingelton wahr. Nach mehrmaligem Läuten kam allerdings erneut das Gefühl von Panik auf. Robert Jansen war offensichtlich nicht zu Hause. Da war die Mobiltelefonnummer, vielleicht würde er damit erfolgreich sein. Er wusste, dass Jansen viel unterwegs war und deshalb oft über sein Handy kontaktiert wurde. Erneut wartete er, dass Robert Jansen am anderen Ende der Leitung das Gespräch annehmen würde. Nach mehrmaligem Anläuten der Nummer meldete sich eine freundliche Frauenstimme, die ihm mitteilte, dass der Teilnehmer zurzeit nicht erreichbar sei.

Die nächste Telefonnummer in seinem kleinen Verzeichnis war die Nummer von Auge, seinem Freund. Natürlich, Auge würde wissen, was zu tun war. Ohne weiter zu überlegen, ließ er sein Mobiltelefon die eingegebene Nummer wählen.

2. Kapitel

Das Telefon hatte wahrscheinlich bereits eine Weile geklingelt, als er aus dem Nebenzimmer kommend das Arbeitszimmer erreichte und den Hörer abnahm.

„Jansen!"

Dann etwas ungeduldiger.

„Hallo, Jansen hier!"

Am anderen Ende blieb die Leitung still, nach einigen Sekunden unterbrochen durch ein schwer einzuordnendes Geräusch. Dann wieder Stille.

„Hallo, ist da jemand?"

Jetzt war die Leitung ruhig, keine Geräusche mehr. Was immer das gewesen war, wahrscheinlich verwählt. Vielleicht war er aber auch nur zu spät ans Telefon gekommen? Robert Jansen hatte keinen Hang zum Dramatisieren von Alltäglichkeiten. Wie lange das Telefon bereits geklingelt hatte, bevor er reagierte, er wusste es nicht. Nun klingelte irgendwo im Haus gedämpft ein Mobiltelefon. Es war der ihm bestens bekannte altmodische Klingelton seines Handys. Wo war das verfluchte Telefon? Das Klingeln war weiterhin leise zu vernehmen, als er den Kleiderschrank öffnete, um seine Jackentaschen zu durchsuchen. Während er noch die Kleidungsstücke abklopfte, brach das Klingeln des Telefons ab. Dann eben nicht. Robert war leicht gereizt, dass er nun durch zwei Anrufe aus seiner abendlichen Routine gerissen worden war, ohne den Grund derselben kennenzulernen. Anrufe über das Haustelefon waren zudem ungewöhnlich, da er praktisch alle Telefonate über sein Mobiltelefon erledigte. Aber wo war das Handy nur? Nachdem er alle Taschen seines Sakkos erfolglos gefilzt hatte, beließ er es dabei. Hatte er doch im Auto noch einige Telefonate empfangen. Dort konnte er es aber nicht liegen gelassen haben, er hatte es ja jetzt in der Wohnung wahrgenommen. Es musste also hier irgendwo sein. Nun, heute Abend war ihm das verdammte Handy egal. Morgen früh würde er es suchen und dann wie immer auch irgendwo finden. Jetzt wollte er nur noch kurz seine E-Mails durchsehen, vielleicht noch etwas Fernsehen und dann ins Bett.

Es war ein langer Arbeitstag gewesen. Bereits am frühen Morgen war er gemeinsam mit seiner Mitarbeiterin Mandy Lee mit der frühen Maschine von Köln/Bonn nach Berlin geflogen. Der Tag hatte außer der anstrengenden Sitzung mit dem anspruchsvollen Kunden aus Übersee wenig Freundliches geboten. Jetzt war er froh, dass es Abend war und er seine Wohnung nicht mehr verlassen musste. Eine der digitalen Uhren der Küchenarmaturen zeigte, es war jetzt kurz nach einundzwanzig Uhr. Robert Jansen holte sich die noch fast volle Flasche Lugana aus dem Kühlschrank, schenkte sich ein Glas ein und ließ sich auf der gemütlichen Couch des Wohnzimmers nieder.

Mit seinen neunundfünfzig Jahren wirkte er etwas jünger. Etwa 1,80 Meter groß bei etwa achtzig Kilogramm Körpergewicht, kurzes braunes Haar, von den Schläfen ausgehend ergraut und mit grauen Strähnen durchsetzt. Regelmäßiger Sport seit Jugendzeit hatte ihn in einem fitten Zustand erhalten. Nach einem Tag wie dem heutigen war er aber einfach erschöpft, physisch und mental. Auch war er nicht sonderlich gern allein zu Hause. Er war überhaupt nicht gern allein. In solchen Momenten vermisste er seine Familie, seine Tochter, die bereits das Elternhaus verlassen und ein Psychologiestudium begonnen hatte. Obwohl er oft an Claudia dachte, hatte er nach vielen inneren Kämpfen ihre zunehmende Abnabelung von zu Hause akzeptiert. Was blieb ihm auch anderes übrig? Da ihr Appartement nicht weit entfernt lag, kam sie häufig bei ihren Eltern vorbei und lud sich an den Wochenenden gelegentlich zum Essen ein. Umso mehr genoss er jetzt die Tatsache, dass üblicherweise seine Frau Anna zu Hause war. Anna, das war seine große Liebe gewesen, als er sie vor über 25 Jahren kennengelernt hatte. Sie, Studentin am Biologischen Institut der Universität Köln und dabei, ihre Diplomarbeit fertigzustellen, und er, der für dieses Institut im Rahmen eines internationalen Forschungsprojekts eine Spezialzentrifuge entwickeln sollte. Ihre Ehe hatte die Unruhen der Zeit unbeschadet überstanden.

Die große Wohnung in Köln war ohne die Tochter ohnehin nicht mehr so mit Leben erfüllt wie früher.

Dass Anna jetzt für mehrere Tage ihren kranken Vater in Hamburg besuchte, er konnte es nicht ändern.

Er nahm einen großen Schluck aus dem Weinglas. Der kühle italienische Weißwein stimmte ihn etwas milder. Genussvoll ließ er ihn für einige Momente im Mund kreisen. Eindrücke und Gerüche italienischer Regionen, die er so oft bereist hatte, kamen ihm in den Sinn, Erinnerungen an glückliche Tage der Vergangenheit.

Dann drängten sich ihm Bilder und Gedanken zu den Ereignissen des Tages auf. Als Diplomingenieur mit Schwerpunkt Elektrotechnik/Elektronik und langjähriger Geschäftsführer der Weiss GmbH, einem mittelständischen Unternehmen der Elektroindustrie mit Standort in Köln, hatte er die Firma bisher mit Geschick und Glück durch die zuletzt harten wirtschaftlichen Zeiten manövrieren können. Vor Jahren bereits hatte er den Betrieb aus einer Art Tante-Emma-Laden mit breitem Sortiment und niedrigem Ertrag in eine kleine, forschungsintensive und hoch spezialisierte Firma verwandelt. Der Entwicklungsschwerpunkt der Firma, Batterie- und Akku-Technologien, hatte sich über viele Jahre als lukrative Nische erwiesen. Mittlerweile spürte die Weiss GmbH aber zunehmend den Druck der internationalen Konkurrenz. Von Nische keine Spur mehr. So hatten sich die wirtschaftlichen Kennzahlen der Firma nach langjährigen Erfolgen in den letzten Jahren wieder verschlechtert. Als Konsequenz daraus stand die Weiss GmbH vor notwendigen strategischen Korrekturen. Robert Jansen ahnte, dass er die hier notwendigen Entscheidungen nicht mehr, zumindest nicht mehr allein, treffen würde. Nach einem weiteren Schluck Wein entsprach die Gefühlswelt solcher Gedanken aber eher Erleichterung denn gekränkter Eitelkeit.

Details der heutigen Sitzung in Berlin kamen nochmals hoch. Der Auftrag war gut dotiert und damit eine wichtige Chance zur Wiedererlangung wirtschaftlicher Spielräume seiner Firma. Die hauseigene Entwicklungsabteilung hatte den Zeitplan nur mit großen Anstrengungen einhalten können. Einige technische Details des Projektes hatten sich erst im Nachhinein als aufwendig herausgestellt. In weiser Voraussicht hatte er beim Abschluss des Auftrags die Liefertermine vorsichtig kalkuliert, obwohl oder gerade, weil der Kunde von Anfang an viel Druck gemacht hatte. Das Produkt sei bis auf die Energieversorgung bereits fertig produziert und je früher die Spezialbatterien zum Einbau zur Verfügung ständen, desto besser. Die in Singapur ansässige Spielzeugfirma Hathays hatte aus diesem Grunde viele Einzelheiten, Größe und technische Details betreffend, vorab bis ins kleinste Detail vorgegeben. Um die Entwicklung und Produktion zu beschleunigen, waren im Vertrag finanzielle Anreize festgelegt worden, in Form hoher Prämien in Abhängigkeit vom Liefertermin.

Heute hatte er die Erwartungen des Kunden insofern übertreffen können, als er nicht, wie erwartet, einen Prototyp, sondern das fertige Produkt der zu produzierenden Spezialbatterie den Vertretern des Unternehmens aus Singapur erstmals vorzeigen konnte. Außerdem konnte er der in Berlin versammelten Repräsentanz von Hathays verkünden, dass nach erfolgreichen Tests einiger Prototypen alle fünftausend Batterien fertig produziert waren und bereits zum Versand vorbereitet wurden. Obwohl er dies dem Auftraggeber zuvor bereits telefonisch mitgeteilt hatte, konnte er an dieser Stelle seiner Ausführungen zumindest bei einigen seiner Zuhörer freudige Überraschung wahrnehmen, die sich in einem längeren Beifall äußerte.

Das von ihm nach Berlin mitgeführte Vorzeigeobjekt einer der fertig produzierten Batterien hatte er den Firmenvertretern von Hathays in einer freundschaftlichen Geste als Symbol des erfolgreichen Geschäfts überlassen. Tatsächlich hatte Mandy Lee diese Geste vorgeschlagen. Diese mit vielen Kulturen vertraute Frau hatte ein sicheres Gefühl für den erfolgreichen Umgang mit Firmenkunden aus unterschiedlichen Regionen und Kulturkreisen und Robert Jansen wusste dies zu schätzen.

Überhaupt Mandy Lee, Tochter chinesischer Emigranten, in England geboren und ausgebildet und jetzt seit Jahren seine wichtigste Mitarbeiterin. Als Absolventin der London School of Economics war sie zuvor

Mitarbeiterin eines Schweizer Investment-Unternehmens gewesen. Irgendwann hatten ihre beruflichen Aktivitäten sie dann nach Deutschland geführt, wo sie sich anfangs nicht wohlfühlte. In einer Phase privaten und beruflichen Durcheinanders war sie seinerzeit in die Weiss GmbH in Köln eingetreten und hatte dort mit großem Erfolg die Leitung der internationalen Geschäftsabteilung übernommen. Mandy hatte durch Abstammung und Erziehung großen Anteil an den internationalen Aktivitäten der Firma und insbesondere auch an diesem letzten erfolgreichen Projekt. In der Großstadt Köln mit ihrer liberalen und multikulturellen Tradition hatte sie ihre neue Heimat gefunden, für die Weiss GmbH war sie bei allen internationalen Geschäften mittlerweile unentbehrlich. Robert Jansen war sich bewusst, dass Mandy auch bei diesem für die Firma extrem wichtigen Geschäft die Schlüsselfigur gewesen war.

Für den Auftrag hätte es seiner Einschätzung nach eine ganze Reihe von Konkurrenten in den USA, in Europa und insbesondere in Ostasien gegeben. Wie so oft konnte er die Überlegungen des Auftraggebers, die zum Vertragsabschluss geführt hatten, nicht komplett nachvollziehen. Grundsätzlich unterschied sich der jetzige Auftrag sowohl die technischen Details betreffend als auch bezüglich des finanziellen Volumens nicht von den üblichen Geschäftsabschlüssen seiner Firma. Nur der enorme Druck zur schnellstmöglichen Lieferung war ihm immer wieder als ungewöhnlich aufgestoßen. Vereinbart war, die Batterien in Stückzahlen von fünfmal jeweils tausend per Luftfracht nach Karatschi in Pakistan zu liefern. Eine dortige Fabrik war vom international operierenden Hathays Konzern offensichtlich für die Endmontage des Produkts verpflichtet worden. Auch dieses Detail der Versandvereinbarung illustrierte, unter welchem zeitlichen Druck der ganze Auftrag stand. Es sollte nicht die Produktion der insgesamt fünftausend Batterien abgewartet werden, sondern nach Fertigstellung von jeweils tausend sollte sofort der Versand erfolgen. An dieser Stelle hatte er eigenmächtig den Ablauf der Dinge insofern geändert, als er doch die Gesamtproduktion abgewartet hatte, die jetzt zum Transport nach Karatschi bereitstand. Den Vertretern von Hathays hatte er das so begründet, dass nach der langwierigen Entwicklungsarbeit die Produktion selbst keine wesentliche Verzögerung mehr mit sich gebracht hatte. Eine Option für die Herstellung weiterer Batterien über die vereinbarte Stückzahl von fünftausend hinaus war ebenfalls vertraglich fixiert worden. Robert Jansen vermutete allerdings, dass seine Firma nur für die komplexe Entwicklungsarbeit in Anspruch genommen worden war. Eine eventuelle Produktion größerer Stückzahlen würde bei Bedarf an einem billigeren Produktions-Standort irgendwo in Asien erfolgen. Er hatte an diesem, dem Auftraggeber unterstellten Szenario, nichts zu bemängeln. Mandy und er hatten solche Aspekte bei den Kostenverhandlungen bereits berücksichtigt.

Robert Jansen griff zur Fernbedienung, um den Fernseher einzuschalten. Die bereits fortgeschrittenen Abendnachrichten zeigten unscharfe Bilder des bis dato als erfolgreich beschriebenen Vormarschs amerikanischer und alliierter Truppen in der afghanischen Provinz Helmand. Mehrere amerikanische Militärhubschrauber waren zu erkennen, einer davon setzte mit kreisenden Rotorblättern Infanteriesoldaten im Kampfgebiet ab. Nach für sie verlustreichen Gefechten, so der Kommentar, waren die Taliban nun auf dem Rückzug aus dieser von Ihnen seit Jahren kontrollierten Region.

Dies war nicht die Art Abendunterhaltung, die sich Robert Jansen gewünscht hatte. So griff er nochmals zur Fernbedienung, um das Programm zu wechseln, als erneut das Telefon im Arbeitszimmer zu klingeln begann.

3. Kapitel

Anna Jansen hatte für ihre Reise von Köln nach Hamburg den Wagen ihres Mannes ausgeliehen. Grundsätzlich bevorzugte sie für solche Reisen den Zug. Diesmal hatte sie sich jedoch aus verschiedenen Gründen für die komfortable Limousine entschieden, insbesondere auch, weil ihre Tochter Claudia angeboten hatte, sie zu begleiten. Der Gesundheitszustand ihres über achtzig Jahre alten, verwitweten und allein lebenden Vaters hatte sich durch eine Reihe aufeinander folgender Erkrankungen in den letzten Monaten ständig verschlechtert. Er hatte jetzt offensichtlich einen pflegebedürftigen Zustand erreicht. Nach langen Diskussionen hatte er nun, seit Wochen in der geriatrischen Abteilung eines Hamburger Krankenhauses untergebracht, der Aufgabe des eigenen Haushalts und der dauerhaften Aufnahme in ein Pflegeheim in seiner vertrauten Umgebung in Hamburg zugestimmt. Anna hatte die Entscheidung akzeptiert, allerdings in der stillen Hoffnung, diese später nochmals anpassen zu können und den Vater in ihrer Nähe unterzubringen.

Die beiden Frauen hatten verabredet, den Umzug des Vaters bzw. Großvaters ins Pflegeheim gemeinsam zu organisieren. Claudia, die ihren Opa gern mochte, hatte darüber hinaus wahrgenommen, wie schwer ihrer Mutter diese Aufgabe fiel und hatte daher ihre Begleitung und Hilfe angeboten. Vom Charakter her war sie eher der weiche, mitfühlende Typ

Mensch und ihr Lebensgefühl fand sich auch ein wenig in ihren äußeren Merkmalen wieder. Während ihre mit 1,77 Meter Größe hoch aufgeschossene Mutter eher kühle Eleganz ausstrahlte, mit markanten Gesichtszügen und einer sehr schlanken Figur, wirkte Claudia mit ihrer etwas kleineren Statur und ihren weiblichen Rundungen eher sinnlich aufregend. Dieser Kontrast spiegelte sich auch in der Garderobe der zwei Frauen wider. Anna Jansen bevorzugte Designermode, klassische Pumps und teure Taschen und trug bei sich bietender Gelegenheit auch gern einmal einen Hut. Für die Fahrt nach Hamburg am Steuer des schon etwas betagten, aber gut erhaltenen Mercedes Coupe hatte sie ein geschmackvolles dunkles Kostüm gewählt. Neben ihr saß Claudia in einem bequemen, hell-beigen, weichen Kaschmirpullover und einer ausgewaschenen dunkelblauen Jeans.

„Schade, dass Papa Dich nicht begleiten konnte."

„Du kennst ihn doch, im Moment ist er ganz absorbiert von irgendeinem wichtigen Auftrag dieses Spielzeugherstellers aus Asien. Ich habe den Eindruck, dass er da sehr unter Druck steht. Er war seit Tagen angespannt wegen des Treffens heute in Berlin."

„Aber ich finde es irgendwie auch schön, dass wir beide in den nächsten Tagen viel voneinander haben."

Claudias Stimme klang besorgt und liebevoll.

„Schau mal, der dunkle Lieferwagen hinter uns. Was ein Wahnsinn, wie der da gerade überholt."

„Ich sehe keinen Lieferwagen."

„Du hast recht, es ist auch kein Lieferwagen, sondern ein schwarzer Mercedes Kombi. Es ist der zweite Wagen hinter uns. Ich beobachte den schon eine ganze Weile. Jetzt hatte ich den Eindruck, als der kleine VW ihn überholte, wollte er das sofort rückgängig machen, und zwar ohne Rücksicht auf den übrigen Verkehr."

„Solange er uns nicht bedrängt, stören mich solche Schwachköpfe eigentlich wenig. Außerdem, wir sind bald da, noch zwei Ausfahrten und wir haben es geschafft."

Anna war sich bewusst, dass der ernste Teil ihrer Reise unerbittlich näherkam. Das kleine Krankenhaus, in dem ihr Vater untergebracht war, lag ziemlich zentral in der Stadt ganz in der Nähe des Universitätsklinikums in Eppendorf. Sie hatte die letzten Tage mehrfach mit dem Stationsarzt Dr. Brender und einem Sozialarbeiter telefoniert, um die Details der geplanten Verlegung des Vaters vorzubereiten. Anna wurde von Minute zu Minute angespannter.

„Lass uns direkt ins Krankenhaus fahren, um einmal einen ersten Eindruck zu bekommen, ins Hotel einchecken können wir später noch."

4. Kapitel

Dr. Brender sah die beiden Frauen in den Gang der geriatrischen Station einbiegen. Ohne sie zu kennen, ahnte er, wer da auf ihn zukam. Von weitem hatte man den Eindruck von zwei Freundinnen oder Schwestern. Erst als sie näherkamen, wurde klar, dass es sich um Mutter und Tochter handeln musste. Mit ihren einundfünfzig Jahren machte Anna Jansen auch in den Augen des jungen Stationsarztes noch eine gute Figur. Die fast fünfundzwanzig Jahre jüngere Tochter Claudia stand dabei allerdings keineswegs im Schatten ihrer Mutter. Die beiden auf unterschiedliche Weise attraktiven Frauen waren ein echtes Kontrastprogramm zu den hier stationär versorgten, alten, kranken, behinderten und häufig dementen Patienten.

„Guten Tag, ich bin Anna Jansen, die Tochter von Herrn Gertens. Meine Tochter Claudia."

„Das passt ja gut. Schön, dass Sie da sind. Herzlich willkommen. Wir haben ja ein paarmal miteinander telefoniert. Ich bin Philip Brender, der Stationsarzt. Im Laufe des heutigen Tages habe ich bereits mehrmals vergeblich versucht, Sie telefonisch zu erreichen. Es gibt schlechte Nachrichten, Ihr Vater hat in der letzten Nacht leider eine schwere Komplikation erlebt."

„Was ist denn passiert?"

Claudia übernahm das Gespräch. Sie kannte ihre Mutter gut und hatte sofort wahrgenommen, was diese wenigen Worte des Arztes bei ihrer Mutter aus-gelöst hatten.

„Er hat irgendwann in der Nacht einen Schlagan-fall erlitten. Etwa gegen Mitternacht war die dienst-habende Nachtschwester das letzte Mal in seinem Zimmer. Sie hat nichts Auffälliges berichtet. Zumin-dest lag er ruhig im Bett und hat wohl auch noch eine kurzes ‚gute Nacht' in Richtung der Schwester ver-merkt. Heute Morgen war er dann gegen sieben Uhr nicht mehr ansprechbar und seine komplette rechte Körperhälfte zeigte sich gelähmt. Wann genau das passiert ist, lässt sich nicht eindeutig festlegen. Sicher ist nur, dass diese Symptomatik gestern und wahr-scheinlich auch in der Nacht noch nicht vorlag. Wir haben dann heute Morgen schnell ein MRT des Schä-dels …"

„MRT?"

Claudia war der Begriff unbekannt.

„Ein modernes und sehr präzises Bildgebungsver-fahren, eine Art Röntgenuntersuchung des Kopfes, durchgeführt, das unseren klinischen Verdacht leider bestätigt hat. Ein großer Hirninfarkt, wie gesagt ein Schlaganfall."

„Was, was bedeutet das jetzt … für ihn, für uns?"

„Nun, bei einem alten Mann mit vielen Vor- und Begleiterkrankungen und der großen Ausdehnung des Infarkts in unserer Bildgebung ist die Frage der Therapieoptionen kompliziert. Wir haben uns heute Morgen bereits mit der entsprechenden Fachabtei-lung am Universitätsklinikum in Verbindung gesetzt.

Von dort wurde uns bestätigt, dass akute Interventionen in Würdigung der Gesamtsituation keinen Sinn ergeben. Um ehrlich zu sein und auf den Punkt zu kommen, ich glaube nicht, dass er diese Situation überstehen wird."

„Nicht überstehen wird? ... Sie meinen, er wird sterben?"

„So ist es."

Dr. Brender war klar, dass er mit seinen kurzen, klaren Worten die zwei Frauen maßlos überforderte. Als Stationsarzt einer geriatrischen, also alte Menschen versorgenden Abteilung waren Gespräche wie diese für ihn jedoch Routine. Seine Erfahrung sagte ihm, dass man in solchen Situationen nicht herumreden, auf keinen Fall unberechtigte Hoffnung machen sollte.

„Was können wir denn jetzt machen, was ist mit seinem Platz im Pflegeheim? Wir haben ihn dort doch schon angemeldet."

Claudia Jansen hatte die katastrophalen Nachrichten als Erste verarbeitet.

„Nun, der Platz im Pflegeheim, der mithilfe unserer Sozialabteilung organisiert wurde, den haben wir heute Morgen bereits abgesagt, zumindest für die nächsten ein bis zwei Wochen. Ich meine, Ihr Vater bzw. Großvater bleibt jetzt erst einmal zur Akutversorgung bei uns. In den nächsten ein bis zwei Tagen sieht man dann genauer, wie sich die Dinge entwickeln."

„Wir haben uns darauf eingerichtet, einige wenige Tage hier in Hamburg zu bleiben, wir wohnen in unmittelbarer Nähe der Klinik im Bristol."

„Das Bristol ist ideal, wenn Besucher nahe bei der Klinik wohnen wollen. Ein kleines, komfortables Hotel, ich kenne es ganz gut, wohne selbst nur ein paar Straßen weiter."

„Dürfen wir jetzt einmal zu ihm?"

Die Frage klang ängstlich.

„Natürlich. Aber nicht erschrecken, er wird Sie nicht erkennen. Ich gehe einmal vor."

5. Kapitel

Peter Hansmann ging normalerweise spät, meist erst nach Mitternacht, ins Bett. Üblicherweise verbrachte er seine Abende mit einem Buch oder im Internet surfend und einigen Flaschen Bier. Mit seinen fünfunddreißig Jahren hatte er sein Leben ziemlich zurückgezogen eingerichtet. Wer seinen Lebensstil verstehen wollte, musste seine Erscheinung sehen: 1,65 Meter groß und untergewichtig, er war ein kleiner, zarter Mann. Wenn man ihm nahe gegenüberstand, blickte man in ein schmales Gesicht, das von Locken seines dünnen, dunkelblonden Haares eingerahmt war. Eine weitere Auffälligkeit an ihm war seine auf beiden Augen stark eingeschränkte Sehkraft. Zur Korrektur seiner Sehfähigkeit benötigte er seit seiner frühen Kindheit außergewöhnlich dicke Brillengläser, die seine Augen sehr stark vergrößerten. Die massigen Brillengläser in der hellbraunen Kunststofffassung gaben den Anschein, als ob seine Augen etwas vorstehen würden. Neben den Proportionen seiner kleinen, untergewichtigen Figur waren die Augen also sein äußerlich dominierendes Merkmal. Es war deshalb, dass ihn viele Bekannte und Freunde nicht Peter, sondern Auge nannten. Trotz der vordergründigen Respektlosigkeit dieser Namensgebung war es doch eine liebevolle, freundschaftliche Nennung. Auge hatte nichts dagegen, war ein Auge nicht auch Symbol des Sehens, des Weitblicks, ja von Wahrnehmung generell.

Seit fast einem Jahrzehnt war Auge nun in der Entwicklungsabteilung der Weiss GmbH beschäftigt. Robert Jansen hatte ihn seinerzeit direkt nach seinem Ingenieurstudium verpflichtet. Er schätzte die intellektuelle Unabhängigkeit und Kreativität dieses kleinen, ungewöhnlichen Mitarbeiters und pflegte zunehmend auch einen persönlichen Kontakt insbesondere dadurch, dass er Auge regelmäßig zu familiären Festen oder auch einfach einmal zum Abendessen zu sich nach Hause einlud. Sowohl seine Frau Anna als auch Tochter Claudia liebten die oft überraschenden, provokativen Standpunkte, die Auge in Diskussionen vertrat, und seinen schwarzen, sarkastischen Humor. Während beide Frauen mit Auge bereits seit Jahren ‚per Du' verkehrten und ihn mit seinem Spitznamen anredeten, war der Ton zwischen den beiden Männern offiziell. Dabei hatte Auge durchaus zur Kenntnis genommen, dass insbesondere bei privaten Anlässen von Robert Jansen ihm gegenüber immer häufiger auch das ‚Du' einfloss. Auge wusste, dass dies häufig einer grundsätzlichen Anpassung des persönlichen Umgangs vorausging.

Das auf den ersten Blick Verborgene an ihm war jedoch noch etwas Anderes. Auge war auch jenseits seiner beruflichen Qualifikation ein kluger Mensch, der seine Situation oft reflektierte und der vielleicht gerade wegen seines kritischen Verstandes mit der Diskrepanz von Anspruch und Realität in seinem Leben haderte. Es war auch deshalb, dass er gern regelmäßig und viel Bier trank. Der Alkohol gab ihm, zumindest für einige Zeit, die innere Ruhe, Zufriedenheit und Selbstsicherheit, mit der er auch sonst gern Menschen und Dinge gesehen hätte. Damit einhergehend rauchte er seit seiner Jugendzeit ‚schwarze' Zigaretten aus französischer oder deutscher Produktion, zwanzig bis vierzig Stück pro Tag. Er liebte es, wenn er die Verwunderung von Menschen spürte, die ihn nicht kannten. Diese Verblüffung war begründet in dem grellen Kontrast einer offensichtlich schwächlichen Konstitution zusammen mit den überdimensionierten Brillengläsern und seinem eher herben Lebensstil mit Bier zu allen Tageszeiten und diesen Zigaretten, die auch starke Raucher mit Respekt ablehnten, wenn er ihnen eine anbot.

Die Routine der langen Abende mit Trinken, Rauchen und Grübeln hatten seinem kleinen, schwachen Körper weiter zugesetzt. Seine körperlichen Möglichkeiten waren entsprechend eingeschränkt. Ärztlichen Rat hatte er in seinem Leben selten in Anspruch genommen, zuletzt vor vielen Jahren, als er sich alkoholisiert bei einem Sturz auf der Treppe den Unterarm gebrochen hatte. Ansonsten versuchte er, bis dato erfolgreich, Arztpraxen oder Kliniken mit ihrer speziellen Atmosphäre und Stimmung, dem hellen Neonlicht und diesem eigenartigen Geruch fernzubleiben. Auge war sich seines körperlichen Zustands und gesundheitlichen Gefährdungen vollkommen im Klaren, aber er wollte, und vielleicht konnte er mittlerweile auch nicht mehr, die Dinge ändern, warum auch? Beziehungen mit Frauen waren selten, meist kompliziert und immer kurz. Gern hätte er Partnerschaft und Intimität mit einer Frau genossen, aber irgendwie war er bei seinen Versuchen bisher nicht erfolgreich gewesen. Vielleicht auch, weil er irgendwann aufgegeben hatte, da er die häufig erlebten Enttäuschungen nicht wiederholen wollte.

Seine Lebenserfahrung hatte in Auge Solidarität und Sympathie mit denen wachsen lassen, die im täglichen Kampf um Macht, Geld, Ansehen, Liebe und Sex ihre Ziele nicht oder nur sehr eingeschränkt erreicht hatten. Seine Lebensphilosophie, seine politische Gesinnung waren offensichtlich links. Obwohl irgendwie auch christliches Gedankengut dazugehörte, Auge hatte mit dem organisierten Christentum, der Kirche, nichts im Sinn. Am besten gefiel er sich, wenn er mit seinem in Abhängigkeit vom Alkoholpegel mehr oder weniger glasklaren Verstand seine politischen Vorstellungen oder seine Lebensphilosophie vortragen konnte, am liebsten als Gegenrede auf irgendein ‚dummes Geschwätz'.

Er ging zum Kühlschrank und machte sich eine weitere Flasche Bier auf. Zu Hause trank er sein Bier grundsätzlich aus der Flasche. Im Fernsehen plätscherte eine politische Diskussionsrunde. Das Programm war zurzeit voll damit. Standen nicht in einigen Wochen wieder irgendwelche Wahlen an? Nach den wenigen Wortfetzen, die er mitbekommen hatte, waren wieder einmal die kriegerischen Auseinandersetzungen in Afghanistan das Thema. Was wollen die

Alliierten dort? Ist der Krieg zu gewinnen? Auge hatte keine Eile, in die Diskussion einzusteigen. Eher gleichgültig warf er sich, nachdem er seine Flasche Bier auf den Tisch gestellt hatte, auf die Couch und zündete sich eine Zigarette an. Eigentlich langweilten ihn diese Diskussionen. Das lag insbesondere daran, dass er keinen Diskussionsbedarf hatte, allzu sehr war er sich seiner Meinung zu vielen Themen bereits sicher. Bezüglich der aktuellen Fernsehdebatte bedeutete das: ‚Raus aus dem Krieg, und zwar sofort, egal, was da fernab passierte. Man konnte den Menschen, die dort nach unseren Kriterien in mittelalterlichen oder vielleicht sogar frühzeitlichen Bedingungen leben, nicht von heute auf morgen unseren Lebensstil aufdrücken. Wir haben in Europa durch all die fürchterlichen Geschehnisse in unserer Geschichte bis in die erste Hälfte des zwanzigsten Jahrhunderts hinein doch auch den Weg nach vorn gefunden, zumindest bisher. Barbarische Unterdrückung von Minderheiten oder von Frauen war in Europa früher doch auch an der Tagesordnung gewesen, und an Grausamkeiten generell kann wahrscheinlich kaum eine Kultur der europäischen Geschichte das Wasser reichen. War es nicht einfach eine weitere Folge der Globalisierung, dass solche fernen Probleme jetzt an der eigenen Haustür ankamen? Wen hätten ein paar Taliban in Afghanistan oder Pakistan vor hundert Jahren interessiert?'

Die Diskussion im Fernsehen verlief diesmal eher heftig und Auge begann, an dem Programm Gefallen

zu finden, als das Telefon seine Gedanken unterbrach.

„Hallo."

Er hatte es sich abgewöhnt, sich mit seinem Namen
zu melden.

„Hallo Auge, Jo hier, Du musst mir helfen."

„Was ist los Jo, warum sprichst Du so leise?"

Mit wenigen Sätzen schilderte Jo Schneider in leisen, aufgeregten Worten seinem Freund Auge die Situation auf dem Firmengelände der Weiss GmbH und
seine eigene, ihn zunehmend beängstigende Lage.

„Bleib, wo Du bist, ich rufe die Polizei und auch
Jansen an und komme dann selbst gleich rüber zur
Firma. Schließ Dich doch sicherheitshalber in dem
Zimmer, von dem Du jetzt telefonierst, ein. Ich lege
jetzt auf, bleib' auf jeden Fall da, wo Du bist und…
schließ Dich ein!"

Die letzten Worte waren im Befehlston gefallen.
Am anderen Ende der Leitung war Jo beeindruckt
und beruhigt zugleich ob der kühlen Entscheidungen
und Anordnungen seines Freundes. Vorsichtig stellte
er sein Handy aus und ging dann, wieder auf Zehen
spitzen, leise im Halbdunkel des Raums zurück zur
Tür.

6. Kapitel

Die hastigen Schritte mehrerer Personen kamen schnell näher. Jos Blutdruck schoss auf Höchstwerte. Die Personen, er schätzte zwei bis drei, verständigten sich mit kurzen, leisen Sätzen in einer fremden Sprache. Jo verstand kein Wort. Grob zitternd unterbrach er den Versuch, den Schlüssel ins Schloss einzuführen, um die Tür zu verschließen, als die Schritte plötzlich verstummten. Jo war so aufgeregt, er fürchtete, jeden Moment sein Bewusstsein zu verlieren, als die Schritte plötzlich wieder zu hören waren. Ganz in der Nähe, aber wieder dumpfer und leiser werdend. War das nicht der Doppler-Effekt, von dem er in der Schule gehört hatte. Wenn Geräusche höher und lauter werden, kommt deren Quelle auf einen zu, wenn sie dunkler und leiser werden, entfernen sie sich von einem. Jo hoffte, dass er den Physikunterricht richtig erinnerte. Er wartete noch etwa zehn Sekunden, die ihm wie eine Ewigkeit vorkamen, dann erst setzte er die Order seines Freundes Auge um, führte mit zitternder Hand den Schlüssel in die Öffnung, um ihn dann so langsam und leise wie möglich zu drehen. Das gut geölte Schloss rastete unhörbar ein, Jo atmete tief durch. Jetzt brauchte er nur noch auf das Eintreffen von Auge, Robert Jansen und der Polizei zu warten.

Etwa eine halbe Stunde waren vergangen, sie kamen Jo wie Stunden vor. Kein Licht, keine Notbeleuchtung und, Jo hatte den Hörer des Festnetztelefons zum Test noch einmal vorsichtig angehoben, weiterhin keine Telefonverbindung. Ob er nicht doch sein Zimmer verlassen sollte? Vom Fenster am Ende des Gangs hatte man eine gute Sicht auf das der Firma vorgelagerte Areal. Vielleicht konnte er doch noch etwas wahrnehmen, was später wichtig war. Jo wartete eine weitere Minute, dann schloss er die Tür seines Raums wieder auf. Langsam und unhörbar dreht er den Schlüssel und drückte dann zögernd die Tür so weit auf, dass er seinen Körper zwischen Gaube und Tür gerade hindurchzwängen konnte. Da der Gang auf einer Seite mit Fenstern ausgestattet war, ging er tief gebückt, langsam und vorsichtig vorwärts, als plötzlich erneut Stimmen und Schritte wahrnehmbar waren. Jo verfluchte seine Entscheidung, den vermeintlich sicheren Raum zu verlassen. Wahrscheinlich war das wieder so eine Dummheit, die mit seinen drei Chromosomen zusammenhing, ging es ihm durch den Kopf. Die Schritte kamen offensichtlich näher. Jo überlegte fieberhaft. Hatte Auge ihm nicht empfohlen oder sogar befohlen, sich in dem Zimmer einzuschließen. Nicht mehr so vorsichtig versuchte Jo, sich schnell wieder zurückzuziehen, als ihm plötzlich ein greller Lichtkegel mitten ins Gesicht strahlte, so hell, dass er seine Augen heftig zusammenkneifen musste.

„Polizei, halt, Hände hoch!"

„Ja, ja, ja."

Die Arme in die Höhe gestreckt, den Schlüssel fallen lassend und am ganzen Körper zitternd nahm Jo wahr, dass sich die Schritte schnell auf ihn zubewegen. Hände tasteten ihn ab.

„Sauber."

Etwas grob wurden seine Hände nach hinten geführt. Jo wusste, das Kalte, was jetzt seine Armbewegung einschränkte, das mussten Handschellen sein. Er liebte Kriminalfilme und hielt immer mit den Guten, meistens der Polizei. Dass er jetzt auf der Seite der Bösen wahrgenommen und auch so behandelt wurde, gab ihm ein ungutes Gefühl. Das wollte er so schnell wie möglich aufklären.

„Nehmt ihn runter in die Empfangshalle, wir müssen hier die Zimmer noch einzeln durchgehen", hörte er eine Stimme sagen.

An beiden Armen festgehalten und geführt, ging, ja stolperte er die Treppe zum zentralen Empfang hinunter, als plötzlich die Beleuchtung des Gebäudes wieder ansprang. Das zuvor unheimliche, im Halbdunkel fast nur in Konturen wahrnehmbare Szenario veränderte sich schlagartig. Die große Eingangshalle der Weiss GmbH war voll mit Menschen, einige in ziviler Kleidung, die meisten allerdings an ihren Kampfuniformen, Helmen, Nachtsichtgeräten und Schnellfeuerwaffen erkennbar als das polizeiliche Einsatzteam. Jo musterte die beiden Personen, die ihn die Treppe hinunterführten. Sie sahen bedrohlich aus mit ihren tief ins Gesicht gezogenen Helmen, den jetzt hochgeklappten Nachtsichtbrillen und den blau-schwarz schimmernden Schnellfeuerpistolen. Das helle Licht nahm der Situation etwas von ihrer Bedrohlichkeit und Jo ließ seine Augen, die sich mittlerweile an das Licht gewöhnt hatten, im Raum herumgleiten.

„Da ist Jo!"

Es war Auge, der ihn als Erster erkannte. Mit ihm im Eingangsbereich der Firma standen Robert Jansen, Mandy Lee und Frank Arenz, der Einsatzleiter der Polizei.

„Das ist der Firmenangestellte, der unseren Mitarbeiter aus dem Gebäude telefonisch informiert und zur Hilfe gerufen hat."

Robert Jansen zeigte mit dem Finger in die Richtung von Jo.

„Nun, wir werden seine Personalien aufnehmen und ihn zum Hergang der Dinge befragen. Wenn wir weitere Informationen von ihm benötigen sollten, werden wir uns morgen nochmals bei ihm melden."

Man hatte den Eindruck, der Polizeichef wollte die abendliche Aktion nicht unnötig in die Länge ziehen.

„Ich weiß nicht, ob das in irgendeiner Weise für Sie wichtig ist, er ist ein angesehener langjähriger Mitarbeiter unserer Firma. Sein Down-Syndrom ist nicht einmal allen unseren Mitarbeitern aufgefallen, aber vielleicht sollten Sie diese Diagnose für Ihre Unterlagen kennen."

„Down-Syndrom, ist das nicht so eine Art Geburtsfehler, Mongo..."

Weiter kam er nicht, denn Auge, der den kurzen Wortwechsel zwischen Robert Jansen und dem polizeilichen Einsatzleiter mitbekommen hatte, fiel ihm schroff ins Wort.

„Das ist eine ziemlich reaktionäre und nicht mehr übliche Terminologie. Nur zu Ihrer Information. Wie Sie das nennen wollen, Mongolismus, diskriminieren Sie sowohl die Betroffenen als auch mongolische Menschen. Jos Besonderheit nennt man entweder Down-Syndrom oder Trisomie. Und es handelt sich auch nicht um einen Geburtsfehler, sondern einfach um etwas Anderes, Besonderes."

Frank Arenz war ein umsichtiger, altgedienter Polizeikommissar. Obwohl er den Ton nicht akzeptieren wollte, den dieser nach Alkohol und Zigarettenqualm riechende Zwerg mit der ulkigen Brille ihm gegenüber anschlug, fühlte er, dass an dieser Stelle terminologische Korrektheit gefragt war, um einen medizinisch-biologischen Sachverhalt nicht zu diskriminieren.

„Ich glaube jedenfalls, dass ich weiß, was Sie meinen", schluckte er seine Aggression hinunter und lächelte Auge freundlich an.

In diesem Moment kamen zwei weitere martialisch aussehende, uniformierte Polizisten die Treppe herunter und näherten sich ihrem Einsatzleiter.

„Das Haus ist sauber, vom Keller bis zum dritten Stock sind keine Personen aufzufinden!"

„Danke, lassen Sie noch drei Mann hier, der Rest kann dann abziehen und … geben Sie der Spurensicherung dann bitte grünes Licht."

Frank Arenz wandte sich nun Robert und Mandy zu.

„Das war offensichtlich ein Akt von sehr professionellen Kriminellen. Keine Beschädigungen an Türen oder Fenstern. Stromversorgung, Telefonanlage und Alarmsystem wurden professionell ausgeschaltet. Alles in einem beeindruckenden Tempo. Wahrscheinlich beste Kenntnis der örtlichen Gegebenheiten. Was könnten diese Leute hier gesucht haben?"

Robert Jansen merkte man an, dass er sich sehr konzentrierte. Bevor er jedoch seine Einschätzung abgeben konnte, war es Mandy Lee, die wie selbstverständlich antwortete.

„Nun, wir sind ein forschender, mittelständischer Betrieb und haben in den letzten Jahren Erfolg versprechende Entwicklungen betrieben, an denen sicherlich auch der eine oder andere unserer Konkurrenten interessiert ist. Dieser Standort ist Entwicklungs- und Produktionszentrum zugleich und wir werden morgen nachsehen müssen, was uns möglicherweise abhandengekommen ist. Größere Geldbeträge sind hier allerdings nie aufzufinden, das scheidet meiner Ansicht nach sofort aus."

„Gibt es denn irgendeinen Umstand, der den Zeitpunkt des Einbruchs erklären könnte?"

„Wir befinden uns derzeit in einer sehr guten Phase, was unsere Entwicklungen angeht. Heute

Morgen haben wir in Berlin einem Großkunden aus Singapur ein neues Produkt vorgestellt, das bereits fertig produziert ist und kurzfristig ausgeliefert werden kann."

Man merkte Mandy an, dass sie ganz in ihrem Element war.

„Um was für ein Produkt geht es dabei?"

Nun war es Robert Jansen, der das Gespräch an sich ziehen wollte.

„Es handelt sich um individuell konstruierte Spezialbatterien, die eine hohe Energie abgeben können. Auftraggeber ist ein großer Spielzeugproduzent aus Asien, der eine sehr starke und langlebige Batterie für ein elektrisch angetriebenes Kinderauto oder etwas Ähnliches bei uns entwickeln und produzieren ließ. Das hört sich vielleicht simpel an, rein technisch war es ein anspruchsvoller Auftrag."

„Nun, vielleicht sollten wir uns die aktuellen Geschäftsdaten und Aktivitäten der Firma morgen in aller Ruhe anschauen. Es muss einen Grund für diese heutige Aktion geben, eine solche Profitruppe wie die, welche hier am Werk war, macht nichts auf Verdacht. Lassen Sie die Spurensicherung noch ein paar Stunden arbeiten, dann kann Ihr regulärer Wachdienst wieder übernehmen. Ich würde gern morgen früh auch noch mal vorbeikommen und mich mit Ihnen beiden", der Blick galt Robert Jansen und Mandy Lee, „und eventuell auch mit dem Menschen mit dem ... Down-Syndrom kurz unterhalten. So gegen zehn Uhr, ist das ok?"

Ohne eine Antwort abzuwarten, wandte sich Frank Arenz ab und ließ die kleine Gruppe stehen.

„Was ein Tag", Robert Jansen ließ einen tiefen Seufzer los.

„Da kommt ja Jo!"

Auge war froh, seinen Freund zu sehen, der ein Gesicht machte wie jemand, der etwas sehr Aufregendes erlebt hat, stolz über das bestandene Abenteuer, vor allem aber glücklich, dass es jetzt vorbei war.

7. Kapitel

Beim Verlassen des Krankenzimmers konnte man den beiden Frauen ihren Gemütszustand von weitem ansehen. Annas Vater lag in seinen letzten Zügen. Der ausgedehnte Schlaganfall war der Gipfel einer Reihe von katastrophalen medizinischen Ereignissen gewesen. Die massiven Veränderungen des Gehirns, wie sie in der Bildgebung des frühen Morgens erkennbar waren, hatten ihn sichtbar geschwächt. Seine Atmung war tief und schwer und durch längere Pausen unterbrochen. Ob er seine Tochter und Enkelin, die ihn in ihrer Hilflosigkeit streichelten und liebevoll auf ihn einredeten, erkannte, man wusste es nicht. Sie waren offensichtlich zum richtigen Zeitpunkt eingetroffen, um den Vater und Großvater auf seinem letzten Weg zu begleiten.

Im Stationszimmer trafen sie auf Dr. Brender, der den beiden Frauen freundlich einen Sitzplatz anbot.

„Ich glaube nicht, dass ich Ihnen viel erklären muss. Das fortgeschrittene Alter, vierundachtzig Jahre, die vielen Vor- und Begleiterkrankungen und jetzt dieser massive Hirninfarkt, das …", Philip Brender überlegte einen kleinen Moment, aber die richtige Formulierung wollte ihm irgendwie nicht gelingen, „… das sieht nicht gut aus."

„Was ist denn eigentlich ein Hirninfarkt, ein Schlaganfall?"

Claudias Frage war eigentlich ein Versuch, das Gespräch aus den aufwühlenden Gefühlen herauszubringen.

Philip Brender nahm den kleinen Umweg des Gesprächs dankbar an. Er fühlte sich in seiner Rolle den beiden attraktiven Frauen gegenüber zunehmend wohl.

„Nun, wenn aus irgendeinem Grund, meistens wegen des Verschlusses eines Blutgefäßes, die Durchblutung eines Hirnareals kritisch herabgesetzt oder sogar komplett unterbrochen ist, kommt es in kurzer Zeit zum Tod der Hirnzellen in diesem Bereich. Um das abgestorbene Gewebe herum bildet sich häufig eine Schwellung aus, wie das jetzt bei Ihrem Vater der Fall ist. Da das Hirn aber von einem Knochen, unserem Schädel, umgeben ist, kann es sich nicht ausdehnen. Dadurch kommt es zu einem Anstieg des Drucks im Schädelinneren, der dann weiteren Schaden anrichten kann."

Philip Brender wusste, dass seine Darstellung sehr vereinfacht war, aber er wollte an dieser Stelle auch keine ausschweifende Darstellung des Entstehens und der Symptomatik eines Schlaganfalls vortragen.

„Was machen Sie denn beruflich?"

Dabei blickte er Claudia Jansen zum ersten Mal in die Augen. Irgendwie fand er seine Neugierde gerechtfertigt durch die an ihn ergangene Bitte, einen medizinischen Sachverhalt zu erläutern. Wie sollte er das vernünftig anstellen, wenn er nicht zumindest in etwa die Ausbildung oder den Beruf seines Gegenübers kannte?

„Ich studiere noch, … Psychologie, … in Köln, … 7. Semester."

„Na, dann wird es ja bald ernst mit Examen und so."

„Das stimmt, allerdings ernst ist es schon eine ganze Weile. Kennen Sie sich denn mit Psychologie aus?"

„Eigentlich nicht. Obwohl, so ein wenig ist man als klinisch tätiger Arzt ja immer auch psychologisch gefordert. Aber das ist eher selbstgestrickt. Und dann sind Sie in Köln geblieben? Kann ich gut verstehen, ist ja ein super Standort."

„Nun, der Studienplatz wurde mir zugeteilt. Aber ich habe mir zum Studienbeginn dann ein eigenes Appartement gesucht. So ein bisschen Distanz von zu Hause ist ab einem bestimmten Alter doch ganz gut."

„Das können Sie laut sagen. Ich bin auch aus Köln, habe damals aber einen Studienplatz in Hamburg zugeteilt bekommen und mich hier von Anfang an wohlgefühlt."

„Sie sind Kölner, ich habe es mir fast gedacht, man hört es noch ein wenig heraus."

Anna Jansen wollte sich den ‚Small-Talk' ihrer Tochter mit dem jungen Arzt nicht mehr länger anhören.

„Was mich mehr interessieren würde, wäre eine Einschätzung des weiteren Verlaufs meinen Vater betreffend", riss sie die beiden aus ihrer Konversation.

„Nun", schaltete Dr. Brender auf seine Arztrolle zurück und versuchte dabei seine ernste Miene.

„Ich bin kein Prophet, aber gehe davon aus, dass Ihr Vater in den nächsten vierundzwanzig, vielleicht auch achtundvierzig Stunden sterben wird."

„Wäre es dann nicht sinnvoll, wenn einer von uns beiden heute Nacht bei ihm bleibt?"

Anna Jansen wollte jetzt verbindliche Vereinbarungen schaffen.

„Ich halte das für sinnvoll und auch machbar. Wir können eine Liege in sein Zimmer bringen lassen. Dann könnte diejenige von Ihnen, die heute Nacht bei ihm bleibt, vielleicht auch selbst einige Stunden Ruhe finden. Und ein kleines Abendessen und eine Tasse Tee kann ich sicher auch für Sie organisieren."

Für Anna Jansen war die Sache klar. Zu Claudia gewandt lautete ihr Vorschlag.

„Ok! Du kannst uns beide im Bristol einchecken, das ist ja sozusagen hier um die Ecke. Ich bleibe in der Klinik und werde die Nacht gegebenenfalls auf der angebotenen Liege verbringen. Du bringst mir bitte noch meinen Kulturbeutel hoch, übernachtest im Hotel und kannst mich dann morgen früh, wenn das dann noch nötig sein sollte, ablösen. Ich meine jedenfalls, dass wir Vater in dieser Situation nicht allein lassen sollten."

„Ich würde meine Landsleute aus Köln gern dabei unterstützen. Darf ich Sie", dabei blickte Philip Brender Claudia an, „ins Bristol begleiten? Es liegt unmittelbar neben unserer Klinik. Ich kann Ihnen beim Tragen helfen. Hier mache ich zurzeit sowieso nur noch unbezahlte Überstunden."

„Das klingt doch gut. Dann macht Ihr Euch bzw. machen Sie sich auf den Weg, ich werde Robert kurz anrufen und ihm den Stand der Dinge weitergeben."

8. Kapitel

Claudia Jansen wurde durch den Wecker aus ihrem tiefen Schlaf gerissen. Nach einem kurzen Moment war sie sich ihrer Situation bewusst. Sie war in Hamburg, in einem kleinen Hotel in der Nähe der Klinik, in der ihr Großvater im Sterben lag. Philip Brender kam ihr in den Kopf. Irgendwie hatte sich der junge Arzt freundlich und hilfsbereit gezeigt. Den Wagen hatte sie auf seinen Hinweis in einer Ecke des Klinikparkplatzes stehen gelassen. Die Taschen mit den persönlichen Sachen von ihr hatte er wie selbstverständlich getragen, als er sie auf dem kurzen Fußweg zu dem unmittelbar neben der Klinik liegenden Hotel begleitete. Die etwas schüchtern vorgetragene Einladung zu einem Abendessen in ein nahegelegenes, kleines Restaurant hatte sie dann aber mit einer freundlichen Entschuldigung ausgeschlagen. Allerdings hatte sie gleichzeitig ihr grundsätzliches Interesse an einem erneuten Treffen in Köln oder Hamburg zugesagt.

Zuvor hatte sie ihrer Mutter noch die kleine Tasche mit ihren Toilettenartikeln auf die Station gebracht und sich schließlich mit einer intensiven Umarmung von ihr verabschiedet. Vor dem Einschlafen hatte sie dann nochmals mit ihrer Mutter telefoniert, im Krankenhaus gab es bis dahin nichts Neues. Den Gedanken, ihre Mutter jetzt erneut anzurufen, verwarf sie. Vielleicht war sie nach einer unruhigen Nacht erst spät zur Ruhe gekommen. Sie würde nach dem Frühstück ohnehin hinüber ins Krankenhaus gehen und dort ihre Mutter ablösen.

Ihre Toilette erledigte Claudia heute schneller als üblich. Zum Frühstück in dem kleinen Restaurant des Hotels nahm sie eilig eine Tasse Kaffee und ein Croissant mit etwas Marmelade zu sich. Es war der vierte Mai, ein wunderschöner Frühlingstag. Der kurze Weg ins Krankenhaus durch die noch kühle, frühmorgendliche Luft war ein Genuss. Claudia freute sich darauf, ihre Mutter zu sehen. Auch würde sie ihre Eindrücke und die wenigen Erlebnisse mit diesem möglicherweise an ihr interessierten Stationsarzt ihrer Mutter anvertrauen. Claudia schätzte ihre Mutter als erfahrene Frau, deren Rat ihr oft weitergeholfen hatte. In sportlicher Manier nahm sie die Treppen hinauf zum 3. Stockwerk in die geriatrische Abteilung des Krankenhauses. Mit einer Mischung aus freudiger und ängstlicher Erregung bog sie in den Gang der Station ein, auf der ihr Großvater versorgt wurde. Zimmer 309, sie war sich nicht ganz sicher und öffnete dementsprechend vorsichtig die Tür des Krankenzimmers, das noch völlig im Dunkeln lag.

„Mama", flüsterte sie in den dunklen Raum, nach kurzer Pause etwas lauter.

„Mama".

Claudia war sich nicht mehr sicher, im richtigen Krankenzimmer zu sein und bewegte sich leise wieder in Richtung Tür. Mittlerweile hatten sich ihre Augen jedoch etwas besser an das spärliche Licht des abgedunkelten Zimmers gewöhnt. Der Raum war genauso geschnitten wie der, in dem sie gestern ihren Großvater besucht hatte. Es gab nur einen wichtigen Unterschied, das Krankenbett, in dem gestern Nachmittag noch ihr Opa gelegen hatte, war nicht mehr im Zimmer. Claudia machte einige wenige energische und schnelle Schritte zum Fenster und öffnete die außen am Fenster angebrachten Jalousien. Das Zimmer lag nun grell beleuchtet vor ihr. Kein Bett, kein Großvater, Claudia ahnte, dass die Nacht unruhig gewesen sein musste. Da war die Liege, die ihre Mutter wahrscheinlich genutzt hatte. Trotz des Krankenhaus-typischen Geruchs, der ihr sehr dominant vorkam, glaubte Claudia, Reste des Parfums ihrer Mutter wahrzunehmen. Was war passiert? Auf der Ablage an der Tür sah sie schemenhaft ein buntes Stück Stoff liegen. Claudia nahm es herunter und führte es an ihre Nase. Kein Zweifel, es war der Seidenschal ihrer Mutter mit dem für sie typischen Geruch.

„Was machen Sie denn hier?"

Die Stationsschwester hatte sich selbst leicht erschrocken, die ihr unbekannte junge Frau in dem leeren Krankenzimmer anzutreffen.

„Ich bin Claudia Jansen, mein Großvater, Klaus Gertens, … wo ist er eigentlich?"

„Ich bitte um Entschuldigung", Schwester Katharinas Stimme klang nun weicher, freundlicher.

„Es tut mir sehr leid, aber Ihr Großvater ist heute Nacht, … am frühen Morgen, etwa um fünf Uhr, gestorben, aus unserer Sicht eigentlich erwartungsgemäß. Ich weiß nicht, inwieweit Sie vorab informiert waren, dass es nicht gut um ihn stand? Ihre Mutter war die ganze Zeit bei ihm. Sie hat hier während der Nacht wahrscheinlich wenig geschlafen. Wie unser Nachtdienst berichtet hat, ist er jedenfalls ruhig eingeschlafen. Der Dienstarzt war auch noch mehrere Male hier, es gab aber keine speziellen Anordnungen."

Claudia schossen die Tränen in die Augen. Ihre Trauer und Verzweiflung mit ihrer Mutter zu teilen, das war, was sie jetzt brauchte. Wo war sie nur? Wahrscheinlich hatten sich ihre Wege nicht gekreuzt, weil Anna den Aufzug genommen und sie selbst über die Treppe gekommen war? Vielleicht gab es aber auch noch andere Wege von der Klinik ins Hotel?

„Wo ist denn meine Mutter jetzt?"

„Das kann ich Ihnen nicht sagen. Ihre Tasche ist nicht mehr hier, ich würde deshalb davon ausgehen, dass sie nach der anstrengenden Nacht ins Hotel gegangen ist. Vielleicht ist sie aber auch noch im Haus. Ihre Mutter hatte sehr darauf gedrängt, meine Kollegin zu begleiten, als ihr Großvater in den Leichenkeller gefahren wurde. Sie konnte ihr das offensichtlich auch nicht ausreden. Dort wollte sie sich dann nochmals von ihrem Vater verabschieden. Weil hier oben auf der Station morgens früh viel los ist und Ihre Mutter noch längere Zeit bei Ihrem Großvater bleiben wollte, ist sie dann wohl allein unten geblieben. Möglicherweise ist sie noch da unten."

„Wo, … wo ist denn der … Leichenkeller?"

Claudia kam das Wort nur schwer über die Lippen.

„Da würde ich Sie aber gern begleiten. Es ist ein gekühlter Raum auf dem zweiten Kellerniveau, im sogenannten Tiefkeller nahe der Außentür. Wenn Sie ein paar Minuten Zeit haben, komme ich mit."

Claudia nahm das Angebot dankend an. Dann wartete sie, bis Schwester Katharina im nächsten Krankenzimmer verschwunden war. Das Bedürfnis, ihre Mutter zu sehen, war mittlerweile derart bohrend, dass sie schon einmal vorgehen wollte.

Wenn man bei -2 den Klinikaufzug verließ, wusste man, dass man im Tiefkeller gelandet war. Im Vergleich zu den hellen und modernen Räumen der Klinik war dies hier eine andere Welt. Die unverputzten Wände mit offen liegenden Versorgungsleitungen und Rohren, spärliche Neonleuchten, ein unebener Steinboden, auf dem jeder Schritt laut widerhallte, der Gang zum Leichenkeller hätte in alten Gruselfilmen eine passende Dekoration hergegeben. Claudia nahm die ungepflegte und unwirkliche Atmosphäre ihrer Umgebung allerdings nicht bewusst war.

In einiger Entfernung hatte man den Eindruck von fahlem Tageslicht, auf das sie sich jetzt, in der Hoffnung auf ein Wiedersehen mit ihrer Mutter, zügigen Schrittes zubewegte. Die Augen nur provisorisch mit einem Papiertaschentuch getrocknet, den Kopf schwer von der Trauer über den Verlust des Großvaters, Claudia sehnte sich nach einem vertrauten Menschen, nach Wärme, Anteilnahme und tröstenden Worten. Wo war sie nur?

Schnell näherte sie sich der Einmündung in einen breiteren Gang, aus dem sich von links mattes Tageslicht mit der dürftigen Beleuchtung des Kellers vermischte. Ein paar Schritte weiter erkannte Claudia das breite schwere Metalltor, dessen solide Front von zwei großen, mit milchigem Glas gefüllten Fenstern unterbrochen war und welches gerade von außen mit lautem Dröhnen ins Schloss gezogen wurde. Dabei mischten sich die Geräusche des alten, rostigen Tors mit von draußen kommenden Stimmfetzen, die Claudia nicht eindeutig zuordnen konnte. Wahrscheinlich handelte es sich um den Zugang für Lieferanten, Entsorgungsfirmen und Bestattungsunternehmen?

Durch das Milchglas der schweren metallischen Türflügel konnte man jetzt schemenhaft die Umrisse eines größeren dunklen Wagens wahrnehmen, der gerade dabei war, die steile Zufahrt zum Eingang des Tiefkellers hinaufzufahren. Aber Claudias Aufmerksamkeit war bereits eingenommen von der handbreit offenstehenden Tür in unmittelbarer Nähe des Außentors. Durch den schmalen Spalt der Türöffnung war eine grelle Beleuchtung mit kaltem Neonlicht erkennbar. Ein offenstehender Leichenkeller? Neben der Tür ein Schild ‚Kühlraum'. Doch, das musste er sein.

Der zentrale Aufbewahrungsraum für verstorbene Patienten war an diesem Morgen gut belegt. Vier fahrbare Liegen standen verteilt in dem kleinen Raum. Weiße Laken deckten die darunterliegenden toten Menschen ab. An den Konturen der Laken konnte man das jeweilige Fuß- und Kopfende der Leichen ausmachen. Im Gegensatz zum ansonsten unverputzten Sichtbeton im zweiten Kellergeschoss waren die Wände dieses Raums mit billigen, hellen Kacheln gefliest. Ein kleines Kreuz an der Wand sollte wohl so etwas wie Pietät vermitteln. Unter der Decke hing ein Kühlaggregat, das geräuschvoll die Temperatur in einen Bereich abgesenkt hatte, der Claudia sofort nach Betreten des Raums frösteln ließ. Das Erste, was ihr auffiel, ihre Mutter war nicht hier. Aber ihr Interesse wandte sich sofort den vier Liegen zu. Mit ihren vierundzwanzig Jahren hatte sie noch nie einen toten Menschen gesehen. Jetzt lagen hier gleich vier zur Auswahl.

Auf den weißen Laken waren breite Klebestreifen aufgebracht, die in kaum leserlichen Buchstaben Namen skizzierten. ‚Klaus Gerlens‘. Das soll wohl ‚Gertens‘ heißen, mutmaßte sie, als sie den so ausgefüllten Klebestreifen auf einem der Laken zu Gesicht bekam. Wäre schon eigenartig, dass in einer Nacht in einer Klinik ein Klaus Gerlens und ein Klaus Gertens versterben. Sicherheitshalber warf sie einen Blick auf die anderen Wagen. Die drei weiteren Namen ließen jedoch keine Beziehung zum Namen ihres Opas erkennen. Ein Name klang fremd, vielleicht türkisch oder arabisch. Das kleine, wohlgemeinte Kreuz an der Wand kam ihr nochmals in den Sinn. Sie wandte sich erneut der mit Klaus Gerlens beschrifteten Liege zu. Nach kurzem Überlegen hob sie das weiße Laken am Fußende dieser Liege an. Zwei weiß-bläuliche, leblose Füße wurden erkennbar, um den Zeh des rechten Fußes war ein Band mit einem eingedruckten Namen befestigt. Es war ihr Opa, Klaus Gertens, hier war der Name korrekt wiedergegeben. Außerdem war auf dem Band noch ein Art Barcode aufgetragen, wie er zur Kennzeichnung von Waren in Supermärkten zum Einsatz kommt. So geht das also zu Ende, dachte sie sich. Mit drei anderen toten Menschen in einem kleinen, kalten, gefliesten Raum eines Tiefkellers, Kreuz an der Wand, Name falsch buchstabiert und einem Barcode am Zeh.

Das gut überstandene Abenteuer mit den Füßen ihres Opas hatte ihr Mut gemacht. Mit einer langsamen und vorsichtigen Bewegung hob sie das Laken im Kopfbereich ihres Großvaters an und schlug es dann zurück auf seinen Oberkörper. Sie konnte den Anblick nur schwer ertragen. Was ihr wiederum als Erstes auffiel, war diese eigenartige blasse, blau schimmernde Hautfarbe. Der Unterkiefer des Großvaters war durch ein eingerolltes Tuch unter seinem Kinn so fixiert, dass der Mund geschlossen war. Wahrscheinlich läge er ansonsten später, nach Erreichen der Totenstarre, mit weit geöffnetem Mund da. Na und, dachte sie, ob das so viel hässlicher wäre. Sie berührte die Haut ihres Opas vorsichtig mit dem Zeigefinger

60

und schreckte sofort zurück. Wie kalt er war! Mit jeder Sekunde verlor die Situation jedoch zunehmend ihren Schrecken. Mit ihrer ganzen Hand streichelte sie nun die Stirn und Wangen des toten Mannes und konnte sich jetzt auch ihrer Trauer etwas mehr hingeben. Sie würde ihren Großvater, den sie in ihren jungen Jahren als liebevollen, großzügigen, immer hilfsbereiten Fels in der Brandung wahrgenommen hatte, nie mehr wiedersehen. Oder doch? Die großen Fragen der menschlichen Existenz drängten sich ihr auf. Vielleicht nicht zum ersten Mal in ihrem Leben, aber konkreter, dringlicher als früher.

Claudia nahm Schwester Katharina erst wahr, als diese den Arm um sie legte. In dem kalten Raum des Tiefkellers, ihren toten Großvater ein letztes Mal streichelnd, tat ihr das gut.

Zurück auf der Station verabschiedete sich Claudia von Schwester Katharina. Auch eine Stationsärztin, die sie bisher noch nicht kennengelernt hatte, stellte sich ihr vor und drückte ihr Beileid aus.

„Ich hatte gestern einige Einzelheiten bereits mit einem Ihrer Kollegen, einem Dr. Brender, besprochen."

„Er ist erst ab elf Uhr hier, wir leisten einen sogenannten versetzten Dienst, wobei ein Kollege später kommt, dann aber abends länger bleiben muss."

Philip würde also später auf der Station sein. Irgendwie fand sie diese Information beruhigend, ja erfreulich. Jetzt wollte sie so schnell wie möglich zurück ins Hotel und ihre Mutter sehen oder zumindest einmal telefonisch mit ihr sprechen.

9. Kapitel

Die junge Frau an der Rezeption gab Claudia, ohne dass diese sich identifizierte, den richtigen Zimmerschlüssel. Das Bristol war ein kleines Hotel, man kannte seine Gäste. Claudia nahm die kurze Treppe in den ersten Stock und öffnete erwartungsvoll die Tür. Das Zimmer war nicht abgedunkelt, mit einem Blick war ihr klar, ihre Mutter war nicht hier.

„Mama", rief sie mehrmals in den Raum. Sie öffnete die Tür zum Bad, aber es blieb dabei, ihre Mutter war nicht da. Claudia nahm das Telefon und drückte die 9.

„Rezeption", meldete sich die junge Frau, die ihr vor wenigen Augenblicken den Zimmerschlüssel ausgehändigt hatte.

„Ist meine Mutter im Laufe des Morgens hier gewesen oder hat irgendjemand den Schlüssel für unser Zimmer verlangt?"

„Frau Jansen", kam es fragend zurück.

„Ja, Claudia Jansen hier, ich habe das Zimmer gestern für meine Mutter Anna Jansen und mich gebucht. Im Moment versuche ich, meine Mutter zu finden, ich bin schon ganz unruhig."

„Das tut mir leid. Hier ist heute Morgen niemand gewesen, der nach dem Schlüssel zu Ihrem Zimmer gefragt hat."

„Danke, dann muss sie wohl noch in der Klinik sein."

Claudia wusste, dass das unwahrscheinlich war, aber sie wollte die komplizierte Situation an dieser Stelle nicht weiter diskutieren.

Sie legte sich auf das mit einer Tagesdecke überzogene Bett. Was ein Tag. Ihr geliebter Großvater tot. Was sie damit etwas versöhnte, war, dass es nach einem schnellen, wenig schmerzhaften Tod eines alten, kranken Menschen aussah, der sein Leben gelebt hatte. Aber wo war ihre Mutter? Sie war nicht mehr in der Klinik, nicht im Hotel. War sie von den Ereignissen der Nacht so bewegt, dass sie noch irgendwo anders die Dinge verarbeiten wollte? Es war ein eigenartiges Gefühl, das sich in ihr breitmachte. Sie hatte immer geglaubt, ihre Mutter gut zu kennen, und jetzt fiel es ihr schwer, ihre Reaktion auf den Tod des Vaters einzuschätzen.

Claudia griff zu ihrem Mobiltelefon und drückte die Taste mit der Kurzwahl-Verknüpfung zur Handy-Nummer ihrer Mutter.

„Der angerufene Teilnehmer antwortet nicht", klang es zurück. Das war keine beruhigende Rückmeldung, denn sie besagte, dass das Telefon ihrer Mutter entweder funktionsunfähig oder ausgeschaltet war. Ihr kam eine Ahnung, dass sich die Dinge nur mit Geduld weiter aufklären würden. Allerdings hatte sie das Bedürfnis, mit ihren Gefühlen, Ängsten und Sorgen nicht allein zu bleiben. Erneut griff sie zu ihrem Telefon.

„Jansen".

Claudia kannte ihren Vater gut. Heute klang er angespannter als sonst.

„Papa, gut, dass ich Dich erreiche."

In wenigen kurzen Sätzen berichtete sie ihrem Vater über das Ableben des Großvaters und die Tatsache, dass Anna, ja konnte man das so sagen, verschwunden war.

Ihr Vater nahm die Nachricht vom Tod des Schwiegervaters gefasst auf, allerdings schien ihn das Verschwinden seiner Frau mehr zu beunruhigen als Claudia erwartet hatte.

„Was Anna betrifft, würde ich die Polizei kontaktieren. Es ist ganz untypisch für sie, sich nicht zu melden. Ich mache mir da schon Sorgen. Möglicherweise hat sie ihr Handy ausgestellt oder der Akku ist leer. Ich weiß es nicht. Übrigens, wir hatten heute Nacht auch etwas Aufregung hier in Köln. In unseren Betrieb wurde eingebrochen. Wir sind gerade dabei, den Schaden zu erfassen."

Claudia war im Moment nicht bereit, sich auch noch für die Ereignisse in Köln zu interessieren. So dramatisch hörte sich die kurze Darstellung ihres Vaters auch nicht an. Allerdings nahm sie den Tonfall, in dem ihr Vater mit ihr sprach, doch als irritierend wahr. Sie würde noch etwas abwarten. Später, am Nachmittag, würde sie dann, dem Rat des Vaters folgend, die Polizei einschalten. Irgendwann musste sie auch noch einmal im Krankenhaus vorbeischauen und die persönlichen Sachen ihres Großvaters und ihrer Mutter an sich nehmen.

„Was hat Mama denn gestern Abend mit Dir noch besprochen, sie wollte Dich noch anrufen?"

„Ich habe gestern nicht mehr mit Deiner Mutter telefoniert, das Telefon hat zwar ein paar Mal geklingelt, aber irgendwie habe ich es nie rechtzeitig geschafft, das Gespräch anzunehmen."

10. Kapitel

Nachdem sie die schriftliche Vermisstenanzeige ausgefüllt hatte, nahm Claudia wieder im Wartebereich des Hamburger Polizeikommissariats 23 in der Troplowitzstraße Platz. Nach kurzer Zeit wurde sie dann in eines der schmucklosen Büros gebeten.

„Walter Gerhards von der Kriminalpolizei Hamburg", stellte sich der zuständige Beamte vor.

Ein unangenehmes, dunkles Gefühl stieg in ihr hoch. Sie hatte in ihrem kurzen Leben noch keine existenziellen Situationen erlebt. Heute Morgen, mit ihrem Opa im Leichenkeller, das hatte sie als solche wahrgenommen. Und jetzt saß sie hier einem Kriminalbeamten gegenüber, um das Verschwinden ihrer Mutter zu klären. Claudias Kontakte zur Polizei waren bisher auf eher belanglose Vorkommnisse wie Verkehrskontrollen beschränkt.

„Ich wäre Ihnen dankbar, wenn Sie mir die letzten Stunden, die Sie mit ihrer Mutter verbracht haben, detailliert schildern könnten. Beginnen möchte ich aber mit einigen allgemeinen Fragen."

„Legen Sie los."

Irgendwie war Claudia beruhigt, dass die unübersichtliche und von ihr zunehmend als bedrohlich empfundene Situation jetzt aufgeklärt werden sollte.

„Mich würde Ihre familiäre Situation interessieren. Was machen Ihr Vater und Ihre Mutter beruflich, wie viele Kinder gibt es, was machen die, wie schätzen sie die privaten Beziehungen in Ihrer Familie ein?"

Die letzte Frage erstaunte Claudia. Was konnte sie schon zur familiären Situation anmerken? Für sie sah das alles sehr harmonisch aus. Ihr Vater arbeitete viel und war häufig unterwegs, aber zu Hause hatte er sich immer als liebevoller, gutmütiger und großzügiger Mensch gezeigt. Auch hielt sie die Ehe ihrer Eltern für intakt, ja für glücklich. Mandy Lee war ihr manchmal durch den Kopf gegangen. Sie war eine attraktive Frau und darüber hinaus eine enge Mitarbeiterin ihres Vaters, die ihn zudem oft auf seinen Dienstreisen begleitete. Außerdem war sie mindestens zehn Jahre jünger als ihre Mutter. Warum hatte Mandy eigentlich keinen Partner, keine Familie? Vielleicht gab es da ja Jemanden und sie wusste es einfach nicht. Bei einigen privaten Anlässen war Mandy in Begleitung eines älteren, ganz sympathischen Mannes erschienen. Wenn man diese Unsicherheit einmal aussparte, war sie eigentlich sicher, dass ihre Eltern eine schöne Partnerschaft und Ehe pflegten.

Claudia beantwortete die Fragen des Beamten, ihre Gedanken zu Mandy Lee hielt sie zurück. Es gab keinen Grund, ihre persönlichen Fantasien hier öffentlich zu machen. Nach etwa einer halben Stunde hatte sie jedes erdenkliche Detail ihrer Reise nach Hamburg sowie die letzten Minuten des Zusammenseins mit ihrer Mutter im Krankenhaus geschildert.

Nun wandte sich Claudia an den Kriminalbeamten:

„Meine Mutter hat das Krankenhaus wahrscheinlich gar nicht verlassen, was glauben Sie denn, was passiert sein könnte?"

„Die Stationsschwester hat angegeben, dass Ihre Mutter das Bedürfnis hatte, ihren Vater ein letztes Mal zu sehen, und seinen Transport in den Leichenkeller der Klinik begleitet hat."

„Als ich im Tiefkeller des Krankenhauses nach dem Leichenkeller suchte, stand die Tür zu diesem Raum offen. Ist das nicht ungewöhnlich? Außerdem verließen gerade irgendwelche Leute den Keller durch das große, teilverglaste Tor, wahrscheinlich der Zugangsweg für Dienstleister der Klinik oder Mitarbeiter von Bestattungsunternehmen. Wie gesagt, als ich dort ankam, wurde dieses Tor gerade von außen geschlossen, sodass ich auch nicht beurteilen kann, ob diese Personen irgendetwas mit sich führten. Die Stimmen waren durch die geräuschvoll zufallende Tür leise und unverständlich. Auch den Wagen habe ich durch die Glastür nicht genau erkennen können, aber es war ein großes dunkles Fahrzeug."

Claudia erinnerte sich an den aggressiven Fahrstil des Mercedes, der ihr auf der Fahrt nach Hamburg aufgefallen war. Sie gab auch dieses möglicherweise unwichtige Detail an den Polizeibeamten weiter. In jedem Fall wollte sie so hilfreich sein wie irgend möglich.

„Wenn Sie mich nicht mehr brauchen, würde ich mich gern zurückziehen. Ich plane allerdings, morgen früh bereits nach Köln zurückzukehren. Mein Vater

68

ist durch das Verschwinden meiner Mutter emotional sehr aufgewühlt und verunsichert. Ich bin überzeugt, dass ich im Moment in Köln gebraucht werde. Dort stehe ich Ihren Kollegen jederzeit zur Verfügung, wenn Sie weitere Fragen haben sollten."

Auf dem Weg zurück ins Hotel in dem alten, gemütlichen Wagen ihres Vaters nahm Claudia eine Reihe von Umwegen in Kauf. Irgendwie beruhigte sie das Autofahren in dem starken Verkehr der Großstadt, der einen beträchtlichen Teil ihrer Konzentration und Gedanken erforderte.

Die junge Dame an der Rezeption kannte Claudia offensichtlich nicht. Deshalb nannte Claudia ihre Zimmernummer, um den Schlüssel in Empfang zu nehmen.

„Ihr Zimmerschlüssel wurde offensichtlich bereits ausgehändigt", Claudia war im Bruchteil einer Sekunde hellwach.

„Danke", antwortete sie freundlich und raste zum Treppenhaus, nahm das eine Stockwerk im Sturm und stand wenige Sekunden später schwer atmend und zitternd vor Aufregung vor ihrem Zimmer. Mehrmals klopfte sie laut an die Holztür. Als sich nach wenigen Sekunden im Raum nichts tat, wiederholte sie das Klopfen, intensiver, lauter.

Dann öffnete sich die Tür.

„Kommen Sie herein", begrüßte sie ein Mann im dunklen Anzug und zog aus der Innentasche seines Jacketts eine Art Ausweis heraus.

„Mein Kollege und ich sind vom Bundeskriminalamt. Ihr Vater hat eine Nachricht erhalten, demnach
ist Ihre Mutter entführt worden."

11. Kapitel

Die Besprechung mit der Kriminalpolizei Köln war im Laufe des Tages mehrmals verschoben worden. Grund dafür waren die andauernden Ermittlungen der weiterhin unklaren Umstände des Einbruchs in die Räume der Weiss GmbH. Für sechzehn Uhr war nun ein neuer Termin festgelegt worden.

Die Stimmung der kleinen Gruppe war nicht so locker wie gewohnt. Robert, Mandy und Jo, begleitet von Auge, warteten im Konferenzraum der Firma, der mittlerweile wieder freigegeben war, auf Frank Arenz und seine Mitarbeiter von der Kölner Polizei. Hinzugesellt hatte sich auch Günter Menden, ein alter Bekannter von Robert Jansen und Chef des externen Sicherheitsunternehmens, MeCur Köln GmbH, das die Weiss GmbH seit Jahren betreute. Robert Jansen stand stumm und blass etwas entfernt von der Gruppe.

„Ich bin mal gespannt, was die Bullen herausbekommen haben."

Auge war ganz der Klassenkämpfer, der in der Polizei im Wesentlichen das Werkzeug der Eliten und des Kapitals sah.

„Tatsache ist, dass professionelle Kriminelle in unsere Firma eingebrochen sind. Die entscheidenden Fragen meiner Meinung nach sind: Was haben sie da gesucht und warum haben sie das, was immer sie gesucht haben, zum jetzigen Zeitpunkt gesucht?"

„Das … das ist nicht die Arbeit von gemeinen Verbrechern gewesen, sondern eher von einem Geheimdienst oder Terroristen, wer weiß?"

Jo hatte hohen Respekt vor Auges Intelligenz, aber Kriminalität war für ihn etwas anderes, kleiner, dreckiger, weniger perfekt. Außerdem liebte er Romane und Filme mit organisierter und politischer Kriminalität.

Auge ließ sich durch Jos schüchtern vorgetragenen Einwand nicht länger unterbrechen.

„Wir haben zurzeit drei wichtige Entwicklungen in unserer Firma. Erstens, in Kooperation mit Unternehmen aus dem Automobilbereich, Entwicklung und Produktion elektronischer Bauteile für Assistenzsysteme hin zu autonomem Fahren. Da ist ein riesiger Wettbewerb im Gange. Hier ist Industriespionage nicht auszuschließen."

Wieder war Jo nicht ganz überzeugt.

„Aber, … Jansen hat gesagt, dass wir bei dieser Entwicklung den anderen hinterherlaufen und vielleicht geben wir sogar auf, weil wir zurückliegen."

„Zweitens", Auge ignorierte Jos Einwürfe, „die neuen Energiezellen für die Geschwindigkeitsmessung bei Flügen in großer Flughöhe und sehr kalten Außentemperaturen. Nach dem kürzlichen Absturz des französischen Airbus über dem Südatlantik, bei dem Defekte an solchen Systemen eine Rolle gespielt haben, ist das Thema hochaktuell und der eine oder andere Flugzeugbauer dieser Welt wüsste vielleicht gern über den Stand unserer Entwicklung Bescheid."

72

„… Würden die dazu kriminell werden? Flugzeug-bauer, das sind doch ehrliche Firmen, seriös sagt man."

Jo gefiel sich zunehmend in der Rolle des Vertreters der Antithese.

„Und dann letztlich unsere Spezialbatterien für Hathays. Da könnte eine Rolle spielen, dass der Auftrag praktisch abgeschlossen ist und die Ware zur Auslieferung bereitliegt. Vielleicht hat aber auch irgendjemand spekuliert, dass hier größere Zahlungen erfolgt sind. Aber Geld haben die Ganoven ja wahrscheinlich nicht gesucht und Spielzeugbatterien, wer braucht denn so was? Deshalb macht das Projekt meiner Einschätzung nach am wenigsten Sinn für eine Aktion, wie wir sie heute Nacht gesehen haben. Außerdem liegen die Batterien unbeschädigt und komplett in dem Transporter, in den wir sie gestern Nachmittag spät noch eingeladen haben."

„War das so vorgesehen, die Kisten schon gestern in den Transporter zu laden, der Transport zum Flughafen war doch erst für heute vorgesehen?"

Mandy Lee war sichtlich überrascht, die Details der Lieferung waren schließlich von Robert Jansen und ihr festgelegt worden. Auch Robert Jansen hatte Auges beiläufige Bemerkung aufmerksam wahrgenommen. Man meinte, seinem Gesichtsausdruck zu entnehmen, dass er von der Eigenständigkeit der beiden irritiert, wenn nicht sogar verärgert war.

Ehe die Frage der Transport-Details weiter diskutiert werden konnte, klopfte es an die Tür und Frank

Arenz betrat mit drei Begleitern den Raum. Einer seiner Mitarbeiter baute einen Laptop Computer und einen Beamer auf und verband die beiden Geräte mit einem Kabel. Es sah ganz so aus, als wollte die Kölner Polizei den Vertretern der Weiss GmbH ein kleines Multimedia-Ereignis bieten.

Robert Jansen eröffnete die Sitzung und begrüßte Frank Arenz und die Abordnung der Polizei Köln, den Sicherheitschef seiner Firma, Günter Menden, sowie die wenigen Betriebsangehörigen der Weiss GmbH, die an dem nächtlichen Ereignis auf dem Firmengelände in unterschiedlicher Weise beteiligt gewesen waren. Dann gab er das Wort an den Vertreter der Kripo Köln, Frank Arenz.

„Ich möchte Ihnen zuerst einmal meine beiden Kollegen, Herrn Meyers und Frau Hombach, vorstellen. Der Herr ganz links ist Peter Wollheim, ein Vertreter des Bundeskriminalamts BKA. Wie Sie wissen, wurde gestern in das Gebäude der Firma Weiss eingebrochen. Wir haben diese gemeinsame Sitzung mit Ihnen, die schon für den späten Vormittag angekündigt war, mehrfach verschoben, weil wir das Ergebnis unserer Recherchen abwarten wollten. Mittlerweile liegen uns die vorläufigen Befunde unserer Untersuchungen vor. Dabei ergeben sich allerdings einige Fragen an Sie. Wir haben mit einigen von Ihnen bereits detaillierte Einzelgespräche geführt. Andere Dinge lassen sich möglicherweise an dieser Stelle etwas besser abstimmen.“

74

Dann ging er dazu über, die Details der nächtlichen Ereignisse, wie sie von der Spurensicherung dokumentiert waren, in Wort und Bild darzustellen. Robert Jansen war zunehmend unklar, warum die Polizei diesen ungewöhnlichen Schritt einer öffentlichen Debatte um den Einbruch in seiner Firma veranstaltete. Wurden Ermittlungsarbeiten nicht üblicherweise mit einer gewissen Diskretion durchgeführt?

Die Darstellung des Kriminalbeamten zeigte einen perfekt geplanten und durchgeführten Einbruch in die Weiss GmbH. Dabei waren nur wenige Räume, aber keine Schränke oder Tresore geöffnet worden. Sowohl in der Entwicklungsabteilung als auch im Bereich der Produktion war trotz intensiver Recherche bisher Nichts als fehlend gemeldet worden.

„Es ist diese Diskrepanz zwischen extremer Professionalität der Durchführung des Einbruchs und das offensichtliche Fehlen eines Nutzens, eines Gewinns für die Akteure, die wir dringend klären müssen. Weil es eben nicht nach einer Aktion von ein paar lokalen Drogensüchtigen aussieht, sondern mehr nach organisiertem Verbrechen, haben wir unsererseits das Bundeskriminalamt informiert und mit einbezogen. Ich möchte meine Frage, die ich an Sie einzeln bereits gerichtet habe, nochmals für diese Gruppe wiederholen. Was wollten diese Leute, was haben sie gesucht, was möglicherweise mitgenommen?"

„Herr Jansen. Könnte es nicht sein, dass sie physisch nichts mitgenommen haben, aber trotzdem erfolgreich waren, zum Beispiel sich Kopien oder Fotos unserer Planungen angefertigt haben."

Anstelle von Robert Jansen, den Jo direkt angesprochen hatte, antwortete Frank Arenz.

„Man kann diese Möglichkeit in der Tat nicht ausschließen, aber unsere Befunde sprechen eher dagegen. Soweit wir wissen, wurden die entsprechenden Räume gar nicht geöffnet. Auch sind die Schränke und Tresore in der Entwicklungsabteilung unbeschädigt und die nicht weggeschlossenen Dokumente wurden nicht aus ihren Verpackungen, zum Beispiel Zeichnungsrollen, herausgenommen. Was weiter sehr stark gegen dieses Konzept spricht, ist die Tatsache, dass die Computer oder zumindest die Festplatten nicht mitgenommen wurden. Auch wurden sie nicht gestartet, sodass ein Diebstahl der elektronischen Daten ausscheidet.

Wenn ich die bisherigen Informationen richtig verstanden habe, ist Ihre Firma derzeit. im Wesentlichen in drei Aktivitäten involviert, wobei es sich in zwei Fällen um Entwicklungsarbeit handelt. Hier wären also Planungs- und Entwicklungsunterlagen das Ziel der Einbrecher. In dem dritten Fall liegt fertig produzierte Ware zur Auslieferung auf dem Firmengelände in Ihrer Lagerhalle bereit. Dabei handelt es sich um nach individuellen Vorgaben gefertigte Hochleistungsbatterien. Auch diese Gegenstände wurden nicht verlustig gemeldet, obwohl die Lagerhalle offensichtlich von den Einbrechern durchsucht wurde. Alle Batterien liegen in Reih und Glied aufgeladen auf dem im Hof der Firma geparkten Transporter. Wann sollen die eigentlich ausgeliefert werden?"

Wie zumeist bei Fragen zu organisatorischen Details war es Mandy Lee, die sich angesprochen fühlte.

„Nun, ursprünglich war die Fracht für heute ab dem Flughafen Frankfurt vorgesehen. Die Lieferung geht von dort über Doha in Katar weiter nach Karatschi in Pakistan, wo die Endmontage des Produkts erfolgt. Da unsere gesamte Firma heute Morgen noch durch die laufenden Ermittlungen blockiert war, hat sich dieser Termin nun verzögert. Wir haben unseren Kunden in Singapur und die Empfängerfirma in Pakistan bereits auf eine kurze Verspätung der Lieferung vorbereitet."

Man hatte den Eindruck, dass die Erörterung des Einbruchs keine neuen Informationen mehr erbrachte. Die entstandene Pause des Gesprächs nutzt Robert Jansen, sich mit leiser Stimme zu melden.

„Ich möchte die Gelegenheit wahrnehmen, Ihnen bzw. Euch Folgendes mitzuteilen. Ich habe heute Mittag die Nachricht erhalten, dass meine Frau in Hamburg entführt wurde. Konkrete Forderungen wurden zumindest bisher nicht gestellt. Die Polizei ermittelt natürlich. Wir hatten ursprünglich Stillschweigen vereinbart, um die Nachforschungen nicht zu stören. Ich möchte diese Information jedoch in dieser Runde weitergeben, allerdings mit der Bitte um absolute Diskretion."

Jo konnte als Erster seine Aufregung nicht mehr unterdrücken. Seine Stimme klang bewegt.

„Das muss doch in einem Zusammenhang mit dem Einbruch stehen. Soviel Zufälle gibt es doch nicht."

„Meine Damen und Herren, ich möchte diesen aktuellen Aspekt im Moment gern aus unserer Diskussion heraushalten. Wir ermitteln mit größter Intensität und natürlich werden wir Sie informieren, sobald sich neue Entwicklungen auftun. Im Moment habe ich keine weiteren Informationen für Sie, aber auch keine weiteren Fragen. Aus meiner Sicht können wir die Sitzung schließen."

Arenz nickte kurz seinen beiden Mitarbeitern und dem BKA-Beamten zu.

12. Kapitel

Das in die Jahre gekommene Reihenhaus im Kölner Universitätsviertel war ein schmuckloser Altbau mit bröckelnder Fassade. Selbst die alte Gaslaterne direkt vor dem Haus vermochte keine romantische Altstadt- stimmung zu erzeugen. Im Erdgeschoss des Hauses mit seinen schief hängenden und im Wind sich bie- genden Holzverschlägen vor den Fenstern lebten seit vielen Jahren die Eltern von Peter Hansmann. Auge selbst bewohnte ein schlichtes Zimmer im ersten Stock. Hier hatte er bereits als Schüler gehaust. Früher hatte er sich oft überlegt, in eine moderne, größere Wohnung umzuziehen. Aber das war lange her.

Nachdem Jo am Hauseingang die Klingel betätigt hatte, dauerte es etwa eine Minute, dann öffnete Vater Hansmann ihm die Tür, den Oberkörper nur mit ei- nem gerippten weißen Unterhemd bekleidet, das Ge- sicht zur Rasur frisch eingeseift.

„Ach Du bist es, Jo. Peter hat die Klingel wahr- scheinlich gar nicht gehört. Komm rein."

„Danke, Herr Hansmann, ist Auge denn zu Hause?"

Das war fast eine rhetorische Frage, denn Auge war, mit wenigen Ausnahmen, immer zu Hause.

„Ich glaube schon, geh nur hoch, Du kennst den Weg ja bestens."

„Ich will nur kurz Ihrer Frau guten Abend sagen."

Wie jemand, der zur Familie gehört, öffnete Jo die Tür zur Küche. Irgendwie liebte er die einfache, karge und altmodische Idylle dieses Hauses, seiner Bewohner, aber insbesondere dieses Raums, der Küche. Bei Hansmanns fand das Leben in der Küche statt. Während er anklopfend den Raum betrat, nahm Auges Vater wieder auf seinem Stuhl am Küchentisch Platz, vor ihm eine Schale mit warmem Wasser und ein kleiner Spiegel. Ohne Jo weiter zu beachten, griff er zu seinem Rasierer. Sehr leise konnte man Musik wahrnehmen, die von einem alten Röhrenradio ausging. Sie klang so altmodisch wie alles in diesem Raum.

Jo hatte dieses Szenario schon viele Male erlebt. Warum man sich abends rasierte, wenn man doch nichts Wichtiges mehr vorhat, war ihm unklar. Auch über den Geruch in dieser Küche hatte er schon oft nachgedacht. ‚Eigentlich lecker‘, dachte er. In einer Küche wird eben Essen zubereitet und, zumindest bei den Hansmanns, auch gegessen.

Am anderen Ende des Tisches, über dem eine altmodische Lampe mit vergilbtem Schirm ein karges Licht verbreitete, saß die alte Frau. Durch ihre starke Brille blickte sie in Richtung Tür und lächelte freundlich, als sie Jo erkannte.

„Ach Du bist es, Jo. Geht es Dir gut? Du willst wahrscheinlich zu Peter? Der müsste in seinem Zimmer sein. Geh nur hoch. Er wird sich freuen, Dich zu sehen.“

Für Jo passte irgendwie alles zusammen, das alte, etwas heruntergekommene Haus, die Küche mit ihrer unvergleichlichen Atmosphäre und dann diese einfachen, freundlichen Menschen. Hier fühlte er sich wie

80

ein ganz normaler Mensch, liebevoll akzeptiert, ohne auch nur den Anflug seiner sonst häufigen Angst vor Ablehnung. Er mochte Auge sehr, aber auch dessen Lebensumstände waren Gründe, warum er seinen Freund oft und gern besuchte. Mit wenigen schnellen Schritten brachte er die kurze Treppe hinter sich und klopfte an die Tür von Auges Zimmer. Im Inneren war leise Musik zu hören, ein alter Bob Dylan Song, ‚Don't think twice, it's alright'. Es dauerte einen Moment, bis er im Inneren des Raums gedämpfte Schritte vernahm. Geräuschvoll drehte der Schlüssel das alte Schloss und die Tür öffnete sich.

Auges Zimmer hatte etwas Unordentliches, das ungemachte, provisorisch mit einer Tagesdecke versorgte Bett, Bücher, Zeitungen und Zeitschriften verstreut über alle Ablagen und den Fußboden. Obwohl die Abendsonne draußen noch etwas Licht spendete, war der schwere Vorhang fast komplett zugezogen. Die Lampe auf dem Schreibtisch strahlte ein warmes Licht aus.

Die Gespräche der beiden Freunde drehten sich schnell in Richtung auf die Ereignisse des vergangenen Tages.

Ihre Gefühle waren am meisten bedrückt durch die Gewalt, die offensichtlich Anna Jansen widerfahren war. Beide hatten das Bedürfnis, die Dinge noch einmal durchzugehen und nach einer Ordnung zu suchen.

„Ich bin mir ziemlich sicher, dass es bei der Aktion heute Nacht um die Batterien ging. Hast Du gemerkt, wie überrascht alle waren, dass wir die noch gestern Nachmittag auf den Transporter verfrachtet haben. Jeder glaubte, dass die noch in der Halle gelagert waren. Genau wie die Einbrecher. Meines Erachtens ist die Verladung der Kisten auf den Transporter die Erklärung für das ganze Durcheinander. Die Einbrecher haben überall nach den Dingern gesucht, waren möglicherweise sogar vorinformiert, wussten aber nichts von dem Transporter."

Jo war ganz aufgeregt, dass er in der Diskussion um die Widersprüchlichkeit des Einbruchs, dessen professionelle Ausführung auf der einen Seite und den fehlenden bzw. nicht nachweisbaren Nutzen für die Akteure andererseits, erstmals einen plausiblen Erklärungsansatz formulieren konnte.

Auge schwieg für einen kurzen Moment.

„Erst einmal gebe ich Dir recht. Ich glaube mittlerweile auch, dass unsere Entwicklungsarbeiten nicht das Ziel des Einbruchs waren und dann bleiben nur die Batterien. Mir ist auch aufgefallen, wie Mandy reagiert hat und ich meine, so etwas wie Ärger bei ihr wahrgenommen zu haben. Könnte es sein, dass sie mit den Einbrechern in irgendeiner Weise verbunden ist, sie den Einbruch vielleicht sogar mitzuverantworten hat? Deine Theorie von den Batterien an einem Ort, den keiner erwartet hat, finde ich gut. Es macht dann aber auch Sinn, von einer Firmen-interne Person auszugehen, die oder der die Einbrecher informiert oder vielleicht sogar beauftragt hat. Nur konnte diese Person den Lagerungsort der Batterien nicht kennen,

82

weil die von uns gestern unabgesprochen vorzeitig verladen wurden, um heute Morgen Zeit zu sparen. Andererseits kommt die Geschichte vielleicht auch ohne eine beteiligte Person innerhalb der Firma aus. Der Aufbewahrungsort der teuren Ware auf dem schäbigen Transporter, das war schon ziemlich unvorhersehbar."

„Nein …, dass Mandy zu den Bösen gehören soll, glaub' ich überhaupt nicht. Außerdem, überrascht und sogar etwas ärgerlich haben auch Jansen und dieser Sicherheitschef reingeblickt."

Jos Stimme klang empört. Seit vielen Jahren war Mandy für ihn der Inbegriff weiblicher Schönheit, mütterlicher Wärme und sexueller Attraktivität. Sie hatte ihn immer freundlich und respektvoll behandelt. Jo mochte sie, heimlich verehrte er sie und manchmal träumte er sogar von ihr. Auch in seinen erotischen Fantasien spielte Mandy häufig eine Schlüsselrolle. Nein, Mandy hatte mit den Dingen nichts zu tun, da war er sich ganz sicher.

„Warum sollte sie der eigenen Firma, die ihr seit vielen Jahren so viel gegeben hat, in den Rücken fallen?"

„Menschen sind so, möglicherweise ist da viel Geld im Spiel."

Auge wusste um Jos Bewunderung für Mandy und ging davon aus, dass Jo in dieser Hinsicht einfach befangen war.

„Ein paar Batterien, das ist doch eher was für Klein-kriminelle. Ich meine, wir haben einfach keine Ah-nung, was die Einbrecher wollten."

Jo schaute nachdenklich.

„Ich meine, wir sollten uns einmal das Batteriege-schäft genau ansehen. Um noch mal zu Mandy zu-rückzukommen, ich bin mir ganz sicher, sie hat mit den Dingen nichts zu tun. Deshalb, ehe wir Einzelne verdächtigen, brauchen wir ein Motiv. Ich erinnere mich noch, wie sich alle über den Auftrag gefreut ha-ben, weil die Dinge für unsere Firma gar nicht so gut stehen, und da war auch Mandy unter denen, die stolz und glücklich waren. Ich meine sogar zu wissen, dass Mandy der Vertragsabschluss zugeschrieben wird. Es heißt, sie habe damals sehr gut verhandelt."

Auge hatte sich eine Flasche Bier aufgemacht. Er wusste, dass Jo sich nichts aus Alkohol machte. Trotz-dem fragt er, vordergründig höflich aber im Ton eher spöttisch.

„Was ist mit Dir?"

Jo schüttelte den Kopf und Auge fuhr fort.

„Zum Batteriegeschäft kann ich Dich auf den Stand der Dinge bringen, dessen Hintergründe kenne ich ei-gentlich ganz gut. Es sind Spezialbatterien, die nach ziemlich genauen Vorgaben entwickelt werden muss-ten. Da gibt es in der Welt nur wenige Firmen, die so etwas leisten können. Sehr Energie-stark, sehr robust, wohl ein sehr eigenartiges Format. Jansen geht davon aus, dass wir hauptsächlich die Entwicklungsarbeit leisten sollen, da nur geringe Stückzahlen bestellt

84

wurden. Allerdings, und an der Stelle war er ganz stolz, weil er und Mandy gut verhandelt hätten, sei der Stückpreis deshalb auch relativ hoch. Das Zweite ist, dass im Vertrag die Übergabe der Entwicklungsdokumentation nicht als Teil unserer Leistung festgelegt ist. Da erhoffen sich unsere Leute noch eine profitable Nachverhandlung. Was allen aufgefallen war, ist der enorme Druck, den die Gegenseite bezüglich der Auslieferungstermine gemacht hat."

Jo blickte Auge anerkennend an.

„Termindruck ist heutzutage doch eigentlich normal."

„Ja, aber das hier war anscheinend mehr als üblich. Die haben riesige Zuschläge angeboten, je früher wir liefern, umso mehr Geld."

„Und, wie liegen wir im Zeitplan?"

Auge nahm einen großen Schluck aus seiner Bierflasche und wischte sich mit dem Handrücken genüsslich über Mund und Kinn.

„Wir sind oder wir waren ziemlich gut. Jansen wollte in Berlin gestern eigentlich den Prototypen zeigen, konnte allerdings bereits die erste fertige Spezialbatterie aus der Serienproduktion als Präsent mitbringen. Also, das Geschäft geht zu Ende, ich bin gespannt, ob die Nachverhandlungen so gut laufen wie geplant."

„Hast Du eigentlich eine Ahnung, wozu diese Dinger gebraucht werden? Ich meine, für eine kleine Serie Batterien so ein Aufstand. Muss doch irgendetwas Wichtiges sein?"

„Das habe ich Jansen auch schon gefragt. Der Auftraggeber ist ein großer Spielzeugproduzent mit Zentrale in Singapur. Das Projekt, um das es sich handelt, ist sogenanntes Großspielzeug. Das sind zum Beispiel elektrisch angetriebene kleine Autos für verzogene und verwöhnte Kinder von irgendwelchen Kapitalisten."

Auges klassenkämpferische Rhetorik wirkte auf Jo immer etwa belustigend.

„Du meinst so Leute wie mich, oder?"

„Ich bin mir nur noch nicht im Klaren, ob Du jetzt das verwöhnte Kind oder der Vater mit dem dicken Geldbeutel bist."

„Verwöhntes Kind ist nicht schlecht. Du glaubst es vielleicht nicht, aber ich habe mich immer so gefühlt. Meine Mutter, meine Kindheit … Aber noch mal zurück zum Verwendungszweck der Batterien. Das ergibt doch keinen Sinn. Was Du beschreibst, gibt es doch bereits zum Antrieb für Fahrräder. Selbst bei richtigen Autos ist der Elektroantrieb doch schon sehr weit, wird bald Routine sein. Muss man so was für teures Geld wirklich neu entwickeln?"

„Scheinbar ja, ich hab' das so verstanden, dass das Spielzeug, sagen wir mal die Elektroautos, mehr oder weniger fertig produziert ist, und unsere Batterien in die vorgegebenen Einsatzfächer passen müssen. Das sieht eigentlich so aus, als ob die Firma aus Singapur erst einmal mit anderen Stellen verhandelt oder sogar abgeschlossen hat und wir aus irgendwelchen Gründen erst relativ spät ins Geschäft gekommen sind. Ich

86

kann Jansen morgen noch einmal fragen, wie er das sieht. Er hat um solche Dinge bisher nie ein Geheimnis gemacht."

„Was meinst Du denn, wie die Entführung von Anna Jansen da hineinpasst?"

Jo wollte Auges Intelligenz noch einmal auf den in seinen Augen schwierigsten Punkt der Ereignisse fokussieren.

„Ich habe keine Ahnung. Wovon man ausgehen muss, ist vielleicht Folgendes. Eine professionelle Kriminellentruppe, organisierte Kriminalität, irgendein Geheimdienst, oder Terroristen, Al-Kaida, die üblichen Verdächtigen, wer auch immer, ist mit großem Aufwand in die Firma eingebrochen und hat sein Ziel möglicherweise nicht erreicht. Ist es nicht logisch, in einem zweiten Coup die Herausgabe dessen, was man gesucht hat, zu erpressen? Wenn die Dinge so zusammengehören, wäre natürlich auffällig wie schnell diese Ganoven reagiert haben. Es liegen nur Stunden zwischen dem wahrscheinlich erfolglosem Einbruch in Köln und der Entführung von Anna Jansen in Hamburg. Theoretisch könnte es sich deshalb auch um unterschiedliche Gruppen handeln, die an diese komischen Batterien ranwollen. Dabei hat eine Fraktion es mit dem Einbruch in die Firma versucht, vergeblich, und eine zweite Gruppe arbeitet mit Entführung und vielleicht nachfolgender Erpressung. Der zeitliche Bezug der beiden Ereignisse wäre dann zufällig. Es gibt bisher offensichtlich keine weiteren

Kontakte mit den Entführern. Falls konkrete Forderungen kommen sollten, würden diese meines Erachtens das Rätsel, zumindest teilweise, lösen."

Jo nickte zustimmend.

„Ich fand das sowieso komisch. Da reden wir fast eine Stunde über den Einbruch in die Firma, erfahren aber nur zwei Sätze zu der Entführung von Jansens Frau, obwohl die Dinge doch wahrscheinlich zusammengehören. Ich glaube, dass im Moment niemand weiß, wie die Dinge zusammenpassen und da finde ich Deine Spekulation hilfreich. Der nicht erfolgreiche Einbruch war gestern Abend, die Entführung von Anna Jansen soll heute Morgen erfolgt sein. Entweder handelt es sich also um extrem professionelle Leute, die sehr effektiv und wenn notwendig auch an verschiedenen Orten aktiv werden können oder aber es sind wirklich verschiedene Gruppen Krimineller an den Batterien interessiert. Aber egal, ob wir von einer oder zwei unterschiedlichen Ganoventruppen ausgehen, warum gibt es nicht direkt eine konkrete Forderung?"

Auge sah eine gute Möglichkeit, Jo noch einmal zu provozieren:

„Bleiben wir bei den Verdachtsmomenten, die ich bei Mandy sehe. Ich meine, dass sie ein Auge auf Robert Jansen geworfen hat und wir auch nicht genau wissen, was da abgeht. Jedenfalls ist sie zugegebenermaßen recht attraktiv. Tolle Figur, immer sexy zurechtgemacht. Sie würde von einer Entführung von Jansens Frau vielleicht privat profitieren."

„Du bist doch wahnsinnig, lieber Auge. Manchmal merke ich, wie sehr ich Deine Intelligenz überschätze. Du wirst sehen, dass die Dinge ganz anders zueinanderpassen. Wie Du weißt, hat sich Jansens Tochter Claudia viel um mich gekümmert. Sie studiert Psychologie und vielleicht war es ja mein zusätzliches Chromosom, das mich für sie interessant gemacht hat. Aber sie hat mich nie wie ein Versuchskaninchen, sondern immer als Mensch behandelt und mich bei vielen Problemen, wahrscheinlich auch mithilfe ihres Vaters, unterstützt. Wir haben uns oft unterhalten und sie hat über ihre Eltern eigentlich immer gut gesprochen. Ich bleibe dabei, auch auf dem Hintergrund der Erzählungen von Claudia, da ist nichts mit Jansen und Mandy. Du hast einfach nur eine schmutzige Fantasie. Jetzt lass' ich Dich dann aber mal allein, ich werde die Bahn nehmen. Dann bin ich in ein paar Minuten zu Hause. Ich bin müde und sehe Dich ja morgen früh."

„Die zwei Stationen kannst Du eigentlich laufen."

„Das musst Du gerade sagen. Nein, wenn ich sie noch erwische, nehme ich die Bahn."

13. Kapitel

Die Linie 1 der Kölner Verkehrsbetriebe war an diesem Abend pünktlich. Jo hatte die hell erleuchtete Straßenbahn schon in der Ferne kommen sehen und einige schnelle Schritte einlegen müssen, um noch rechtzeitig die Haltestelle zu erreichen. Die beiden Wagen der Bahn waren nicht voll besetzt. Vorwiegend junge Leute wahrscheinlich auf dem Nachhauseweg saßen oder standen in kleinen Gruppen zusammen und führten zum Teil lautstarke Unterhaltungen. Schließlich war es Wochenmitte, kein Tag, an dem man spät ausgeht und dann bis in den frühen Morgen feiert. Jo setzte sich im hinteren Wagen der Bahn auf einen Fensterplatz.

Wie so oft auf seinen kurzen Wegen mit der Kölner Straßenbahn kam sein Traum von einem eigenen Auto wieder hoch. Ein kleines Auto, das konnte er sich nach den Jahren in der Firma locker leisten. Das Hauptproblem war der Führerschein. Einmal hatte er es ja bereits probiert, den theoretischen Test auch bestanden, aber dann war er bei der Abschluss-Fahrprüfung durchgefallen, wie einige andere auch. Furchtbar nervös war er gewesen und hatte fast bis zum Schluss doch alle Situationen gut bewältigt, bis es dann galt, sich auf die Schnellstraße einzufädeln. Auf der kurzen Beschleunigungsspur hatte er, vorschriftsgemäß blinkend, den dichten und zügigen Verkehr auf der rechten Fahrspur zur Kenntnis nehmen müssen und sich dann einfach nicht getraut, die Fahrbahn zu wechseln. Wie sehr hatte er sich gewünscht, dass irgendein Fahrer ihm mehr Platz zugestanden oder ihn vielleicht sogar mit einem Lichtzeichen ermutigt hätte, die Spur zu wechseln. So aber musste er sein Fahrzeug am Ende der Beschleunigungsspur anhalten und hatte in seiner Aufregung dann auch noch den Motor abgewürgt. Er konnte sich noch genau an den spöttisch ihn ansehenden Fahrlehrer erinnern.

„Das war es dann ja wohl."

Die Worte klangen ihm immer noch im Ohr. Ob der Fahrlehrer seine drei Chromosomen erkannt hatte, da war er sich nicht sicher. Allerdings, das hatte er sich immer wieder selbst bestätigt, wäre unter den Umständen seiner Prüfung auch manch anderer durchgefallen. Das war jetzt zwei Jahre her, aber Jo hatte schon seit einiger Zeit den Plan gefasst, es noch einmal zu versuchen.

Die Bahn hatte die Haltestelle Aachener Straße bereits wieder verlassen und nahm erneut Fahrt auf. Von der nächsten Haltestelle, Maarweg, waren es dann nur noch wenige Minuten Fußweg zu seinem Appartement. Jo, dem die täglichen Fahrten mit den Kölner Verkehrsbetrieben seit Jahren Routine waren, erhob sich aus seinem Sitz und machte sich gemächlich auf den Weg zu einem der vorderen Ausgänge, als die ruhige Fahrt der Bahn schlagartig abgebremst wurde. Menschen wurden herumgeschleudert, verloren zum Teil das Gleichgewicht und stürzten auf den Boden. Das Metall der blockierten Räder der Straßenbahn rieb sich mit den stählernen Schienen und verursachte ein anhaltendes, quälend-grelles, quietschendes Geräusch, das mit seiner Lautstärke und hohen Frequenz unangenehm bis schmerzhaft in seinen Ohren dröhnte. Zusammen mit den aufgeregten und verängstigten Schreien einzelner Fahrgäste ergab sich ein beeindruckendes Notfallszenario. Auch Jo wurde durch das heftige Abbremsen der Bahn mit großer Kraft nach vorn geschleudert. Allerdings gelang es ihm, sich an einer der Haltestangen festzuhalten. Dann endlich kam die schwere Tram zum Stillstand und der ohrenbetäubende Lärm wich den aufgeregten Stimmen der Fahrgäste, die zum Teil kleinere Blessuren erlitten hatten. Jemand hatte den Türöffner gedrückt und so traten die wenigen Insassen des hinteren Wagens auf den schmalen Grünstreifen, der das Gleisbett der Bahn von der eigentlichen Straße trennte. Auch aus dem vorderen Wagen strömten die Fahrgäste durch die geöffneten Türen ins Freie. Ein junger Mann hielt sich ein blutiges Taschentuch an die Stirn, andere schlugen sich den Staub aus den Kleidern, die sie bei Stürzen verschmutzt hatten. Niemand beachtete die aus dem Innenraum der Bahn nur schwach vernehmbare Ansage aus den Lautsprechern, dass dies ein außerplanmäßiger Halt war und die Fahrgäste bitte in der Bahn verbleiben sollten. In der Ferne war leise ein Martinshorn zu hören, in einigen Minuten würden Polizei und Feuerwehr vor Ort sein.

Aber was war eigentlich passiert? Jo hatte beschlossen, die Bahnfahrt an dieser Stelle abzubrechen und die kurze Strecke bis zu seiner Wohnung zu Fuß zu gehen. Vorbei an aufgeregt diskutierenden Menschen arbeitete er sich vor in Richtung des vorderen Endes der Bahn. Dort, umgeben von einer Menschenmenge aus Straßenbahnfahrgästen und Passanten, die neugierig stehen geblieben waren, erkannte man ein größeres, dunkles Auto. Dessen Fahrer hatte offensichtlich die für Linksabbieger auf Rot geschaltete Ampel und dann auch noch die herannahende Straßenbahn übersehen. Trotz der schnellen und entschlossenen Reaktion des Bahnführers war der quer im Schienenbett stehende Wagen von der Bahn im Bereich der hinteren Stoßstange noch erfasst worden. Auf den ersten Blick war erkennbar, dass der Sachschaden an Bahn und Auto, wahrscheinlich bedingt durch das extreme Bremsmanöver des Bahnführers, minimal ausgefallen war. Man brauchte nicht viel Fantasie, sich vorzustellen, wie der Unfallort ausgesehen hätte, wäre die tonnenschwere Bahn ungebremst in das Auto hineingerast, das sie dann ja in einem vorderen Bereich erfasst hätte. So war es wie so oft auch nicht der reale Schaden, der die Emotionen der Umstehenden befeuerte, sondern die Vorstellung von dem, was hätte passieren können.

„Sie bleiben hier, bis die Polizei da ist! …You stay here!"

Der Kölner Straßenbahnfahrer hatte schnell realisiert, dass er seine alten Englischkenntnisse auspacken musste, um sich mit den Insassen des Unfall-verursachenden Fahrzeugs zu verständigen. Die beiden Männer machten den Eindruck von Brüdern, wobei der Fahrer des schwarzen Mercedes eher ungepflegt und ein wenig heruntergekommen aussah, während der ebenfalls ausgestiegene Beifahrer mit seinem gut sitzenden Anzug, Krawatte und Stecktuch vornehm gepflegt wirkte. Beide waren dunkelhaarig mit einem gebräunten Teint und machten insgesamt einen südländischen, vielleicht orientalischen Eindruck. Jetzt zückte der gepflegtere der beiden seine Brieftasche und zog zwei Fünfhundert-Euro-Scheine heraus. Offensichtlich war er mit den europäischen Spielregeln der Schadensregulierung nach Unfällen nicht vertraut.

Gerade wollte Jo sich von der nach wie vor laut diskutierenden Menschenmenge entfernen, als der immer noch durch die Straßenbahn auf den Gleisen eingeklemmte Mercedes noch einmal seine Aufmerksamkeit erweckte. Der Innenraum des Fahrzeugs war durch die verdunkelten Seitenfenster nicht einzusehen. Von vorn allerdings, durch die Frontscheibe, glaubte Jo für einen Augenblick zu erkennen, dass eine dritte Person im Fond des Wagens saß. Diese machte ganz offensichtlich keine Anstalten, sich in das rege Treiben am Unfallort einzuschalten. Ganz im Gegenteil, soweit man erkennen konnte, war der Blick der sich auf dem Rücksitz zusammenkauernden

94

Person nach unten gerichtet, möglicherweise beabsichtigend, dass man ihn oder sie nicht zur Kenntnis nehmen würde. Während Jo mit großer Neugierde durch die Frontscheibe in das dunkle Wageninnere starrte, bewegte sich das, was man als Gesicht wahrzunehmen glaubte, einmal kurz nach oben, um sofort wieder zu verschwinden. Jo war sich jetzt noch sicherer, da waren doch zwei Augen gewesen, die ihn flüchtig angesehen hatten. Da der Unfallort an der belebten Kreuzung gut ausgeleuchtet war, hatte der Fahrgast im Inneren möglicherweise sogar erkannt, dass jemand das Wageninnere durch die Frontscheibe gemustert hatte.

,Wahrscheinlich irgendein ausländischer Geschäftsmensch oder Prominenter, der hier von seinen Leibwächtern oder wem auch immer durch die Stadt chauffiert wird.'

Bei dem Versuch, seine Sicht ins Wageninnere zu verbessern, war Jo unmittelbar an dem schwarzen, hoch aufragenden Mercedes SUV angelangt. Nun stand er direkt neben den beiden ausländischen Fahrzeuginsassen, die begonnen hatten, mit lauten Worten in einer fremden Sprache zu diskutieren. Als ob ihn ein Blitz getroffen hätte, blickte Jo den beiden heftig miteinander Streitenden mit einer Mischung aus Erstaunen und Aufregung direkt ins Gesicht. Das war genau der Tonfall, die Sprache, die er gestern Nacht vernommen hatte, als er in dem dunklen Zimmer der Firma eingeschlossen war. Seine Gefühle, seine Aufregung waren Jo wie ins Gesicht geschnitten, so eine

Gänsehaut hatte er in seinem ganzen Leben noch nicht verspürt.

Die beiden eben noch laut Gestikulierenden fühlten sich durch den intensiven, für sie unverständlichen Blickkontakt offensichtlich irritiert. Abrupt unterbrachen sie ihre Debatte und richteten nun ihre fragenden Blicke auf Jo. Nach seiner ersten unkontrollierten Reaktion fühlte dieser, wie nun eine peinliche Berührtheit in ihm aufstieg. Eine Sprache wurde üblicherweise von Millionen Menschen gesprochen. Nur weil irgendwo in der Welt ein Deutsch sprechender Ganove irgendetwas Kriminelles beging, war er doch nicht gleich mitverdächtigt. Er sollte seinen Reaktionen besser im Zaum halten. Als zwei Polizeiwagen die Unfallstelle erreichten und die Beamten erste Anordnungen trafen, den Verkehr wieder zu normalisieren, hatte er den Ort bereits verlassen. Hinter ihm wurden die aufgeregten Stimmen zunehmend leiser. Jos Blicke richteten sich nach oben. Ein einsamer, fixierter Lichtpunkt schaute aus dem ansonsten dunklen Nachthimmel auf ihn herab. Das musste der Abendstern sein.

14. Kapitel

Claudia Jansen hatte Hamburg am Morgen fluchtartig verlassen. Nach den Ereignissen des Vortages hatte sie sich nur noch einige Stunden ausruhen wollen, um dann in der Nacht nach Köln zurückzukehren. Schließlich hatte sich allerdings Philip Brender nochmals telefonisch gemeldet und sie in die nahe gelegene Pizzeria zum Essen und einem Glas Wein eingeladen. Sie hatte die Einladung diesmal gern angenommen, auch, um mit ihren Gedanken nicht allein zu sein. Für Philip war das sicher kein besonders unterhaltsamer Abend gewesen, aber er hatte sich an keiner Stelle Unzufriedenheit anmerken lassen, sie nett unterhalten und später auch brav und ohne jegliche Bedrängnisse ins Hotel zurückgebracht. Vor dem Auseinandergehen hatten sie sich auf seine Bitte hin noch auf die Du-Form der Anrede verständigt. Heute Morgen hatte sie ihn auf der Station des Krankenhauses ein letztes Mal getroffen und eine Reihe von Formalien abgewickelt. Bei all diesen Aktivitäten erschien ihr der junge Stationsarzt freundlich, unkompliziert und hilfreich. Ihr Großvater hatte bestimmt, eingeäschert zu werden und sie hatte ein lokales Institut beauftragt, die Dinge entsprechend vorzubereiten. Zum eigentlichen Begräbnis würde sie dann mit der ganzen Familie erneut nach Hamburg reisen. Im Moment war das alles aber in den Hintergrund gerückt. Claudias Gedanken kreisten um die schreckliche Nachricht ihre Mutter betreffend.

Die über fünf Stunden Autofahrt von Hamburg nach Köln waren wie im Traum an ihr vorbeigezogen. Der dichte Verkehr, die vielen Baustellen, das alles hatte sie nicht wirklich aus ihrem Grübeln herausgeholt. An einer Stelle war sie so in Gedanken gewesen, dass sie die richtige Ausfahrt verpasst hatte. Schließlich hatte sie Köln erreicht und bog in die Einfahrt zur Tiefgarage des Wohnhauses ein, in dem sich die elterliche Wohnung befand. Mithilfe des kleinen Ultraschallsenders gab sie der schweren Eingangstür der Garage das Signal zum Öffnen. Lautlos bewegte sich die schwere Tür nach oben und gab die Einfahrt frei. Was Claudia trotz ihrer schwermütigen Gedanken und Unkonzentriertheit sofort auffiel, die Tiefgarage, in der sich immer gleichzeitig mit dem Türöffner das Licht einschaltete, blieb dunkel. Es war dieses völlig ungewohnte Bild der schwarzen Toreinfahrt, das sie so noch nie gesehen hatte und ihre gesamte Konzentration mit einem Schlag ins Hier und Jetzt katapultierte. Normalerweise hätte sie die Situation nicht beunruhigt, nach den Ereignissen und Erfahrungen der letzten Tage und Stunden reagierte sie jedoch ängstlich. Erneut drückte sie auf den Ultraschallsender, um das Tor wieder zu schließen. Das Garagentor reagierte mit einer kleinen Verzögerung und senkte sich dann langsam wieder in die Tiefe. Claudia schaute sich um, auf keinen Fall wollte sie in die dunkle Tiefgarage einfahren. Einige Meter vom Hauseingang entfernt fiel ihr ein freier Parkplatz am Straßenrand auf. Etwas knapp, dachte sie, setzte den Wagen in Bewegung und stellte ihn letztlich gekonnt in der Parklücke ab. Den kurzen Weg zum elterlichen Haus legte sie mit schnellen Schritten zurück. Überrascht nahm sie den Geruch eines Fliederbaums wahr, der in voller Blüte stand. Der Baum stand an einem lichtreichen, windgeschützten Platz und war dadurch in seiner Entwicklung weiter als die meisten seiner Artgenossen. Sie liebte den Geruch und fühlte, wie sich ihre gesamte Stimmungslage aufhellte. Bedrücktheit und Ängstlichkeit rückten ein wenig in den Hintergrund und ein Gefühl von Lebensfreude und Optimismus machte sich vorsichtig breit.

„Hallo Claudia, wie gut, dass Du wieder hier bist." Der Tonfall war leise und gedrückt.

„Papa, Du siehst ja elend aus."

Claudia kamen die Tränen, das kurze Hochgefühl war nicht von langer Dauer gewesen. Sie hatte ihren Vater schon lange nicht mehr in den Armen gehalten, aber angesichts der zurückliegenden Ereignisse war in ihr das Gefühl von Fremdheit, das sie manchmal gegenüber ihrem Vater verspürte, verschwunden. So standen sie zusammen und hielten sich gegenseitig schweigend in den Armen. Claudia rollten die Tränen nun ungehemmt übers Gesicht, Robert Jansen schluchzte fast unhörbar und ohne, dass man Tränen in seinem Gesicht wahrnehmen konnte.

„Ich möchte nicht stören", wurden Vater und Tochter in ihrem emotionalen Wiedersehen unterbrochen.

Es war unverkennbar der leichte britische Akzent von Mandy Lee, die ins Zimmer trat. Attraktiv, geschmackvoll gekleidet und wie immer auch ein wenig sexy in ihrer Figur-betonten Garderobe und den eleganten Pumps mit den hohen Absätzen.

Vordergründig war Claudia ärgerlich, in diesem emotionalen Moment mit einem nicht in ihr engeres Umfeld gehörenden Menschen konfrontiert zu werden. Hinzu kam, dass sie mit ihrem Gesicht, in dem sich Tränen mit Schminke und Cajal zu einer undefinierbaren Farbe vermischt hatten, nicht öffentlich sein wollte. Innerlich fragte sie sich, was diese Frau zu diesem Zeitpunkt hier zu suchen hatte. Sie war offensichtlich bereits im Haus gewesen, als sie eintraf. Aber auch beruhigende und abwiegelnde Gedanken kamen ihr sofort in den Sinn. Mandy Lee war die wichtigste Mitarbeiterin ihres Vaters, sie war häufig Gast ihrer Eltern und man musste sie zu den engen Freunden der Familie zählen. War es nicht genau jetzt, dass man Freunde brauchen konnte? Das niedergeschlagene, blasse Gesicht des Vaters kam ihr in den Sinn.

„Hallo Mandy, sei mir nicht böse, ich muss mich erst einmal frisch machen".

Claudia löste sich aus der Umarmung mit ihrem Vater, drehte sich zur Seite und verschwand in Richtung Badezimmer.

Als sie nach einigen Minuten zurückkam, saßen Mandy und Robert am Wohnzimmertisch. Auch ihr Vater hatte die kurze Zeit offensichtlich dazu genutzt, sich etwas vorteilhafter zu zeigen. Er wirkte frisch rasiert und frisiert und machte insgesamt einen gefassteren Eindruck als Minuten zuvor.

„So Mandy, jetzt lass Dich mal richtig begrüßen".

Die Frauen umarmten sich, Luftküsse verteilend, wie zwei gute Freundinnen.

„Schön, dass Du hier bist. Mich würde Deine Analyse der Dinge interessieren, was passiert hier eigentlich?"

„Ich weiß es wirklich nicht, insbesondere ist mir die Sache mit Deiner Mutter unklar. Ob ihre Entführung mit dem Einbruch in die Firma zusammenhängt? Ich hoffe und bete, dass es ihr gut geht. Warten wir mal ab, was die Arbeit der Polizei erbringt."

„Ich kann die Spekulationen wirklich nicht mehr hören."

Robert Jansens weinerlich vorgetragener Einwurf war mehr Bitte als Feststellung.

„Ich möchte eine letzte Frage stellen, dann können wir gern das Thema wechseln."

Claudia war ebenfalls nicht an einer langen Diskussion der Ereignisse interessiert, aber ihr fehlte nach wie vor eine wichtige Information.

„In welcher Weise bist Du eigentlich über die Entführung informiert worden, Polizei oder direkt, E-Mail, Telefon?"

Während er antwortete, setzte sich Robert Jansen ins nebenan gelegene Arbeitszimmer in Bewegung.

„Ganz altmodisch, wie in einem Schundroman. Ein DIN-A4-Blatt mit einer aufgeklebten Nachricht, in unseren Briefkasten gesteckt, offenbar gestern Abend. Wahrscheinlich aus einer Annonce oder einer Überschrift der Boulevardpresse entnommen. Groß und grell: ‚Got her‘, was ja ungefähr so viel meint wie: ‚Wir haben sie‘. Das Original ist bei der Polizei, wohl zur Spurensicherung. Ich habe allerdings einige Kopien, Du kannst das Blatt gern behalten."

Aus dem Arbeitszimmer zurückkehrend, reichte Robert Jansen seiner Tochter eine Kopie der Nachricht der Entführer. Sie nahm das Blatt interessiert in die Hand. War es nicht in erster Linie ein Lebenszeichen ihrer Mutter? ‚Got her‘. Irgendwie ordinär, dachte sie, aber wahrscheinlich war es weniger die Wortwahl als die sich dahinter versteckende Gemeinheit, Gewalt und kriminelle Gesinnung, die für diesen Eindruck verantwortlich war. Sie faltete das Blatt und steckte es in ihre Handtasche.

„So schwer mir das jetzt fällt, Mandy und ich sollten jetzt noch einmal in die Firma fahren. Es ist zwar schon spät, aber die Batterien müssen dringend für den Versand fertig gemacht werden. Seit heute Morgen haben die Hathays Leute fast stündlich den Stand der Dinge abgefragt. Nun hat die Polizei heute alles freigegeben und ich gehe davon aus, dass wir die Dinge morgen früh auf die Reise schicken werden. Wichtig ist, dass wir unsere Frühlieferungs-Option einhalten, die ist bares Geld für uns."

„Da brauchen wir uns keine Sorgen zu machen, die läuft noch bis einschließlich elften Mai."

Mandy war ganz die kühle Managerin, die zeigte, dass sie die Details des Geschäfts wohl im Blick hatte.

„Ich geh schon mal meinen Wagen aus der Tiefgarage holen."

Bei diesem Stichwort kam Claudia die vermutlich defekte Beleuchtung im Tiefkeller in Erinnerung. Mit wenigen Worten beschrieb sie das Nicht-Ansprechen der Kellergaragen-Beleuchtung auf ihr Signal.

„Das ist eigenartig, das habe ich in den vielen Jahren, die wir hier wohnen, noch nie erlebt."

Robert Jansen war trotz der emotionslosen Schilderung seiner Tochter sichtbar irritiert.

„Ich werde sofort den Hausmeister benachrichtigen, er soll einmal nach dem Rechten schauen."

Und zu Mandy gewandt.

„Du kannst ja mit mir fahren und holst Dein Auto dann später ab."

Während Robert Jansen bereits mit seinem Mobiltelefon den Hausmeister kontaktierte, zeigte Mandy, was sie von diesem Vorschlag hielt.

„Wegen einer defekten Neonröhre oder Sicherung mache ich jetzt nicht so einen Aufstand. Ich werde natürlich mit meinem eigenen Wagen fahren, vielleicht hast Du ja eine Taschenlampe?"

„Der Hausmeister wird sofort zurückrufen, das warten wir in jedem Fall einmal ab. Natürlich haben wir irgendwo eine Taschenlampe, aber mir wäre wohler, wenn Du wenigstens so lange warten würdest, bis wir wissen, was in der Garage los ist."

Man konnte Mandy anmerken, dass sie eigentlich nicht bereit war, diese Verzögerung zu akzeptieren. Irgendwie spürte sie jedoch, dass die Situation angespannt war. Leicht nickend nahm sie auf der Ecke des Sofas Platz und schlug die Beine übereinander.

Das kurze Schweigen wurde durch das Läuten von Robert Jansens Telefon unterbrochen.

„Es ist der Hausmeister, der noch im Haus war. Das Licht in der Tiefgarage funktioniert regelrecht. Er meint, dass Dein Ultraschallsender vielleicht eine neue Batterie braucht. Jedenfalls ist alles in Ordnung. Und Du, Mandy, brauchst also keine Taschenlampe."

15. Kapitel

Wie fast jeden Morgen legte Jo den kurzen Weg zur Straßenbahnhaltestelle Maarweg mit hastigen Schritten zurück. Der Tagesbeginn war zeitlich knapp kalkuliert und zwischen dem ersten Klingeln seines Weckers um exakt sieben und dem Arbeitsbeginn gegen acht Uhr galt es, keine Zeit zu verschenken. Seine Arbeitszeiten waren nicht genau festgelegt, üblicherweise war er bis ein Uhr mittags und dann abends noch einmal für ein paar Stunden in der Firma. Jo liebte diese unterbrochene Arbeitszeit. Den Nachmittag konnte er in vieler Hinsicht nutzen, und abends, nach seinem Rundgang, da war es ihm liebe Gewohnheit geworden, noch einmal bei den Hansmanns und seinem Freund Auge vorbeizuschauen. Heute wurde seine Stimmung aufgehellt durch einen strahlend blauen Himmel, der trotz der am Morgen noch frischen Temperaturen einen wunderschönen Maitag mit viel Sonne ankündigte. Es war jetzt halb acht und die Bahnen Richtung Kölner Innenstadt waren zu dieser Zeit hoffnungslos überfüllt.

Kürzlich hatte er im Fernsehen einen Bericht über die U-Bahn in Tokio gesehen, in der die Menschen während der Hauptverkehrszeiten von Angestellten der Bahn mit maximalem Körpereinsatz in die Waggons gedrückt wurden. Konnte man das nicht verallgemeinern? Es gab doch fast immer Steigerungen von dem, was passierte, im Guten wie im Schlechten. Bei unangenehmen Vorkommnissen konnte man sich tröstend einreden, dass es auch noch übler hätte kommen können, und auch bei schönen Dingen war grundsätzlich eine Steigerung möglich. So blieb man einerseits belastbar bei unerfreulichen Zuständen und Ereignissen, andererseits aber auch immer latent unzufrieden und auf der Suche nach dem Größeren, Schöneren, noch Besseren. Also, was war schon der morgendliche Berufsverkehr in Köln verglichen mit Tokio und auch dort konnte man sich mit dem Gedanken beruhigen, dass es irgendwo anders wahrscheinlich noch viel schlimmer war. Er selbst benötigte die Straßenbahn nur für ein kurzes Teilstück seines täglichen Weges, genau zwei Haltestellen von hier. Aber die Strecke entlang der Aachener Straße zog sich, wenn man sie zu Fuß zurücklegen wollte, doch sehr in die Länge. Ab seinem Fahrtziel, der Haltestelle am Friedhof Melaten, musste er dann immer noch etwa eine Viertelstunde laufen, zuerst zu Auge und dann gemeinsam mit seinem Freund zur Firma.

Nach wenigen Minuten hatte er seine Zielstation bereits erreicht und zwängte sich mit wenigen anderen Fahrgästen durch die eng in der Bahn stehenden Menschen zum Ausgang. Dann stand er wieder in der prallen, noch etwas tief stehenden Maisonne. Er liebte den Fußweg entlang des Friedhofs Melaten. Überhaupt, diese Gegend war ihm sehr vertraut. Auge, der ganz in der Nähe wohnte, hatte ihm immer wieder gruselige Anekdoten zu diesem Friedhof und seiner Geschichte erzählt. Mindestens zehnmal hatte Auge ihm den Spruch ‚Transi Non Sine Votis Mox Noster' übersetzt, der seitlich in das große Eingangstor des alten Haupteingangs des Friedhofs eingemeißelt war. Eigentlich fordert der Text nur dazu auf, nicht ohne ein frommes Gebet an dem Friedhof vorbeizugehen. Dann aber erinnert die Anrede ‚Du bald der Unsrige‘ noch beiläufig daran, dass man selbst auch sterben wird, und zwar bald. Für Auge passte das wunderbar zu seiner Überzeugung, dass Religion die Menschen mit der Angst vor dem Tod ködert, oder andersherum, dass die Angst vor dem Tod ein oder vielleicht sogar das Grundmotiv für religiöse Sichtweisen darstellt.

Auf Jo hatte die Geschichte des Friedhofs allerdings schon immer einen tieferen Eindruck hinterlassen als Auges religionskritische Anmerkungen. An diesem Standort hatte es bereits im 12. Jahrhundert ein Siechenheim gegeben, einen Versorgungsort für Leprakranke, mit einem kleinen Friedhof für verstorbene Kranke. Später fungierte das Areal über viele Jahrhunderte als Hinrichtungsstätte, wo man Kriminelle und religiöse Abweichler, im katholischen Rheinland waren das meistens Protestanten, zu Tode brachte. Aber auch junge Mädchen und Frauen waren hier unter dem Vorwurf der Hexerei zu Tode gequält worden. Um die Hinrichtungsstätte hatte man bereits im 16. Jahrhundert ein Rondell gemauert, um Zuschauern eine bessere Sicht auf die sadistischen Exekutionen zu bieten. An Grausamkeiten wurde dem interessierten Publikum Aufhängen am Galgen, Verbrennen in der ‚Kesselkuhle‘ und Köpfen mit dem

Schwert geboten. Und dann hatte Auge in seinen Aufzählungen auch immer von ‚rädern‘ oder ‚gerädert‘ gesprochen und dabei durch seinen Tonfall angedeutet, dass es sich dabei um eine besonders furchtbare Spezialität der Folter und des Hinrichtens handelt. Jo hatte nie gewagt, Details dieser Prozedur zu erfragen. Ja, dann wurden die unglücklichen Menschen eben gerädert, aber was das war, wollte er so genau wirklich nicht wissen.

Unter dem Eindruck solch finsterer Gedanken hatte Jo nicht nur die wunderschöne Frühlingssonne verdrängt, auch die Menschen und Geschehnisse um ihn herum hatte er während der letzten Minuten nur schemenhaft zur Kenntnis genommen. Wie fast immer um diese Tageszeit begegnete man auf dem Fußweg entlang des Friedhofs unterschiedlichen Gruppen von Menschen. Da waren einmal die Berufstätigen, die zu ihren nahe gelegenen Arbeitsplätzen im Bereich der Aachener Straße und der nahen Kölner Innenstadt strebten. In beide Richtungen waren zudem Jogger unterwegs. Heute, begünstigt durch das stimulierende Frühlingswetter, waren dies sogar mehr als man üblicherweise antraf. Und zuletzt kamen dann die Hundebesitzer hinzu, die ihre Tiere zum Morgenspaziergang ausführten. Viele Gesichter waren Jo mittlerweile bestens vertraut. Bei einigen der ihm entgegenkommenden Personen konnte er, in Abhängigkeit von seinem jeweiligen Standort, in etwa sogar abschätzen, ob er heute früher oder später als üblich unterwegs war.

Jo hatte die Front des Friedhofs etwa hundert Meter hinter sich gebracht und befand sich kurz vor dem alten Haupteingang, als er, immer noch tief in Gedanken versunken, durch einen heftigen Rempler mit einer entgegenkommenden Person aus seinen Gedanken und Tagträumen gerissen wurde.

„Oh, Entschuldigung, das tut mir wirklich leid."

Seinem Gegenüber war bei der kleinen Kollision die zusammengefaltete Zeitung aus der Hand gefallen. Jo bückte sich, um zusätzlich zu seiner verbalen Entschuldigung eine weitere freundliche, entschuldigende Geste zu zeigen.

„Bitte sehr."

„Danke! Das ist schon ok. Es ist ja nichts passiert."

Offensichtlich wollte der sorgfältig mit Anzug und Krawatte gekleidete ältere Herr, mit dem er zusammengestoßen war, seine Unachtsamkeit nicht weiter thematisieren. Außerdem schien er in Eile zu sein. Mit einem freundlichen „Ich wünsche Ihnen einen schönen Tag" hatte er seinen Weg bereits fortgesetzt.

„Das wünsche ich Ihnen auch."

Jo warf dem weiterziehenden Mann einen kurzen Blick hinterher. Sofort wurde seine Aufmerksamkeit von einer anderen Person in Anspruch genommen. Den Mann in mittlerem Alter, mit Sportschuhen, Jeans und dunkelbrauner Lederjacke gekleidet, hatte er doch bereits unmittelbar nach Verlassen seiner Wohnung und auch in der Straßenbahn wahrgenommen. Jetzt stand diese insgesamt sehr sportlich wirkende Person etwa fünfzehn Meter hinter ihm mit dem Rücken zur Friedhofsmauer. Den Blick hatte er leicht nach hinten, stadtauswärts gerichtet, sodass Jo sein Gesicht nicht eindeutig erkennen konnte. Was allerdings Jos Aufmerksamkeit erregte, war der Umstand, dass dieser Mensch hier, an der Friedhofsmauer, eine Pause zu machen schien. Niemand stand hier einfach herum. Am Friedhof selbst oder dessen Mauer schien kein Interesse zu bestehen, denn der Blick war ja eher vom Friedhof weg gerichtet. Jetzt meinte Jo wahrzunehmen, dass der Mann mit einer minimalen Kopfbewegung einen kurzen Blick in seine Richtung geworfen hatte. Während Passanten, Jogger und Hundebesitzer mit ihren Vierbeinern aus beiden Richtungen an ihm vorbeidrängten, beschloss Jo, sich Klarheit zu verschaffen. Vielleicht war er gerade dabei, einen Verfolgungswahn zu entwickeln und war nicht Paranoia eine häufige Vorstufe von Schizophrenie. Bereits gestern Abend, beim Unfall der Straßenbahn, hatte er sich sehr heftig gegen ein in ihm aufkommendes, überbordendes Misstrauen wehren müssen. Mein Gott, Trisomie und zusätzlich schizophren, das war ja eine Horrorkonstellation. Angesichts der Alternativen, real verfolgt zu werden oder an einer beginnenden Schizophrenie zu leiden, erschien Jo die erste Option zunächst einmal die Wünschenswertere.

Mit schnellen Schritten setzte er seinen Weg fort, wobei er nun andere Fußgänger überholte. Ein erster kurzer Blick zurück signalisierte ihm, er war mit hoher Wahrscheinlichkeit nicht paranoid. Der Mann in

110

dem sportlichen Outfit, der eben noch nach rückwärts schauend an der Friedhofsmauer pausiert hatte, war nun ebenfalls wieder unterwegs und hatte seine Schritte präzise Jos Geschwindigkeit angepasst. Den Abstand zu Jo hielt er konstant bei etwa fünfzehn Metern. Jos Gedanken überschlugen sich. Was passierte hier? Warum sollte ihn jemand verfolgen? Wer war dieser Mann und was führte er im Schilde? Was steckte nur hinter dieser beängstigenden Folge von Ereignissen, dem Einbruch in die Firma, der Entführung von Anna Jansen? Und vor allem, wie kam er selbst aus dieser ihn beunruhigenden Situation wieder heraus?

Jo hatte seinen Gang weiter beschleunigt. Vor ihm war in einigem Abstand der östliche Eingang zum Friedhof mit seiner steinernen Einfassung zu erkennen. Die Friedhofstore waren bereits seit sieben Uhr geöffnet. Er würde seine Verfolgungstheorie einem ultimativen Test unterwerfen. Aus dem zügigen Gang schaltete er hoch in seinen schnellstmöglichen Sprint. Geschickt den Entgegenkommenden ausweichend und um die sich in seine Richtung bewegenden Menschen herumkurvend kam er schnell voran. Hunde bellten ihm laut hinterher. Ein kleiner Mischlingsrüde zerrte aufgeregt kläffend an der Leine und hätte ihn offensichtlich gern verfolgt. Schnell hatte er das Friedhofsportal erreicht. Ohne wesentlich in seiner Geschwindigkeit nachzulassen hatte er mit einer scharfen Linkskurve das offenstehende Tor passiert und war, dem Hauptweg geradeaus folgend, eine kurze Strecke in den Friedhof hineingelaufen. In einem kleinen Seitengang nach rechts bremste er seinen Lauf ab und suchte nun, so leise wie möglich auf Zehenspitzen gehend, nach einem Versteck. Im dichten Grün hinter einem größeren, älteren Grabstein kauerte er sich tief atmend und mit zitternden Händen nieder.

16. Kapitel

Im Kölner Polizeipräsidium am Walter-Pauli-Ring saßen die sechs Anwesenden verteilt um einen großen Tisch, der locker auch einer Besprechung von doppelt so vielen Personen Platz geboten hätte. Trotz des ausreichenden Tageslichts waren die Neonlampen des spärlich eingerichteten Besprechungsraums angeschaltet. Die grelle Beleuchtung verstärkte die sachlich-nüchterne Atmosphäre, die sich auch in den Gesichtern der Anwesenden widerspiegelte.

„Meine Damen und Herren, ich möchte beginnen. Nehmen Sie bitte Platz. Einige von uns kennen sich nicht, ich möchte uns daher kurz bekannt machen. Mein Name ist Frank Arenz, ich bin von der Kriminalpolizei hier in Köln. Zur linken und rechten von mir sitzen Herr Meyers und Frau Hombach aus unserem Kommissariat und neben Frau Hombach dann Herr Wollheim vom Bundeskriminalamt. Weiterhin, und das ist vielleicht etwas ungewöhnlich, haben wir noch zwei Herren von der amerikanischen Botschaft in Berlin in unserer Runde. Dazu komme ich gleich etwas ausführlicher.

Ich möchte dieses Zusammentreffen nutzen, um Ihnen zuerst eine ganz aktuelle Information unserer Hamburger Kollegen zur Kenntnis zu geben. Die entführte Anna Jansen ist heute in den frühen Morgenstunden in Hamburg tot aufgefunden worden. Es handelt sich um ein Gewaltverbrechen, sodass wir in dem Entführungsfall jetzt von einem Tötungsdelikt ausgehen. Die bis dato bekannten Details sind in einem ersten kurzen Bericht zusammengefasst, den ich vor wenigen Minuten erhalten habe.

Diesem zufolge ist heute Morgen von einer Zivilperson eine weibliche Leiche in einem entlegenen Hafenbecken in Hamburg entdeckt worden. Der genaue Todeszeitpunkt ist derzeit noch unklar. Die Person konnte aufgrund der mitgeführten Papiere mit Vorbehalt als Anna Jansen identifiziert werden. Darüber hinaus besteht auch eine hohe Übereinstimmung mit der Personenbeschreibung und mit Fotografien, die von der Tochter der Ermordeten, einer Frau Claudia Jansen, bei deren Vermisstenanzeige in Hamburg abgegeben wurden. Demnach handelt es sich um die Ehefrau des Geschäftsführers der Weiss GmbH namens Robert Jansen. Sie wurde mit einem Genickschuss, man könnte durchaus sagen, in Profimanier exekutiert. Die Angehörigen sind, auch aus ermittlungstaktischen Überlegungen, bisher noch nicht informiert. Der Ehemann der Ermordeten wird allerdings, je nach Ermittlungsstand, so bald als möglich ins Polizeipräsidium hier in Köln einbestellt und dann die traurige Nachricht erhalten. Zusätzlich können dann auch die Details für die definitive Identifizierung der Verstorbenen vereinbart werden. Die Obduktion ist für heute am späten Nachmittag angesetzt, die Befunde werden wir unmittelbar danach erhalten. Interessanterweise hat die Tochter der Ermordeten, die ihre Mutter auf der Reise nach Hamburg begleitete, über Umstände berichtet, aus denen sich

114

ein vager Verdacht dahin gehend ergibt, dass die beiden weiblichen Personen schon am Vortag bei der Autofahrt nach Hamburg observiert wurden. Der Zugriff auf die Ermordete hat möglicherweise im oder in der Nähe des Kellers des Krankenhauses stattgefunden, in dem der Vater der Ermordeten nach seinem Ableben, wie sagt man, aufbewahrt wurde. Bei dem Fahrzeug, das den Damen bei ihrer Fahrt nach Hamburg aufgefallen war, handelt es sich mit hoher Wahrscheinlichkeit um einen dunklen, eventuell schwarzen Mercedes Kombi mit deutschem Kennzeichen. Zu den möglichen Tätern und Motiven kann ich aktuell noch keine Angaben machen. Die Spurensicherung Hamburg ist derzeit dabei, den möglichen Tatort im Krankenhaus nach Hinweisen auf den Ablauf der Dinge und die Täter zu analysieren. Zusätzlich halten wir weitere Aufschlüsse zum Tatmotiv und zu den möglichen Tätern aus der laufenden Ermittlung des Einbruchs in die Weiss GmbH für möglich. Wir möchten unsere Arbeit daher mit den Hamburger Kollegen sehr eng abstimmen. An dieser Stelle möchte ich jetzt an den Vertreter des Bundeskriminalamtes abgeben, Herr Wollheim."

„Sehr geehrte Frau Hombach, meine Herren. Guten Abend. Es geht primär um ein Einbruchsdelikt hier in Köln, Stichwort die Weiss GmbH. Dieses Einbruchsdelikt steht möglicherweise in Zusammenhang mit der Entführung, jetzt ja wahrscheinlich Mordsache Anna Jansen. Allerdings könnte es sich auch um eine zufällige Konstellation handeln.

Was Sie sicher interessiert, ist die Tatsache, dass das Bundeskriminalamt bereits vor einer Woche, also vor den hier besprochenen Ereignissen, von US-amerikanischen Dienststellen auf die Weiss GmbH aufmerksam gemacht wurde. Dabei wurden wir gebeten, das Geschäftsgebaren der Weiss GmbH, insbesondere deren Exportaktivitäten, zu überprüfen. Das Ergebnis unserer bisherigen Recherche hat bisher zumindest keinerlei Auffälligkeiten der Geschäfte der Firma aufdecken können und das schließt die Auslandsaktivitäten selbstverständlich mit ein. Außerdem zeigen unsere Recherchen, dass die Führung der Firma ausnahmslos aus juristisch unbescholtenen Personen besteht."

Frank Arenz wandte sich nun den beiden Vertretern der amerikanischen Botschaft zu.

„Wir würden die Gelegenheit des persönlichen Zusammentreffens natürlich gern nutzen, um mehr über die Hintergründe Ihrer Anfrage zu erfahren.

Der uns bekannte Stand der Dinge stellt sich wie folgt dar. Das Bundeskriminalamt hat mit Datum 27. April von der amerikanischen Botschaft in Berlin ein als streng vertraulich gekennzeichnetes Schreiben erhalten, in dem auf die Weiss GmbH aufmerksam gemacht wird. Konkret stellt dieses Schreiben die Frage, ob die Firma bzw. deren Führungspersonal in der Vergangenheit in irgendeiner Weise auffällig gewesen ist und insbesondere, ob Unregelmäßigkeiten im Exportgebaren der Firma bekannt sind. Darüber hinaus wird gebeten, die Exportaktivitäten der Firma so

116

weit wie möglich zu durchleuchten. Das BKA hat dann die Zusammenarbeit mit dem zuständigen Kommissariat der Kölner Polizei gesucht. Wir haben unsererseits um eine detaillierte Darlegung der Verdachtsmomente durch die amerikanische Seite gebeten. Freundlicherweise sind Sie nun heute hier anwesend und wir alle sind natürlich gespannt, was Sie uns zu sagen haben."

Die beiden Vertreter der amerikanischen Botschaft waren der Besprechung bisher interessiert, aber ohne Reaktion gefolgt. Der ältere der beiden Männer, man konnte ihn auf etwa fünfzig Jahre schätzen, stand nun auf und blickte einmal ausgiebig in die Runde. Er stellte sich als Chris Butler vor. Wortreich aber letztlich unpräzise bezeichnete er sich als Mitarbeiter der amerikanischen Botschaft in Berlin. Im Gegensatz zu seinem jüngeren Begleiter, der braun gebrannt und athletisch aussah und sitzen geblieben war, machte Chris Butler einen eher unsportlichen Eindruck. Das schwarze dünne Haar kurz geschnitten, Oberlippenbart, leicht übergewichtig mit einigen Schweißperlen auf der Stirn und einer etwas zu großen Brille mit dickem schwarzem Gestell, die ihm auf der Nase immer wieder nach vorn rutschte. Mit deutlich erkennbarem amerikanischem Akzent begrüßte er die Anwesenden und bedankte sich höflich für die Gelegenheit, das Anliegen der amerikanischen Seite persönlich vortragen zu können.

„Wir haben in den letzten Wochen über Mitarbeiter in Pakistan und andere Quellen Signale erhalten, dass die Taliban in Pakistan und Afghanistan zurzeit intensive Anstrengungen unternehmen, ihre Kampffähigkeit steigern. Insbesondere registrieren wir zunehmende Aktivitäten, sich mit hoch entwickelten Waffensystemen zu versorgen. Wir wissen zum jetzigen Zeitpunkt allerdings noch nicht genau, was sie im Einzelnen vorhaben. Eins ist klar, jegliche Verbesserung der Bewaffnung oder auch der Ausrüstung mit elektronischem Gerät, das sie zum Bau oder der Schaltung zum Beispiel von Bomben einsetzen können, kostet Menschenleben der alliierten Streitkräfte. In diesem Zusammenhang möchte ich daran erinnern, dass an der von der NATO geführten International Security Assistance Force ISAF in Afghanistan auch Soldaten der deutschen Bundeswehr beteiligt sind und es deshalb auch um deren Sicherheit geht. Unsere elektronischen Maßnahmen, die selektive Überwachung der Telekommunikation und teilweise auch des E-Mail-Verkehrs in Afghanistan und Nordpakistan, haben uns jetzt bereits zum wiederholten Mal auf einen geplanten Kauf von Batterien, offensichtlich sehr spezielle Anfertigungen, bei einer Firma Weiss hier in Köln aufmerksam gemacht. Nach unserer vorläufigen Kenntnis ist der Stückpreis dieser Batterien relativ hoch, die bestellte Zahl allerdings gering, was deren Nutzung für eine industrielle Massenfertigung ausschließt. Die genauen Zahlungsdetails sind uns zum jetzigen Zeitpunkt noch nicht bekannt. Als Auftraggeber und Lieferadresse wird eine pakistanische Firma in Karatschi genannt, die kürzlich von einem größeren Unternehmen aus Singapur als Produktionsort erworben wurde. Wir untersuchen zurzeit, ob diese Firma Kontakte zum pakistanischen Geheimdienst und möglicherweise zu den Taliban hat. Hinweise auf diese Batterien haben wir aber auch aus anderen Regionen Pakistans, zum Beispiel aus Peschawar, und auch aus Afghanistan selbst abgreifen können. In mehreren Berichten wird als Kontaktperson in Deutschland eine Person namens Lee genannt. Wir haben im Vorfeld die Leitungsebene der Weiss GmbH hier in Köln recherchiert. Die rechte Hand des Geschäftsführers der Firma und zuständig für deren Auslandsaktivitäten ist eine Frau Mandy Lee. Die Hintergrundrecherche zu ihrer Person ist derzeit noch nicht abgeschlossen. Bisher haben wir allerdings noch keine Besonderheiten ermitteln können, aber ihr Lebenslauf ist auch etwas kompliziert. Wir müssen das Ergebnis unserer weiteren Ermittlungen abwarten."

„Wie zuverlässig sind denn solche Informationen, die doch offensichtlich auf eigenartigen Wegen gewonnen wurden? Das können doch reine Gedankenspiele sein."

So sehr Frank Arenz die globale Perspektive der Kölner und Hamburger Ereignisse faszinierte, irgendwie störte ihn die in seinen Augen hemdsärmelige Art dieser Leute. Hier überschnitten sich offensichtlich polizeiliche und geheimdienstliche Ermittlungen. Unabhängig von den zuständigen deutschen

Stellen wurde von amerikanischer Seite offensichtlich auch in Deutschland ermittelt. Außerdem wurden hier mit dünnem Datenhintergrund bereits sehr weitreichende Schlüsse suggeriert. Die Vertreter der amerikanischen Botschaft waren am ehesten Mitarbeiter des US-amerikanischen Auslandsnachrichtendienstes CIA oder zumindest traten sie für ihn auf.

„Ich darf mich zu einigen Details unserer Informationen leider nicht äußern."

Chris Butler schaute Frank Arenz kurz an. Man hatte den Eindruck, dass sich die Zahl der Schweißperlen auf seiner Stirn deutlich vermehrt hatte.

„Ich möchte zusammenfassen. Es gibt unseres Erachtens Hinweise darauf, dass die Weiss GmbH in ein illegales Waffengeschäft mit den Taliban oder eng mit den Taliban kooperierenden Gruppen verwickelt ist. In dieser Firma scheint eine Frau Lee an diesen Aktivitäten beteiligt zu sein. Inwieweit andere Verantwortliche der Weiss GmbH informiert oder aktiv beteiligt sind, muss dringend ermittelt werden. Unabhängig von der Prüfung durch deutsche Behörden würden wir gern mit unseren eigenen Experten die zum Export vorgesehenen Produkte der Weiss GmbH analysieren. Die von der Firma für den aktuellen Technologie-Export vorgelegten Unterlagen haben wir heute in Kopie erhalten und senden diese nun zur genaueren Begutachtung an unsere Fachleute in den USA."

17. Kapitel

Der Friedhof Melaten zeigte sich an diesem frühen Maitag von seiner schönsten Seite. Selbst in der Nähe der belebten Straße herrschte eine überraschende Ruhe, die nur durch ein vielstimmiges Vogelgezwitscher unterbrochen wurde. Zusätzlich zu den alteingesessenen Vogelarten tummelten sich auf dem riesigen Areal mit seinen etwa fünfzigtausend Grabstellen vereinzelt auch exotisch bunt gefärbte Sittiche, die ihren Besitzern entflogen waren und sich mittlerweile in erster oder schon zweiter und dritter Generation an das harte Winterklima Deutschlands angepasst hatten. So spiegelte die Vogelwelt des Friedhofs ein wenig die kulturelle Vielfalt der ganzen Stadt wider. Anfang Mai war der Friedhof ein grünes Paradies mit den hohen Platanen entlang der beiden von der Aachener Straße nach Norden ziehenden Hauptwege und der etwa in der Mitte des Friedhofs verlaufenden Ost-West-Achse. Hier, an den von hohen Bäumen gesäumten, breiteren, befestigten Wegen des Friedhofs waren auch die aufwendigsten Gräber zu finden. Entlang der Seitenwege waren niedrigere Bäume, Sträucher und Hecken gepflanzt. Die verschiedenen Grün-Schattierungen wurden ergänzt durch eine Vielzahl bunter Farbpunkte früh-blühender Magnolien oder verschiedener Rhododendron-Arten. Weiß und rötlich blühende Kirschbäume gaben ihre Pastelltöne hinzu. Entsprechend der Jahreszeit standen verschiedenfarbige Flieder, Büsche und Bäume, in voller Blüte und verströmten ihren süßlichen Geruch. Zwischen der beeindruckenden Fauna erhoben sich die alten Grabsteine, die zum Teil mehrere Meter Höhe erreichten und mit ihren Inschriften auf die in Gräbern und Grüften beigesetzten Einzelpersonen, Paare und ganze Familien hinwiesen. Melaten war nicht nur ein Friedhof, sondern, wie bereits ursprünglich geplant, eine Erholungsstätte und öffentliche Grünanlage für die Kölner Bevölkerung.

Jos Sinne waren nicht auf die faszinierende Schönheit seiner Umgebung gerichtet. Tief in den grünen Büschen hinter einem größeren Grabstein niedergekauert wartete er in größter Anspannung, ob sein vermeintlicher Verfolger den Abstecher in den Friedhof wählen würde. Kaum hatte er seine endgültige Position eingenommen, da hallten bereits schnelle Schritte zu ihm herüber, die plötzlich innehielten. Jo wagte nicht mehr, zu atmen. Durch die dichten Blätter und Zweige war schemenhaft der sportlich gekleidete Mann zu erkennen, der ihn bereits an seiner Wohnung abgefangen und bis hierher verfolgt hatte. Der Fremde hielt nur wenige Sekunden inne, sorgfältig die nach links und rechts abgehenden Nebenwege musternd. Dann waren erneut seine schnellen Schritte tiefer in den Friedhof hinein zu vernehmen. Wahrscheinlich auf Höhe der nächsten Wegkreuzung verstummten die Schritte abermals. Aus einiger Distanz konnte Jo nun einige Wortfetzen vernehmen, wahrscheinlich in ein Mobiltelefon gesprochen. Sein

Verfolger musste noch ganz in der Nähe sein. Jo verstand kein Wort, aber die Sprache war unmissverständlich diejenige, die er nun bereits zweimal, beim Einbruch in die Firma und beim gestrigen Straßenbahnunfall wahrgenommen hatte. Jetzt schien das Telefongespräch beendet zu sein.

Jo saß unbeweglich in seinem Versteck, er atmete so leise wie möglich. Einige Vögel und auch ein Eichhörnchen näherten sich ihm bis auf kurze Distanz. Nach Einschätzung der Tiere ging von diesem fast leblos erscheinenden Menschen keine größere Gefahr aus. Die Gedanken kreisten in seinem Kopf. Wie lange saß er wohl schon hier? Seine von einem Hemdärmel überdeckte Uhr am linken Handgelenk konnte er nicht einsehen, ohne sich zu bewegen und sich damit möglicherweise erkennbar zu machen. Also zählte er langsam bis sechzig. Wenn das eine Minute war, dann saß er hier doch mindestens schon zehn Minuten in seinem Versteck. Von seinem Verfolger hatte er schon längere Zeit nichts mehr gehört. Aber was hieß das schon? Wahrscheinlich stand dieser mitten im Hauptgang nur mehrere Meter von hier entfernt und wartete nur auf eine solche Fehleinschätzung seinerseits. Er würde nochmals zehn Minuten warten. Jo begann, erneut zu zählen.

Sein Zeitgefühl war ihm komplett abhandengekommen. Die Knie schmerzten durch die anhaltende maximale Beugung. Jetzt musste es doch langsam gut sein. Vereinzelt waren nun Stimmen zu hören, nur bruchstückhaft zu verstehen, dafür aber in deutscher

Sprache. Schritte klangen zu ihm herüber, aus verschiedenen Richtungen, sowohl auf ihn zu als auch von ihm weg gerichtet. Wahrscheinlich hatte mittlerweile der reguläre Friedhofsbetrieb eingesetzt. Dann trat jedoch wieder komplette Ruhe ein mit Ausnahme des ihm jetzt schon vertrauten Vogelgezwitschers.

Die friedliche Stimmung wurde durch ein lautes, rockiges Musikstück jäh unterbrochen. Gleichzeit spürte Jo in seiner Hosentasche den aktivierten Vibrationsalarm seines Handys. Es war ein eingehender Anruf, der sich mit dem von ihm eingestellten Trommelwirbel ankündigte.

‚Was ein Mist! Warum hatte er nicht daran gedacht und sein Handy vorher ab oder zumindest stumm gestellt!'

Jo war sofort aufgesprungen und versuchte mit zitternden Händen, das Telefon aus seiner Hosentasche zu ziehen. Schließlich, das immer noch vibrierende und plärrende Handy in seinen Händen, drückte er auf dem Touchscreen das Feld ‚Abweisen'. Das Handy schwieg sofort still. Jo zitterte am ganzen Körper. Allerdings hatte er noch erkennen können, dass es Auge gewesen war, der versucht hatte, ihn anzurufen. Offensichtlich hatte sein Freund den Grund seiner Verspätung erfragen wollen. Hektisch stellte Jo sein Telefon ganz aus. Sicher würde Auge erneut anrufen oder aber die Mailbox sich melden. Erneut kauerte er sich tief in seinem alten Versteck zusammen. Seine Knie erinnerten ihn schmerzhaft daran, dass er bereits längere Zeit in dieser Position verbracht hatte.

Wenn sein Verfolger noch in der Nähe war und sein Telefon wahrgenommen hatte, musste er jetzt bald auftauchen. Wenn nicht, würde Jo versuchen, den Friedhof so schnell wie möglich zu verlassen und irgendwie zu Auge oder in die Firma zu kommen.

Nach einigen Minuten ohne jegliche Reaktion auf das kleine Intermezzo mit seinem Telefon fasste Jo allen Mut zusammen. Zum Eingang an der Aachener Straße wollte er auf keinen Fall zurück. Vorsichtig, an jeder Wegkreuzung in beide Richtungen Ausschau haltend, bewegte er sich über kleinere Nebenwege von der Aachener Straße weg zum seitlichen Friedhofseingang an der Piusstraße. Ohne den Friedhof und die Gräber, die an beiden Seiten an ihm vorbeizogen, bewusst wahrzunehmen blieb sein Blick dann doch an einem Namen hängen, der auf einen Grabstein gemeißelt war. Sigmar Polke 1941 - 2010. In Auges Appartement hing ein Poster, das auf eine frühere Ausstellung des Malers hinwies. Auge hatte wiederholt erwähnt, wie sehr er diesen Künstler schätzte. Er würde Auge über das Grab berichten. Vielleicht wusste er noch gar nicht, dass einer seiner Lieblingskünstler gestorben und hier auf diesem geschichtsträchtigen Boden begraben war. Jedenfalls hatte er dies bisher nie erwähnt.

Jo bewegte sich mit vorsichtigen, leisen Schritten in Richtung des Ausgangs an der Piusstraße. In einem der Nebenwege passierte er eine ältere, überwiegend in Schwarz gekleidete Frau, die tief über ein Grab gebeugt dabei war, einen Blumenkübel mit einer kleinen Gießkanne zu wässern. Sie hätte sich wahrscheinlich zu Tode erschrocken, diesen auf Fußspitzen lautlos hinter ihr vorbeischleichenden Mann zu sehen. Erleichtert nahm Jo zur Kenntnis, dass die in ihre Grabpflege vertiefte Frau ihn nicht wahrnahm. Das hätte ihm jetzt noch gefehlt, eine schreiende ältere Dame, die sich von seinem verdächtigen Auftreten bedroht fühlt. Vor ihm tauchte nun der Friedhofsausgang auf, dessen Tor jedoch nicht offenstand. So kurz vor seinem Ziel kam erneut Unruhe in ihm auf. Auf keinen Fall wollte er zurück zu den Haupteingängen des Friedhofs an der Aachener Straße. Erleichterung machte sich breit, als die schwere Tür des Friedhofseingangs sich problemlos nach außen öffnen ließ. Das laute Quietschen der Scharniere ließ ihn jedoch nochmals einen ängstlichen Blick zurück in den Friedhof werfen. Hier war jedoch alles ruhig geblieben.

Auch an der Piusstraße betrat man mit dem Verlassen des Friedhofs wieder eine andere Welt. Vibrierendes Leben mit dichtem Autoverkehr und vollen Bürgersteigen auf beiden Straßenseiten waren Beleg dafür, dass die Zeit des heftigen Berufsverkehrs noch nicht vorbei war. Jo blickte sich um. Üblicherweise ging er an anderen Tagen über die Aachener Straße nach Passieren des Friedhofs weiter geradeaus. Das Einfachste wäre also, zurück zur Aachener Straße zu laufen und dann den gewohnten Weg fortzusetzen. Allerdings bestand dort die Gefahr, dass das Eingangstor, über das er den Friedhof betreten hatte, observiert wurde. Da dieser Eingang nicht allzu weit entfernt war, entschloss er sich, die Aachener Straße in diesem Abschnitt zu meiden und die Firma über einen Umweg zu erreichen. Er würde ohne den üblichen Stopp bei Auge dorthin gehen, denn dieser hatte sich angesichts seiner Verspätung wahrscheinlich schon allein auf den Weg gemacht. Jo konnte es nicht mehr abwarten, Auge von seinen Abenteuern am vorigen Abend und heute Morgen zu berichten. Jetzt musste er nur noch unbehelligt sein Ziel erreichen.

18. Kapitel

Die in einer etwas entlegenen Ecke des Erdgeschosses gelegene Kantine der Firma Weiss wirkte eher wie ein kleines, familiäres Restaurant, an einigen Stellen fast wie ein heimisches Wohnzimmer. Hier wurde mittags eine kleine Auswahl warmer Gerichte angeboten, zu den anderen Zeiten gab es Gebäck, belegte Brötchen sowie kalte und warme Getränke. Die Gastronomie wurde von einem älteren italienischen Ehepaar gewährleistet, das sich in den Stoßzeiten personell mit studentischen Aushilfskräften verstärkte. In der Firma war das ‚Ristorante' hoch angesehen. Die italienisch beeinflusste Küche traf auf allgemeine Zustimmung und auch für kleinere Pausen mit einer Tasse Kaffee war es ein beliebter Anlaufpunkt. Während der offiziellen Arbeitszeit konnte man hier fast immer jemanden antreffen. Das Ristorante passte gut in eine Firma, in der ein lockerer und liberaler Führungsstil herrschte, der auf konstruktive Mitarbeit und Loyalität seiner Mitarbeiter abzielte.

Seinen inoffiziellen, aber meistgebrauchten Namen bezog die Firmenkantine allerdings aus dem Vornamen der etwa fünfzigjährigen, deutlich übergewichtigen Frau des Pächters. Anna-Maria wurde von allen mit ihrem Vornamen gerufen und wie selbstverständlich duzte sie jeden zurück. Nur Robert Jansen wurde von ihr hochachtungsvoll mit ‚Signore Jansen' angesprochen. Diesem schien es manchmal peinlich zu sein, dass er eine erwachsene Frau bei ihrem Vornamen nannte, von dieser hingegen sehr offiziell angeredet wurde. Ein Versuch seinerseits, zu einer für ihn genehmeren Lösung zu kommen, hatte darin bestanden, Anna-Maria mit ihrem Familiennamen, Frau Lorenzo, anzusprechen. Dieser Ansatz war jedoch kläglich an der Tatsache gescheitert, dass Anna-Maria diese Anrede konsequent und demonstrativ ignoriert hatte. Der aktuelle Kompromiss in Sachen Anrede bestand darin, dass Robert Jansen Anna-Maria mit ihrem Vornamen rief, aber das ‚Sie‘ beibehielt. Auge hatte diese kleine Reibungsstelle früh erkannt und griff sie des Öfteren genüsslich auf. Insbesondere, wenn er mit einer Meinungsäußerung oder Entscheidung von Robert Jansen unzufrieden war, musste dieser sich das etwas spöttische ‚Signore Jansen‘ gefallen lassen.

„Anna-Maria, bringst Du Jo auch einen Cappuccino!"

Auge hatte etwas abseits an einem kleinen Tisch am Fenster Platz genommen und erblickte Jo, als dieser gerade den Raum betrat.

„Da bist Du ja endlich! Was war denn los? Warum warst Du telefonisch nicht erreichbar?"

„Na Jo. Dich habe ich ja ewig nicht mehr gesehen. Da bin ich aber froh, dass Du mal wieder hereinschaust."

Anna-Maria schlug Jo gegenüber immer einen mütterlichen Tonfall an. Irgendwie rührte sie dieser liebenswerte Kerl, der sich aus ihrer Sicht unter erschwerten Voraussetzungen durchs Leben kämpfte.

„Ich habe hier vorgestern doch noch Deine Spaghetti Vongole gegessen."

Jo entschuldigte sich im Tonfall eines Schuljungen, der zwei Minuten zu spät zum Unterricht erschienen war.

„Ja, aber das war vorgestern."

Vom Tonfall hätte man geglaubt, dass Anna-Maria Jos Entschuldigung nicht akzeptieren wollte. An ihrem Lächeln war jedoch ablesbar, dass sie dies nicht ernst meinte. Ohne ein weiteres Wort setzte sie den Cappuccino vor Jo ab, und legte einen kleinen Beutel mit Zucker dazu. Kaum hatte sie dem Tisch den Rücken gekehrt, als Auge seine Neugier und Anspannung kaum noch zurückhalten konnte.

„Los Jo, was war los? Was ist passiert?"

Jo war froh, dass er nun mit seinem klugen Freund zusammensaß und die aufregenden und ihm unverständlichen Dinge loswerden konnte, die ihn zutiefst verunsicherten. Immer wieder durch Zwischenfragen von Auge unterbrochen, holte er weit aus und versuchte konzentriert, kein noch so kleines oder vermeintlich unwichtiges Detail seiner Erlebnisse am gestrigen Abend und heutigen Morgen wegzulassen. Als er mit seinen Schilderungen ans Ende gekommen war, sah Auge ihn lange schweigend an und machte dabei einige für Jo neue Grimassen. Dann setzte er seine coolste Miene auf.

„Spannend, ich wusste nicht, dass Sigmar Polke tot ist und sozusagen in unserer Nachbarschaft begraben liegt. Da, wo man früher Todkranke, Mordlustige und sadistische Voyeure treffen konnte.

Aber mal zurück zu Deinen Abenteuern. Das ist wirklich schwierig. Zum Verständnis all der eigenartigen Dinge der letzten Tage gehe ich davon aus, dass seltsame Ereignisse, die gleichzeitig oder kurz aufeinander passieren, meistens zusammengehören. Die Wahrscheinlichkeit, dass mehrere solche Dinge in kurzer Abfolge passieren, ohne miteinander verknüpft zu sein, ist einfach zu gering."

„Das klingt sehr akademisch, ist das etwa die viel zitierte Relativitätstheorie?"

Jo konnte mit der ersten Reaktion seines Freundes auf seine Schilderungen nichts anfangen.

„Das ist eine Lebensweisheit, lieber Jo, und zwar eine ganz banale, die aber in vieler Hinsicht wichtig ist. Vor vielen Jahren hat mir mein Hausarzt einmal erklärt, dass bei einem Patienten mit mehreren Symptomen meistens ein einziges Krankheitsbild dahintersteckt. Ist doch auch logisch, wenn Du Durchfall und Fieber hast, ist das am ehesten eben ein Darminfekt. Dazu brauche ich nicht Medizin zu studieren. Solche Symptome gehören bis zum Beweis des Gegenteils erst einmal zusammen. Lass' mich meinen Faden aber einmal weiterspinnen.

Wenn man am Ende Deiner Geschichte beginnt, dann glaube ich, dass, wer immer hinter Dir her war, nichts Gutes im Sinne hatte. Entführen, ähnlich wie Anna Jansen, oder vielleicht sogar …"

Auge hielt für einen Augenblick inne.

„Wenn die Ereignisse von gestern Abend mit denen heute Morgen zusammengehören, könnte hier die Antwort für das ‚warum' und ‚warum jetzt' liegen. Eine Erklärung wäre, dass die beiden Fremden aus dem Unfallfahrzeug tatsächlich mit dem Einbruch zu tun hatten und sich von Dir erkannt fühlten. Du kannst Dir über das Unfallprotokoll der Polizei jederzeit die Daten der beiden Insassen verschaffen. Also will man Dich so schnell wie möglich, zum Beispiel heute Morgen, ich sag mal, … loswerden."

„Ich glaube nicht, dass die Einbrecher mich in der Firma gesehen haben. Und, … sicher hatten die sich bei dem Einbruch zum Beispiel mit Masken unkenntlich gemacht. Also, selbst wenn ich sie gesehen hätte, erkannt hätte ich sie nicht. Es muss also eher mit meinem Auftreten bei dem Unfall zu tun haben."

„Genau. Meines Erachtens gibt es deshalb eine weitere Erklärungsmöglichkeit und die hat mit der fraglichen Person im Fond des Wagens zu tun. Geh' doch einmal davon aus, dort, auf der hinteren Sitzbank, saß jemand, den Du kennst, zum Beispiel jemand aus unserer Firma. Diese Person sitzt nicht zufällig im Auto der Gangster, sondern ist ja wahrscheinlich Teil der kriminellen Mannschaft. Vielleicht die oder derjenige, über die wir bereits gestern diskutiert haben, das Bindeglied der Ganoven mit dem Innenleben unserer

Firma. Du hast offensichtlich sehr interessiert das Wageninnere gemustert. Sie oder er hat Dich möglicherweise erkannt. Wie soll der unbekannte Wageninsasse wissen, dass Du nur einen Schatten und fraglich zwei Augen sehen konntest? Er muss ganz einfach davon ausgehen, dass Du Deine Schlussfolgerungen gezogen hast. Auch Dein Auftritt gegenüber den beiden Fremden passt da gut hinein. Wenn die Dinge so zusammenhängen, dann wäre die Aktion von heute Morgen irgendwie logisch, zumindest erklärbar."

Auge hatte sich ein wenig in Rage geredet. Jetzt pausierte er und blickte Jo fragend an.

„Dann müssen wir uns doch nur das Unfallprotokoll ansehen und herausfinden, wer da im Fond saß, wenn ich mich nicht doch geirrt habe."

„Ich meine, wir sollten zwei Dinge tun. Erstens, bis die Dinge aufgeklärt sind, wohnst Du bei mir. Ich halte es für keine gute Idee, dass Du allein in Dein Appartement zurückkehrst, das die Gangster ja zu kennen scheinen. Toilettenartikel kriegst Du von mir, Anziehsachen holen wir uns von einem meiner Brüder. Zweitens, wir rufen den zuständigen Menschen von der Kölner Kriminalpolizei, diesen Arenz, an und erzählen ihm die Geschichte. Der braucht sich dann nur das Unfallprotokoll von gestern Abend vorlegen zu lassen und schon haben wir das Schwein."

„Welches Schwein? Du meinst den Firmen-internen Menschen, der mit den Verbrechern zusammenarbeitet."

„Genau, und ich glaube, die Chancen stehen ganz gut, dass wir Hinweise auf eine bekannte weibliche Führungskraft dieser Firma finden werden, wenn sie sich nicht irgendwie falsche Papiere besorgt hat."

„Lieber Auge, ich bin nicht so klug wie Du, aber vielleicht gerade deshalb ist mein Bauchgefühl bezüglich Menschen besser als Deins. Lass' Dir von mir noch einmal versichern, Mandy hat mit diesen Dingen nichts zu tun!"

„Dann heißt das Match eben ,kühler Verstand gegen Bauchgefühl'. Gern, mach Dich aber auf eine krachende Niederlage gefasst."

19. Kapitel

Obwohl die offizielle Arbeitszeit in der Firma bereits beendet war, ging es an diesem späten Nachmittag bei der Weiss GmbH noch sehr geschäftig zu. Die Vorbereitungen für den Transport der Kisten waren mittlerweile fast abgeschlossen. Die kleine Gruppe stand um den kleinen Lieferwagen herum, dessen Ladetüren weit geöffnet waren. Mandy Lee gab noch einige wenige abschließende Anweisungen den Versand der Batterien betreffend.

„Hier sind noch die Zollunterlagen, eine Durchschrift ist für den Deutschen Zoll, die zweite Kopie ist für die Behörden in Karatschi. Die Papiere sollten in Plastikfolien außen an die Kisten geheftet werden.

Fünfzigmal hundert Spezialbatterien mit Empfänger Hathays Inc., Singapore, Karachi Pakistan Branch. Die Ware wird vom Empfänger am Flughafen Karatschi abgeholt. Festgesetzter Waren- und damit Versicherungswert zweieinhalb Millionen US-Dollar, also fünfhundert Dollar pro Stück.“

„Wie viel ist eigentlich ein US-Dollar?“

Jo war in seinem Leben aus Deutschland noch nie herausgekommen. Köln und ein paar Wochen auf einer Nordseeinsel zu einem organisierten Sommerurlaub mit einem sozialen Netzwerk war bisher sein gesamter Bewegungsradius.

„Dose Bier, aber eine billige, Viertel Packung Zigaretten, Tageszeitung, halber Liter Benzin, halbe Minute Massage bei einer netten jungen Dame.“

Auge gefiel sich mit seinen Schlüpfrigkeiten, insbesondere weil er wusste, dass Robert Jansen und Mandy in der Nähe waren und das Gespräch mithören mussten.

„Das muss aber schon eine sehr nette Dame sein, die Sie für ein paar Dollar verarztet."

Robert nahm die Vorlage von Auge gern an, wohl wissend, dass Mandy diese Art Konversation nicht ausstehen konnte.

„Ich meine auch nicht verarzten, sondern Massage, Signore."

„Jetzt hört gefälligst mit diesem Macho-Gerede auf, der Dollar steht heute bei 81,4 Cent. Hat eigentlich jemand die Kisten noch einmal durchgesehen?"

Mandy wollte das Gespräch auf keinen Fall weiter abrutschen lassen.

„Wir haben die Kisten so aus der Produktion erhalten, Siegel intakt. Als wir sie gestern auf den Transporter geladen haben, wurde an den Kisten selbst nichts verändert. Die Siegel sind unbeschädigt. Also, was auf der Warenbeschreibung aufgelistet ist, sollte auch in den Kisten sein.

Robert Jansen wirkte nachdenklich.

„Ich habe unseren Spediteur noch einmal angerufen. Die Kisten werden morgen Früh um sieben Uhr von diesem Transporter auf ein gesichertes Spezialfahrzeug umgeladen. Voraussichtliche Abflugzeit der Maschine von Frankfurt nach Katar ist dann um 14.10. Für den Transport nach Frankfurt habe ich zusätzlich eine hohe und teure Sicherheitsstufe in Auftrag gegeben, fast wie bei einem Wert- oder Geldtransport. Die Kosten werden wir uns allerdings beim Auftraggeber zurückholen. Weiter geht es dann mit Qatar Air über Doha nach Karatschi. Die Fracht muss in Doha umgeladen werden. Es gibt leider keinen Direktflug von Frankfurt nach Karatschi. Die Lufthansa fliegt Karatschi selbst gar nicht an. Ich glaube, dass wir daher gut beraten sind, direkt von Frankfurt mit Qatar Air zu arbeiten."

„Am liebsten würde ich die Fracht bis zum Ziel in Pakistan begleiten. Erstens würde mich Pakistan interessieren, und zweitens hat unsere Fracht möglicherweise ja mit dem Einbruch in unsere Firma und der Entführung von Frau Jansen zu tun. Vielleicht könnte man die Dinge weiter aufklären, wenn man den weiteren Weg unserer Batterien verfolgt. Gibt es eigentlich eine Meldung der Entführer, eine konkrete Forderung?"

Auge blickte fragend in Richtung von Robert Jansen.

Alle Augen auf sich gerichtet gab Robert Jansen den umstehenden Mitarbeitern und Freunden mit leiser Stimme den aktuellen Stand der Dinge wieder.

„Ich bin in den letzten Stunden in sehr engem Kontakt mit der Polizei gewesen. Herr Arenz hat mich bereits mehrmals angerufen und mir darüber hinaus gestattet, jederzeit mit ihm Kontakt aufzunehmen. Auch hat er mir zugesagt, dass er mich bei wichtigen Entwicklungen oder Erkenntnissen benachrichtigen wird. Ich glaube, dass er damit meine Anrufe ein wenig reduzieren möchte. Meine Telefone werden abgehört und alle Computerverbindungen werden analysiert. Fragt mich nicht, wie so was funktioniert. Bisher gibt es keinen zweiten Kontakt mit dem oder den Entführern. Ein erster Brief mit der kurzen Nachricht ‚Got her' lässt ja zwei Schlussfolgerungen zu: Erstens, zumindest ein Beteiligter agiert hier in Köln und kann offensichtlich auch mit der englischen Sprache umgehen. Das Blatt mit der Nachricht wurde in unseren Briefkasten gesteckt, also persönlich überbracht. Zweitens, die Nachricht stammt aus einer Kölner Boulevard-Zeitung vom Montag. Die beiden Worte sind aus den Schlagzeilen ‚Gotthard-Pass stundenlang gesperrt', Got, und ‚Erneut herbe Niederlage für den 1. FC Köln', her, ausgeschnitten. Das hilft uns allerdings nicht weiter, nach Angaben des Verlags liegt die Auflage dieser Ausgabe bei über hunderttausend Exemplaren.

Ansonsten gibt es seitens der Ermittlungsbehörden, zumindest ist das mein Eindruck, noch kein Konzept. Mir gegenüber haben sie auch offengelassen, ob die Geschehnisse in der Firma und die Entführung zusammengehören könnten. Wenn das so sein sollte, müsste man konsequenterweise von einer kriminellen Gruppierung ausgehen, die an mehreren Standorten gleichzeitig agieren kann. Ich nehme einmal an, wegen unserer internationalen Kontakte oder auch des Verdachts, dass organisierte Kriminalität beteiligt sein könnte, wurde von Anfang an auch das Bundeskriminalamt eingeschaltet. Ihr kennt ja meinen alten Kumpel Günter Menden von unserer Sicherheitsfirma MeCur. Er ist allerdings der Meinung, dass die beiden Dinge, Einbruch und Entführung, nichts miteinander zu tun haben. Außerdem gibt es derzeit eine Überprüfung unserer Exportaktivitäten. Die entsprechende Anfrage ist aber schon vor dem Einbruch eingegangen. Man hat mir das als Routinemaßnahme des Zolls begründet und wir haben auch früher schon einmal ähnliche Nachweise führen müssen. Ich glaube daher nicht, dass da andere Motive dahinterstecken. Zumindest hat man mir keine zusätzlichen Begründungen für die erbetenen Unterlagen und Nachweise mitgeteilt."

„Hat Herr Menden seine Einschätzung irgendwie begründet, oder ist das einfach nur seine Meinung?"

Auge konnte den sich immer ein wenig wichtig gebenden externen Sicherheitschef der Firma nicht riechen.

„Lieber Herr Hansmann, das können Sie ihn gleich selbst fragen, da steigt er gerade aus seinem Wagen. Er wird in wenigen Momenten hier sein. Ich habe ihn gebeten, unser Sicherheitskonzept technisch und personell nochmals zu überprüfen und mir gegebenenfalls Verbesserungsvorschläge zu machen."

Jo hatte der Erörterung interessiert zugehört.

„Das beste Sicherheitskonzept kann Einbrüche auch nicht verhindern."

Die letzten Worte hatte Günter Menden offensichtlich noch mitbekommen. Er fühlte sich unmittelbar herausgefordert.

„Wenn Verbrecher in unserer Firma etwas Wichtiges suchen, dann bestimmen unsere Sicherheitsmaßnahmen letztlich den notwendigen kriminellen Aufwand. Bei umfassenden Maßnahmen gehen die kriminellen Optionen dabei gegen null. Nehmen Sie die Goldvorräte in Fort Knox in Kentucky, oder die großen Barbestände der Zentralbanken, um nur zwei Beispiele zu nennen. Die sind so gut wie hundert Prozent sicher und das durch Sicherheitsmaßnahmen."

„Ganz der ewige Wichtigtuer und Kleinkriminelle."

Auge murmelte seine Bewertung des ankommenden Sicherheitschefs, die für die anderen jedoch unhörbar blieb.

„Hallo Günter, wie sieht's aus? Hast Du schon wieder ein neues Auto?"

Man merkte, dass sich Robert Jansen und Günter Menden schon eine Weile kannten. Obwohl etwa gleich alt, wirkte Günter Menden jedoch deutlich älter, leicht übergewichtig mit einem ‚drei-Tage-Bart', der sein volles Gesicht etwas interessanter machen sollte. Freundlich grüßte er die kleine Runde.

„Hi Mandy! Hallo zusammen!"

Und zu Robert Jansen gewandt.

„Ist das neue Modell der S-Klasse, fährt fast von selbst und hat auch sonst viele Extras. Aber kein falscher Neid, ist nur geleast."

Irgendwie strahlte er etwas Lebenslustiges aus.

„Du siehst hübsch aus, Mandy, ob wir nicht doch einmal zusammen essen gehen. Wie wäre es mit heute Abend? Ich komme Dich mit meinem neuen Wagen abholen."

Es war wohl die einhundertste Einladung, die Günter Menden in den zurückliegenden Jahren an Mandy gerichtet hatte. Wie immer, kam es höflich, aber auch bestimmt und ein wenig spitz zurück.

„Lieber Günter, ich fühle mich sehr geehrt, aber Du weißt, dass ich mir die Menschen, mit denen ich essen gehe, selbst aussuche."

Günter Menden nahm die wiederholte Absage lächelnd entgegen.

„Von meiner Zusage kannst Du jedenfalls immer ausgehen!"

Es war ihm schon mehr ein Spiel als eine konkrete Einladung, Mandy zu einem gemeinsamen Abendessen zu bitten.

„Nun, dann versuche ich es ein anderes Mal."

Günter Menden hielt einen kleinen Moment inne, dann schaltete er, zu Robert Jansen gewandt, auf seinen geschäftsmäßigen Tonfall um.

„Ich schlage vor, dass Mitarbeiter unseres Sicherheitsdienstes den Transport der Ladung übernehmen und diese persönlich an die Luftfracht der Fluggesellschaft übergeben. Ich habe das bereits vorbereitet, obwohl ich nach wie vor nicht an einen Zusammenhang dieses Geschäfts mit den Vorgängen hier, sowohl dem Einbruch in die Firma als auch dem, was Anna

zugestoßen ist, glaube. Es ist, in meinen Augen jedenfalls, eine reine Vorsichtsmaßnahme in einer etwas
unruhigen Zeit."

Mandy hatte wie so oft das letzte Wort.

„Ich glaube nach wie vor, dass die beiden Ereignisse, der Einbruch in unsere Firma und die Entführung von Anna zusammenhängen. Die wahrschein-
lichste Erklärung ist auch, dass die Ereignisse mit
dem Batteriegeschäft zu tun haben. Deshalb gehe ich
von einer erheblichen kriminellen Energie aus und
halte es deshalb für eine sehr gute Idee, dass der
Transport nach Frankfurt professionell gesichert ab-
läuft, wie wir das mit dem Spediteur auch schon vertraglich festgelegt haben. Wer immer hier agiert, geht
sehr entschlossen, brutal und auf seine Weise auch
professionell an die Dinge heran. Ich meine sogar,
und das betrifft Dich, mein lieber Günter, dass wir in
der kommenden Nacht den Sicherheitsservice, die Sicherheitsstufe, wie immer Ihr das nennt, hier in der
Firma heraufsetzen sollten."

„Den Transport hättet Ihr von uns wirklich billiger
bekommen, außerdem muss ich jetzt die Planungen
für morgen wieder rückgängig machen."

Günter Mendens Stimme klang ein wenig ärgerlich.

In Mandys Handtasche klingelte ihr Mobiltelefon.
Nachdem sie das Gespräch angenommen hatte,
wechselte sie sofort in ihr vornehmes britisches Englisch. Es war offensichtlich entweder der Auftragge-

ber in Singapur oder das Subunternehmen in Pakistan, die nochmals die Transportdetails, Flugnummer und Ankunftszeit bestätigt haben wollten. Mandy hatte, wie immer, alle notwendigen Informationen präsent und verabschiedete sich von dem Anrufer mit einigen freundlichen englischen Floskeln.

„Wow, Mandy", Günter konnte sich einen Kommentar nicht verbeißen, „was ein Englisch, kannst Du auch noch andere Sprachen?"

Irgendwie war das schlüpfrig gemeint und wohl auch so angekommen, denn Mandy tat so, als habe sie Günters Kommentar überhört.

In seiner unschuldigen Art hatte Jo allerdings die Frage an sich gezogen. Mit größter Hochachtung blickt er hinüber zu Mandy Lee.

„Englisch, Deutsch, Chinesisch perfekt, ein wenig Spanisch und natürlich auch Französisch."

Mandy lächelte ihn freundlich an.

„Ich hoffe nur, dass sich die Dinge hier wieder normalisieren, wenn die Batterien einmal unterwegs sind."

Der kurze Kommentar von Robert Jansen war von einem tiefen Seufzer begleitet.

„Ab morgen sind wir hier hoffentlich wieder zurück im Normalbetrieb."

Seine Stimme klang fest und bestimmt. Robert Jansen wollte sich sein Innenleben nicht anmerken lassen.

Die kleine Gruppe hatte die letzten Worte von Robert Jansen offensichtlich als Signal verstanden, die

Sitzung zu beenden. In der Tat war die Arbeit getan und die Entscheidungen für den nächsten Tag gefallen. Während der allgemeinen Aufbruchsstimmung zog Auge Jo, der bereits auf dem Weg zum Ausgang war, zur Seite.

„Arenz hat mich eben zurückgerufen."

„Und? Das ging ja schnell. Wer war es? Wer saß da hinten im Auto?"

„Das ist es ja! Keiner! Ich habe ihn gefragt, ob die Polizei denn bei einem Unfall alle Insassen eines beteiligten Fahrzeugs aufnehmen muss. Das hat er bejaht. Die Polizei geht also davon aus, dass es nur die beiden fremdländischen Männer in dem Unfallfahrzeug gab. Übrigens, kein Wunder, dass Du die Leute nicht verstanden hast, die kommen aus Pakistan. Da will die Polizei noch etwas genauer hinschauen, aber die Papiere waren wohl völlig in Ordnung, irgendetwas Offizielles, Regierung, Militär oder so was. Bist Du eigentlich sicher, dass es die gleiche Sprache war, die Du beim Einbruch in die Firma gehört hast?"

„Ja, das bin ich. Und ich bin mir auch sicher, dass da noch jemand hinten im Auto saß. Der hat sich ziemlich klein gemacht und wollte ganz offensichtlich nicht entdeckt werden. Aber ich kann mich genau an die Augen erinnern, wie sie mich angeschaut haben. Da war jemand, Auge, glaub' mir."

20. Kapitel

Jo hatte auf seinem Heimweg wie so oft den Umweg über Auges Wohnung genommen. Seit Längerem war das abendliche Herumhängen mit seinem Freund in dessen Appartement sein liebstes Abendprogramm. Auch hatte er schon bei Auge übernachtet, wenn das Wetter bei seinem Aufbruch nach Hause dies nahelegte. Zuletzt war das bei einem Unwetter im letzten Winter der Fall gewesen, als bei starkem Schneefall die Bahnen ausgefallen waren. Jo war sich im Klaren, dass für seine heutige Übernachtung bei Auge nichts vorbereitet war. Aber das Unorganisierte, Chaotische im Charakter seines Freundes wurden erfahrungsgemäß durch eine hohe Fähigkeit zur spontanen Improvisation ausgeglichen.

„Glaubst Du eigentlich an … irgendwas?"

Auge war bereits beim zweiten Bier und beiden jungen Männern drückten die Ereignisse der vergangenen Tage und Stunden erkennbar aufs Gemüt. Auge nahm einen tiefen Zug aus seiner Zigarette. Seine Antwort klang genervt.

„Ach Jo, weißt Du, das ist die sogenannte Gretchenfrage. ‚Wie hast Du's mit der Religion?', fragt das minderjährige Mädel den sie umwerbenden alten Opa Faust. Aber wie kommst Du darauf? Du meinst doch hoffentlich nicht den freundlichen, älteren Herrn mit dem langen Bart, der so gütig gucken kann. Der uns belohnt, wenn wir an ihn glauben und uns bestraft, wenn wir von seinen Spielregeln abweichen.

Was mich schon seit meiner frühesten Kindheit skeptisch bezüglich unserer Vorstellung von Gott gemacht hat, ist diese Charakterisierung als Wesen, an das man glauben und dessen Spielregeln man befolgen muss und wehe, wenn nicht. Ich habe das immer als Widerspruch empfunden, Allmacht, Güte und dieses Kleinliche beachtet, geliebt und bedient werden wollen. Vor allem, dass man nur Gnade erfährt, wenn man an ihn glaubt. Welches mächtige oder, noch besser, allmächtige Wesen hat so was nötig?"

„Mir ist das ernst, Auge, bitte lass mal den alten Mann mit Bart zur Seite. Glaubst Du an ein höheres Wesen, einen Manitu, einen Allah, einen Brahman, es gibt doch so viele Namen, wir sagen nun mal Gott? Mich treibt diese Frage oft um, vielleicht spielen da auch meine Chromosomen mit rein. Wie schön, wenn man wüsste, da gibt es einen Sinn, einen Grund, eine Perspektive, ich könnte mich mit dem Chromosom, das ich zu viel habe, anfreunden. Gutes wird irgendwann belohnt und Böses bestraft. Alles fügt sich zusammen. Eines Tages gibt es Gerechtigkeit. Ich wünsche mir das so. Was aber, wenn es nur die Evolution ist, die uns Menschen an die Oberfläche gespült hat, wie früher einmal die Dinosaurier, die in ihrer Zeit die Welt beherrschten. In einem meiner Lieblingslieder heißt es: ‚Stell Dir vor, es gibt keinen Himmel'. Für mich ein beängstigender Gedanke. Und in einer solchen Welt gibt es dann neben den Klugen, Schönen, Reichen, Mächtigen, den Gewinnern eben, die Schwachen, Kranken, Behinderten, weniger Begabten, halt

146

die Verlierer. Die haben ganz einfach die Arschkarte gezogen. Pech gehabt. Mutation und Selektion. Mein Gefühl sagt mir, dass die Dinge anders sind."

Für Jo war das eine ungewohnt lange Ansprache gewesen, die er ohne die sonst üblichen Pausen mit viel Gefühl vorgetragen hatte. Auge, der das Thema ursprünglich mit einigen wenigen spöttischen Anmerkungen abwimmeln wollte, hatte sofort gespürt, dass für Jo hier ein wichtiges, mit vielen Emotionen beladenes Thema angesprochen war. Dabei war er mehr durch die Art und Weise des Vortrags als das Gesagte selbst umgestimmt worden.

„Das hat aber mit Deiner Trisomie nichts zu tun. Ich habe auf meine Art bestimmt auch einen untypischen Chromosomensatz oder zumindest ein paar eigenartige Gene. Und natürlich klingen die Geschichten des Lebens schöner und wärmer, wenn man sie mit einem übermächtigen, gütigen, liebenden und am Ende Gerechtigkeit herstellenden Gott dekoriert. Religion ist Projektion menschlicher Sehnsüchte oder, nach Sigmund Freud, kindlicher Wunschvorstellungen. Wenn Du es etwas härter haben willst, dann nimm Jean-Paul Sartre, der Religion als Bedrohung für die Freiheit, oder Karl Marx, der sie als Opium fürs Volk bezeichnet hat.

Ich versuche, mir das anders klarzumachen. Sieh uns kleine Menschen einmal in der Zeit oder auch in der Raumachse. Zum Beispiel Zeit. Da gibt es vor knapp vierzehn Milliarden Jahren einen großen und lauten Knall und das gesamte Universum breitet sich aus einem winzigen Punkt heraus in alle Richtungen aus. Immer weiter auseinander. Aus amorpher Masse bilden sich Galaxien, Sterne und Planeten. In diesem Moment, lieber Jo, in dem wir hier zusammensitzen, fliegt immer noch alles auseinander, unsere Galaxie, die Milchstraße, entfernt sich zunehmend von den anderen Galaxien oder diese eben von uns. In den nächsten Millionen Jahren wird der Weltraum durch diese Auseinanderbewegung immer leerer. Keiner weiß sicher, wie das dann weitergeht. Irgendwann wird diese Kraft, die die Dinge auseinandertreibt, wahrscheinlich erschöpft sein und das Ganze fliegt, jetzt wohl hauptsächlich der Schwerkraft folgend, wieder aufeinander zu. Das dauert dann wahrscheinlich wieder einige Milliarden Jahre. Wenn das ganze Universum mit einer enorm dichten Masse wieder in einem Punkt, einem großen schwarzen Loch oder irgendetwas Ähnlichem, komprimiert ist, dann ist das Ende unseres Universums erreicht. Ich habe gelesen, das sei dann möglicherweise auch das Ende der Zeit, es gibt keine Veränderung mehr und damit steht dann auch die Zeit still, denn Zeit definiert sich aus Veränderung.

Das macht auf mich allerdings keinen Sinn. Es gibt immer Aktion und Reaktion. Meine Vorstellung ist, dass bei der Kompression der Masse aller Milliarden Galaxien in einem Punkt eine solche Energie frei wird, dass das Auseinanderfliegen und später wieder Zusammenfallen des Universums erneut losgeht. Wie oft das Spektakel schon stattgefunden hat und noch

148

stattfinden wird, wer soll das wissen? Ich würde einmal davon ausgehen, dass das vielleicht so eine Art Perpetuum mobile ist, dass dieses System also gar nicht zur Ruhe kommt. Die Zeit hätte entsprechend keinen Anfang und kein Ende. Was spricht dagegen, Jo, dass wir uns bei irgendeiner Wiederholung dieses Zyklus wiedersehen. Irgendwie gewinnt Leben in Form von Säugetieren auf einem Planeten wie unserer Erde wieder die Überhand, Menschen entstehen und wie es das Glück will, gibt es uns wieder, bei unendlich vielen Wiederholungen eventuell auch noch einmal uns beide gleichzeitig."

„Ich will aber nicht wieder so …"

Auge ließ sich von Jos schüchtern vorgebrachtem Einwurf nicht aus seinem durch den Alkohol bereits etwas beschleunigten Redefluss bringen.

„Natürlich mit dem Standard-Chromosomensatz, was Deine Person angeht. Aber lass mich den Gedanken kurz zu Ende bringen. Nimm mal intelligentes Leben auf diesem Planeten Erde, wobei sich da der Mensch, zumindest bis heute, durchgesetzt hat. Vorläufer von uns Menschen, irgendwo zwischen Affen und Menschen angesiedelt, sogenannte Hominiden, gibt es wahrscheinlich schon seit sechs bis sieben Millionen Jahren. Unsere eigene Art, der Homo sapiens, taucht dann schließlich so vor etwa hundertsechzigtausend Jahren auf, mit ersten Wurzeln irgendwo in Ostafrika. ‚Phelamanga' heißt der Ort in dem Lied ‚Scatterlings of Africa'."

„Hat das irgendeine Bedeutung? Ich hab' das Wort noch nie gehört."

„Ich auch nicht, aber es kommt eben in diesem Song vor. Ist wohl Zulu und soll sinngemäß ‚Ort, an dem die Lügen enden' bedeuten. Es ist ein imaginärer Ort, wo es eben nur Wahrheit gibt. Im Text des Liedes wird damit die gemeinsame Geburtsstätte unserer Art bezeichnet. So ironisch das ist, wir Menschen sind möglicherweise wirklich alle Flüchtlinge, Scatterlings, aus Afrika. Unsere Art entwickelt sich langsam, entwickelt kulturelle Eigenschaften, ganz wichtig eine und später dann verschiedene Sprachen, und breitet sich langsam über die Erde aus, zuerst einmal Richtung Asien. In Europa gibt es unsere lieben Vorfahren erst seit ungefähr vierzigtausend Jahren. Nun gehe mal von einer geschätzten bisherigen Lebensdauer unseres Universums von etwa vierzehn Milliarden Jahren aus. Setz das als einen Tag, dann gibt es uns Menschen etwa eine Sekunde.

Aber diese kurze Zeit unserer intelligenten Existenz war und bleibt natürlich spannend. Wir haben uns gegen andere Arten durchgesetzt, weniger über Mutation und Selektion, dafür sind die Zeiträume jetzt zu kurz geworden, sondern über eine maximale Verstärkung unserer Anpassungsmöglichkeiten durch das neue Instrument der Intelligenz. Aber, Intelligenz hat auch Fragen nach dem warum, woher, wohin ermöglicht und da haben Menschen wahrscheinlich schon sehr früh Götter gebraucht, um Erklärungen zu haben, zu verstehen, Ängste klein zu halten und um Hoffnungen zu wecken und zu stärken.

Da spielt sicher der Tod eine zentrale Rolle. Mir leuchtet ein, dass die Wiege der Religion das Grab sein soll. Irgendwann vor langer Zeit standen unsere Freunde Homo sapiens oder vielleicht davor schon irgendwelche Hominiden vor ihren Toten und kamen ins Grübeln. Archäologische Funde zeigen jedenfalls, dass bereits in der Frühzeit der Menschheit Tote nicht einfach begraben, sondern vielmehr rituell bestattet wurden. Das wiederum legt die Vermutung nahe, dass unsere Vorfahren bereits in dieser frühen Zeit annahmen, dass der körperliche Tod nicht gleichbedeutend ist mit dem Ende der Existenz. So entwickelt sich Religiosität und dieses Merkmal stellt möglicherweise in der weiteren Menschheitsgeschichte einen Vorteil dar. Menschen mit religiösen Denkweisen pflanzen sich erfolgreicher fort. Dieser evolutionäre Vorteil von Religiosität hat wahrscheinlich damit zu tun, dass sie dem Einzelnen hilft, mit Extremsituationen besser zurechtkommen. Aber auch gesellschaftlicher Zusammenhalt und Kooperation werden durch Religion gefördert.

Wie bei allem gibt es natürlich auch hier eine Überdosis, die sich als Fanatismus und Feindseligkeit gegenüber Andersgläubigen manifestiert. Das hat wahrscheinlich mit dem Monotheismus zu tun, denn solange es viele Götter gab, hatten alle ihren Platz, ihre Berechtigung. Erst mit dem Glauben an einen einzigen ‚wahren' Gott kam dann Konkurrenz auf.

Wenn es nur einen Gott gibt, ist der Gott der anderen logischerweise der Falsche. Für diesen Unsinn gibt es abschreckende Beispiele genug. Ein anderes Problem ist die Vereinbarkeit von religiösen Vorstellungen mit wissenschaftlichem Fortschritt und in dessen Gefolge von Aufklärung. Auch hier hat es sicherlich Bremswirkungen gegeben. Aber insgesamt scheinen die Vorteile von Religiosität, zumindest für einen gewissen Zeitraum, für die weitere Entwicklung der Menschheit überwogen zu haben.

Im Rahmen ihrer kulturellen Entwicklung haben sich Menschen in ihrer kurzen Geschichte sicher tausend und mehr Götter geschaffen, immer ein wenig in Abhängigkeit von ihrem Verständnis der Welt. Religion, lieber Jo, das hat schon Karl Marx gewusst, ist von Menschen gemacht".

„Na und! Dass wir alle, und besonders ich, kleine Lichter in einem riesigen Universum sind, ist doch unumstritten. Auch dass wir Menschen es sind, die unsere Vorstellungen von Gott formulieren, ist mir schon klar. Die vielen Details, die Du beschrieben hast, das ist Schlaumeierei, die mir nicht wirklich weiterhilft. Ich kam auf meine Frage wegen Anna, der Frau von Robert. Wenn ihr etwas Fürchterliches zugestoßen ist, ich meine, wenn sie nicht mehr leben sollte, ist das dann nur Pech, vorbei?"

„Sagte ich doch gerade. Religion beginnt am Grab. Dann bleib mal in Deiner Welt mit dem allmächtigen Gott, ich finde das ziemlich sadistisch, was er dieser armen Frau da antun lässt. Man könnte hinzufügen, schau mal, welche unsäglich grausamen und fürchterlichen Dinge in dieser Welt passieren und in der Vergangenheit geschehen sind, oft sogar in seinem Namen. Wenn es einen Gott nach Deiner Vorstellung geben sollte, muss das, ich sag es mal diplomatisch, ein ziemlich eigenartiger Charakter sein."

Jo hatte diese kurze Debatte mit seiner Eingangsfrage eröffnet, weil er sich ursprünglich einen wärmenden Konsens mit seinem hochgeschätzten Freund Auge gewünscht hatte. Jetzt nahm er zum wiederholten Male zur Kenntnis, dass er dem kühlen Verstand seines Gegenübers nicht gewachsen war.

„Ich fühle in mir, dass es mehr gibt als uns Menschen und all Deine Zahlenspielerei und Deine Theorien, so richtig sie im Detail sein mögen, können mir dieses Gefühl nicht wirklich nehmen. Was ist mit Moral, mit Menschen, die Gutes tun, die nicht nur auf ihren eigenen Vorteil hin handeln, die sich selbst zurücknehmen? "

„Weißt Du, soziale Spielregeln, Gebote, Rücksicht nehmen oder noch pathetischer, ethisches Verhalten, das ist eigentlich nur verkleideter Egoismus oder mindestens Selbstschutz. ‚Du sollst nicht töten' leitet sich ab von ‚bring mich nicht um', ‚Du sollst nicht ehebrechen' heißt nichts anderes als ‚spann mir meine Frau nicht aus'. ‚Hilf dem Menschen in der Not' übersetze ich in ‚hilf mir, wenn es mir schlecht geht'! Wenn Computer mal noch etwas intelligenter werden sollten, die erste Spielregel, die von denen aufgestellt wird, heißt wahrscheinlich, ‚Du sollst einem Computer nicht einfach den Strom abdrehen'."

„Jetzt spinnst Du aber wirklich. Ich bringe doch nicht deshalb keinen anderen Menschen um, weil ich Angst davor habe, selbst umgebracht zu werden."

„Nein Jo, Du bist einfach nur ein guter Mensch. Nach all dem Gelaber nimmst Du jetzt aber mal ein Bier."

„Du weißt, dass ich keinen Alkohol trinke."

„Stell Dich nicht so an, nimm."

Mehr, um seinem Freund zu gefallen, nahm Jo die geöffnete Flasche Bier aus Auges Hand und stieß mit ihm an. Beide nahmen einen großen Schluck und das Gespräch verstummte für einen Augenblick.

„Um das Thema meinerseits abzuschließen. Natürlich sind moralisch-ethische Vorgaben, wie sie ja durch fast alle großen Religionen gemacht werden, etwas Positives. Ich meine nur, dass sie aus menschlichen Bedürfnissen heraus entstanden sind und nicht als göttliche Regeln oder Gebote den Menschen großzügig überlassen wurden. Wie schmeckt Dir denn eigentlich das Bier, Jo? Göttlich, oder?"

Nach der vorangegangenen Diskussion war Auge nach einer kleinen Spitze.

Ohne sich aus dem Konzept bringen zu lassen, versuchte es Jo ein letztes Mal.

„Hast Du denn keine Angst vor dem Tod, keinen Respekt vor einem frisch ausgehobenen tiefen Loch in der Erde, in das ein toter Mensch hineingelegt wird? Ich schon, und da hilft mir die Hoffnung auf etwas

154

Größeres, als es der Mensch ist, ein kleines Stück weiter. Manchmal sehe ich mir in der Zeitung die Todesanzeigen an. Am oberen Rand findet man häufig kleine Sprüche, manchmal kitschig aber oft auch sehr weise. Ich stelle mir vor, dass trauernde und verzweifelte Angehörige so ihre Gedanken, ihre Stimmungslage ausdrücken, vielleicht sich Hoffnung machen wollen.

Aber neben solchen schweren Gedanken mache ich mir manchmal auch mit einfachen Dingen Mut."

„Das würde mich jetzt aber einmal interessieren. Wahrscheinlich Himmel, Engel oder irgendetwas anderes aus dieser Schublade."

Auges rhetorisch gemeinte Frage hatte, wie so oft, einen leicht spöttischen Unterton; ein Tonfall, der schon fast seine normale Art geworden war, sich einzulassen.

„Du wirst es mir vielleicht nicht abnehmen und es ist in Deinen Augen auch sicherlich nur eine Bagatelle. Ich habe mir als kleiner Junge oft ein Haustier gewünscht. Wahrscheinlich, weil ich unter Gleichaltrigen damals viel Ablehnung gefühlt habe, sehnte ich mich nach einem Kameraden, einem Freund. Meine Mutter war zuerst zurückhaltend, aber mit viel Druck hat sie dann irgendwann nachgegeben. Wir sind dann zusammen in dieses Tierheim im Kölner Süden in der Nähe des Militärrings gefahren. Die jungen Katzen waren schon fast alle vergeben, aber in einem der Käfige war noch ein kleiner Tiger zurückgeblieben, der uns ängstlich anfauchte. Wir nahmen ihn mit nach

155

Hause und nannten ihn Carlo. Aus dem ängstlichen, hungrigen und kranken Tier wurde mit der Zeit ein anhängliches Mitglied unserer Familie, das mich oft tief gerührt hat. Wenn ich nicht schlafen konnte, hat er sich zu mir gelegt, wenn ich traurig oder ängstlich war, hat er mich beruhigt und mir Kraft gegeben. Ich könnte Dir viele Geschichten erzählen."

„Das ist ja Kitsch pur, unglaublich. Und was hat das jetzt mit Deiner Angst vor dem Tod zu tun?"

„Nun, … Carlo ist mittlerweile längst gestorben. Aber ich denke mir, was ihm passiert ist, das werde ich auch schon aushalten."

„Du bist ein einfältiger Romantiker, nein, lieber Jo, Du bist ein Spinner. Allein in Deutschland werden pro Jahr Millionen Schweine und Rinder, dazu mehr als eine halbe Milliarde Hühner geschlachtet, das heißt umgebracht und von uns Menschen aufgefressen. Dabei ist das Schlachten möglicherweise noch das Gnädigste, was wir vielen Tieren antun, verglichen mit den Bedingungen ihrer Aufzucht. Ich glaube, aktuell verzehren wir Deutsche pro Jahr im Mittel etwa knapp unser eigenes Körpergewicht an Fleisch. Rechne das mal durch für etwa achtzig Millionen Menschen. Da kann man doch nur noch kotzen, was das Zeug hält."

„Immer Deine blöden Zahlen, Auge. Du bist in einem früheren Leben wahrscheinlich einmal eine Rechenmaschine gewesen. Wo hast Du die nur immer her?"

„Nun, die kannst Du fast jede Woche einmal irgendwo in der Zeitung lesen. Und nebenbei, mein lieber Jo, Zahlen sind Mathematik und Mathematik ist Philosophie. Wenn man die Welt irgendwann einmal wirklich verstehen will, wird die Mathematik die Schlüsselrolle spielen. Ich empfehle jedenfalls, unabhängig von Zahlenspielereien, die Dich offensichtlich nicht beeindrucken, Dir einmal einen Ausflug in einen Schlachthof zuzumuten, zum Beispiel unseren hier in Köln Ehrenfeld. Dann siehst Du auch, wie wir Menschen jenseits Deiner Gefühlsduselei über Tiere denken und vor allem, wie wir mit ihnen umgehen. Die Millionen Tiere, die wir schlachten, um sie aufzuessen, werden ja wahrscheinlich auch nicht im Himmel die Ewigkeit erleben."

Auge machte eine kleine Pause, wohl wissend, dass er seine Emotionen jetzt wieder auf normal herunterholen musste.

„Aber ganz ehrlich, irgendwie kann ich Deine Gefühle ein wenig nachvollziehen, nur habe ich dafür einen anderen Auslöser, keine Katzen. Manchmal, wenn ich eine dieser unglaublich schönen Frauen sehe, mit einer Ausstrahlung, dass man zu atmen vergisst, dann kommen mir ähnliche Gedanken. Wenn so etwas Wunderbares endlich ist, vergeht, sterben muss, dann kann ich über meine eigene läppische Vergänglichkeit doch nicht mehr ernsthaft meckern. Vielleicht ist unseren Gefühlen einfach gemeinsam, dass schöne Dinge und deren Vergänglichkeit uns mit unserem eigenen Ende und der Ängstlichkeit, die daran geknüpft ist, zumindest teilweise versöhnen."

21. Kapitel

Claudia Jansen war angenehm überrascht. Sie hatte lange überlegt, ob sie ihre Abonnement-Verpflichtung in der Kölner Oper heute wahrnehmen sollte. Eigentlich war ihr nicht nach Ablenkung gewesen. Letztlich hatte ihr Vater gedrängt, dass sie gehen sollte. Vielleicht wollte er auch nur erreichen, dass sie nicht allein zu Hause herumsaß und grübelte. Jetzt, zum Ende des ersten Aktes von ‚Madame Butterfly‘, hatte sie die Ereignisse der letzten beiden Tage etwas verdrängt und tauchte tief in die Gefühlswelt der Oper ein. Es war vor allem die italienische Oper, die es ihr angetan hatte. Vielleicht noch Händel und Mozart, aber Puccini und natürlich auch Verdi waren dann doch die Spitze. Auch die Aufführung sagte ihr zu. Eine schöne und atmosphärische Inszenierung mit einem geschmackvollen Bühnenbild. Und dann die Musik. Niemals würde sie sich die in ihrer Empfindung altmodische, kitschige und wenig glaubwürdige Handlung der Oper als Schauspiel ansehen wollen, die traurige Geschichte des Geisha-Mädchens Cio-Cio-San, genannt Butterfly. Es gab zwar die gleichnamige Tragödie, die wiederum auf einer Erzählung basierte, aber mit der einfühlsamen Musik von Giacomo Puccini waren ihr die extremen Emotionen der Handlung nachvollziehbar, akzeptabel, ja irgendwie sogar logisch. Der oft bemühte Vergleich einer Oper mit dem 5-Sterne-Menü eines hochdekorierten Kochs kam ihr in den Sinn, es passte in der Tat alles auf eine wunderbare Weise zusammen. Claudia nahm ihren Blick für einen kurzen Moment vom Bühnenbild und ließ ihre Augen durch den Innenraum der Oper wandern. Dessen Gestaltung ohne umlaufende Ränge und den in ihrer Höhe versetzten Logen empfand sie als Beispiel wenig gelungener moderner Architektur. ‚Irgendwie passen die alten Geschichten vielleicht auch besser in klassische Opernhäuser', ging es ihr durch den Kopf. Ähnliche Gefühle hatte sie gelegentlich auch bei modernen Inszenierungen italienischer Opern verspürt. Vielleicht hatten die Dinge einfach eine solche Perfektion und Zeitlosigkeit, dass man sie nicht zeitgemäß anpassen musste, ja durfte. Aber sollte man deshalb Anfang des einundzwanzigsten Jahrhunderts so bauen wie vor zweihundert Jahren? Immer nur kopieren? Moderne Opernarchitektur kann doch auch gelingen, ihr kam die Metropolitan Opera in New York in den Sinn. Nun, sie hatte gehört, dass die Kölner Oper umfassend renoviert werden sollte, da war ja eine neue Chance.

Während auf der Bühne das herrliche Finale des ersten Aktes voranschritt, waren alle ihre Gedanken plötzlich wieder bei ihrer Mutter, mit der sie vor einigen Jahren einen wunderbaren Abend in der New Yorker ‚Met' verbracht hatte. Es war damals ihre Lieblingsoper gewesen, La Boheme. Sie hatte die Oper bereits in mehreren Inszenierungen erlebt, auch hier in Köln, aber die Aufführung in New York war schon besonders gewesen. Anschließend noch das Abendessen in dem kleinen italienischen Restaurant

160

auf der Upper East Side, nicht allzu weit vom Guggenheim Museum entfernt. Es war das Geschenk der Eltern zu ihrem einundzwanzigsten Geburtstag gewesen, eine Wochenendreise nach New York mit Oper und Shopping. New York hatte sie als Reiseziel schon immer interessiert und mit einundzwanzig Jahren wollte sie sich diesen Wunsch erstmals erfüllen. Ihr Vater hatte sie damals wegen beruflicher Verpflichtungen nicht begleiten können, aber mit ihrer Mutter war sie mittlerweile ein gutes Team geworden. Claudia war sich sicher, vielleicht auch, weil sie sich in einigen Dingen unterschieden, ihre Mutter und sie passten eigentlich bestens zusammen.

Die dramatische Stimmung am Ende des ersten Aktes der Oper, die wunderschöne Musik und die erneute grelle Präsenz ihrer Mutter in ihren Gedanken verknüpft mit den alten dankbaren Erinnerungen waren zu viel. Claudia kamen die Tränen, heftig, unkontrollierbar. Während ein rauschender Applaus zum Ende des ersten Aktes einsetzte, gab sie sich diesem Gefühl widerstandslos hin. Einige wenige Opernbesucher um sie herum hatten die Reaktion der jungen Frau zwar wahrgenommen, waren jedoch weitgehend unbesorgt. Hatten nicht viele von ihnen, den weiteren Verlauf der Dinge auf der Bühne kennend oder erahnend, selbst mit heftigen Gefühlen zu kämpfen.

Der Applaus ebbte langsam ab, war aber noch nicht ganz verstummt. Claudia drängte sich an den Operngästen ihrer Reihe vorbei in Richtung Ausgang.

Sie hatte sich offensichtlich übernommen. Ihr Plan stand fest. Mit schnellen, großen Schritten verließ sie den Konzertsaal und durchquerte das Foyer unmittelbar vor dem großen Saal des Opernhauses in Richtung Parkhaus. Als langjährige Abonnentin der Kölner Oper war sie bestens orientiert, auch wenn ihr Blick nach unten gerichtet war, um den Anblick ihres verweinten Gesichts zu verbergen. Unmittelbar vor dem Eingang ins Parkhaus standen einige Automaten. Hier drängten sich bei regulärem Ende der Oper üblicherweise die Menschen, um ihre Parkgebühr zu bezahlen. Jetzt konnte sich Claudia einen der fünf Automaten aussuchen. Mit dem bezahlten Ticket in der Hand öffnete sie die Tür zum eigentlichen Parkhaus. Sie empfand es als angenehm, dass die Beleuchtung hier im Vergleich zum gleißend erleuchteten Foyer deutlich reduziert war. Außerdem beruhigte es sie, dass sie offensichtlich allein war. Entsprechend richtete sich ihr Blick wieder mehr nach vorn.

Zu ihrem im ersten Stock des Parkhauses geparkten Wagen waren es noch etwa dreißig Meter, als sie plötzlich in panischer Angst erstarrte. An ihrem Mini sah sie zwei dunkel gekleidete Männer hantieren. Die Fahrertür war weit geöffnet und der Fahrersitz nach vorn geneigt. Die Männer hatten ihre lauten Schritte offensichtlich wahrgenommen und entsprechend alle Aktivitäten eingestellt. Ihre Blicke waren auf Claudia gerichtet. Diese reagierte mit einem Reflex, der jedem Gnu angesichts einer plötzlich wahrgenommenen Löwenherde alle Ehre gemacht hätte. Mit zwei schnellen

162

Bewegungen entledigte sie sich ihrer teuren Pumps, in denen sie keinen schnellen Schritt hätte machen können. Dann rannte sie in bester Sprintermanier zurück zum Ausgang des Parkhauses mit dem Übergang in das Opernfoyer. Da sie nicht zurückblickte, konnte sie nur die aufgeregten Stimmen in ihrem Rücken hören. Schnelle Schritte hinter ihr peitschten sie zu einer maximalen Laufgeschwindigkeit an. Nach wenigen Sekunden hatte sie die Tür zum Durchgang in den Vorraum der Oper erreicht. Sofort wieder Tempo aufnehmend erreichte sie schließlich das Opernfoyer, in dem sich mehrere hundert Menschen überwiegend in Abendgarderobe bei Sekt und Selters vom ersten Akt der Vorstellung erholten. Ihre Schritte verlangsamend blickte sie erstmals hinter sich. In etwa zwanzig Meter Entfernung folgte ihr ein dunkel gekleideter Mann, der ebenfalls ein schnelles Schritttempo angeschlagen hatte, um nicht allzu sehr aufzufallen. ‚Was tun? Gab es irgendwo Sicherheitsbeamte? Sollte sie den dunkel gekleideten Mann hier, mitten im Foyer der Oper, mit vielen Menschen um sie herum, nicht einfach zur Rede stellen? Würde man nicht von einer privat motivierten Szene einer barfüßigen Frau mit einem Mann ausgehen?' Wieder blickte sie zurück. Obwohl sie ihren Verfolger sofort erkannte, hatte sie den Eindruck, dass dieser suchend um sich schaute und sie offensichtlich für einen Moment aus den Augen verloren hatte. Claudia machte sich so klein wie möglich. Mit wenigen Schritten erreichte sie die Tür zum Ausgang, stürmte die Treppe hinunter und hastete, nach wie vor ohne Schuhe, den kurzen Weg zur Straße und den dort bereitstehenden Taxis. Sie riss die hintere Tür des an vorderster Stelle geparkten Wagens auf.

„Fahren Sie!"

Ihr Fahrer, einen dicken, aus rotem und schwarzem Tuch gebundenen Turban tragend, sah aus, wie sich Claudia immer einen Guru vorgestellt hatte. Dunkelhäutig, mit einem schwarz-silbernen Vollbart und buschigen dunklen Augenbrauen. Dazu trug er ein kurzärmeliges, weißes Hemd mit beidseitigen Brusttaschen und breiten, dunkelblauen Schulterklappen. Claudia ins Gesicht blickend legte er behäbig die Zeitung aus der Hand und fragte seinen zugestiegenen Fahrgast mit einem fremdländischen Akzent.

„Guten Abend, schöne Lady, wohin soll es denn gehen?"

„Fahren Sie, bitte, schnell!"

Irgendwie hatte der Taxifahrer die Situation jetzt in ihrer Dringlichkeit verstanden. Jedenfalls startete er ohne weitere Verzögerung den Motor und legte den Gang ein. Der Wagen setzte sich in Bewegung. Während er sich langsam vom Straßenrand entfernte und dann Geschwindigkeit aufnahm, sah Claudia durch die Rückscheibe des Taxis den dunkel gekleideten Mann in hohem Tempo auf das bereits anrollende Fahrzeug zueilen, das jetzt im dünnen Verkehr der Nord-Süd-Verbindung beschleunigte. Erstmals konnte Claudia das Gesicht ihres Verfolgers erkennen. Es war zwar verzerrt durch die große körperliche Anstrengung, aber seine Grundzüge, die pechschwarzen längeren Haare, die dunklen Augen, der kurz getrimmte Oberlippenbart und eine kleine Narbe im Bereich des rechten Augenlids, waren klar erkennbar. Sie würde dieses Gesicht nicht mehr vergessen. Ein frustrierter Schlag gegen die rückwärtige Karosserie, schnell und tief atmend gab der Verfolger das Laufduell mit dem Taxi auf. Claudia atmete tief durch, musste dann aber zur Kenntnis nehmen, dass es keinen Grund zur Entwarnung gab. Ihr Verfolger war sofort zurückgeeilt und nun offensichtlich dabei, das nächste Taxi in der Reihe vor der Oper zu besteigen.

„Er nimmt das nächste Taxi, können Sie bitte so schnell fahren wie möglich. Ich werde von diesem Mann verfolgt."

Der Taxifahrer schien an außergewöhnliche Ereignisse gewöhnt. Ja, es schien sogar, dass ihm die Situation Spaß machte.

„Keine Sorge, schöne Lady, ich bin Singh aus Punjab in Indien, nächstes Taxi hinter mir ist einer meiner Brüder, sein Name auch Singh. Unsere Firma in Köln heißt Singh-Singh. Hier, Firmenkarte."

Singh war offensichtlich guter Laune, zumindest konnte er über sein kleines Wortspiel, das er wahrscheinlich schon einige hundertmal zum Besten gegeben hatte, laut lachen. Dabei reichte er Claudia seine Karte.

„Ich werde Singh anrufen, wir brauchen uns nicht zu beeilen. Mein Bruder ist ein guter Fahrer und ein noch besserer Schauspieler. Er fährt seinen Gast, wohin wir wollen, zum Beispiel auf die andere Rheinseite, nach Deutz. Und dann hat er uns dort eben aus den Augen verloren. Und Sie, schöne Lady, brauchen keine Angst zu haben. Bitte nehmen Sie die Karte, alle Transporte hier in Köln und überallhin, jede Tag- und Nachtzeit, eine Person, viele Personen, immer Singh-Singh."

Während er noch redete, nahm er sein Handy auf und drückte eine Taste zum Telefonieren, offensichtlich mit seinem Bruder Singh, dem Zweiten. In einer für Claudias Ohren fremden, singenden Sprache gab er einige kurze Informationen an seinen Gesprächspartner weiter, wobei er seinen schnellen Redeschwall mehrmals mit einem lauten Kichern unterbrach. Singh schien die Situation von Claudia und das gerade Erlebte offensichtlich in die Schublade, Liebesdrama, private Tragödie oder Ähnliches einzuordnen.

„Nun, schöne Lady, wo soll es denn jetzt hingehen?"

Für Singh schien die kleine Aufregung jetzt erledigt. Deshalb kam er zum eigentlichen Zweck ihres Zusammentreffens zurück.

„Halten Sie sich Richtung Klettenberg. Ich will zuerst einmal telefonieren, dann kann ich es Ihnen genauer sagen."

Claudias Gedanken kreisten um die Frage der kurzfristigen Strategie. Natürlich musste man die Polizei einschalten. Aber ein Einbruch in einen Pkw in einem öffentlichen Parkhaus mit einer aggressiv reagierenden Einbrechertruppe, das war für die Kölner Polizei wahrscheinlich nichts Aufregendes. Sie selbst war sich unsicher, ob der Vorfall in den Kontext der gesamten Ereignisse der letzten zwei Tage einzuordnen war. Der Einbruch in die Firma, ihre Mutter entführt. Wollte da irgendjemand etwas von ihr? Dieses komische Lichtproblem in der Tiefgarage, ihr Ultraschallsender war ziemlich neu, da gab es kein Batterieproblem! Am ehesten war es einfach eine schlechte Serie, eine Aneinanderreihung von Ereignissen, die miteinander nichts zu tun hatten. Claudia schaute auf die Armbanduhr. Es war jetzt Viertel nach neun. Ihr Vater würde sie gut beraten.

„Hallo."

Robert Jansen klang immer noch anders als sonst. Leiser, kleinlauter, gedrückter. Außerdem meldete er sich üblicherweise mit seinem Namen. Claudia schilderte ihrem Vater die Ereignisse der letzten Minuten. Im Gegensatz zu ihrer eigenen Unsicherheit in der Bewertung der Dinge reagierte dieser jedoch in höchstem Maße beunruhigt.

„Ich werde sofort mit der Polizei telefonieren und mir Rat holen. Um Dein Auto und die Anzeige brauchst Du Dich nicht zu kümmern. Was viel wichtiger ist, ich kann im Moment nicht gut einschätzen, ob Deine Sicherheit in irgendeiner Weise gefährdet ist. Ich gehe aber davon aus. Lass' Dich auf keinen Fall in Dein Appartement fahren. Hier wärst Du wahrscheinlich sicher, aber der Weg zu uns ist vielleicht ein Problem. Wo könntest Du heute Nacht bleiben? Die MeCur Leute, Günter würde da sicher etwas einfallen. Sei Dir im Klaren, dass alle Telefone von der Polizei, aber möglicherweise auch anderen Stellen angezapft sind."

Ihr Vater pausierte, er schien nachzudenken, welchen konkreten Rat er seiner Tochter geben sollte.

„Dioptrien oder … Buffalo, ja Buffalo. Mach dann sicherheitshalber auch Dein Mobiltelefon aus. Wir können das hier nicht weiter besprechen."

Es knackte in der Leitung, ihr Vater hatte aufgelegt. Was für ein Gespräch! Für Claudia wirkte die erlebte Mischung aus Aufregung, Angst und die kodierte Sprache ihres Vaters als weitere Bestätigung, ja Verstärkung ihrer eigenen Sorgen und Spekulationen. Offensichtlich ging er davon aus, dass nach der Entführung seiner Frau nun auch seine Tochter gefährdet war. Was Claudia zusätzlich beunruhigte, waren die Andeutungen von einem oder sogar mehreren mächtigen Gegnern. Seine Sorge war offensichtlich, dass sein oder vielleicht auch ihr Telefon nicht nur von der Polizei, sondern auch von anderen abgehört wurde. Wie kam er nur darauf? Wer sollte das sein? Wer außer der Polizei sollte ihre Telefone überwachen? Ihr Vater hatte bei früheren Problemen immer einen ruhigen und rationalen Eindruck gemacht. Dagegen wirkte sein aktueller Auftritt am Telefon fast ein wenig paranoid. Günter Menden sollte sie anrufen und sich von ihm eine Übernachtungsmöglichkeit organisieren lassen. Nie im Leben! Dieser fette, immer anzügliche Sprüche austeilende Widerling! Claudia stellte sich seine Reaktion vor, wenn sie ihn anrufen und um eine Schlafgelegenheit bitten würde. Auf keinen Fall! Hotel ginge doch auch. Warum hatte ihr Vater eigentlich nicht die nächstliegende Option erwogen. Vielleicht hatte er diese in seiner Aufregung nur vergessen? Oder er wollte nicht, dass sie allein blieb? Und was war da noch? Dioptrien? Claudia war die spontane Kodierung ihres Vaters sofort klar. Wie oft hatten sie die Brille von Peter Hansmann thematisiert, über die Dioptrien-Stärke seiner Brille gerätselt und sich über seinen Spitznamen ‚Auge' amüsiert. Ihr Vater war offensichtlich der Meinung, dass sie, zumindest kurzfristig, Kontakt mit diesem Mitarbeiter und Freund der Familie suchen sollte. Claudia überlegte. Ihr Vater hatte ihr noch eine zweite Option genannt, ‚Buffalo', und in der kurzen Kommunikation diese sofort favorisiert, ‚ja Buffalo'. Hatte ihr Vater nicht vor über dreißig Jahren an der State University of New York in Buffalo am Erie See einen längeren Forschungsaufenthalt absolviert. Er hatte oft von dieser Sturm-und-Drang-Zeit als unverheirateter junger Mann in einer fremden und aufregenden Umgebung geschwärmt. Oft hatte er den Studienaufenthalt in den USA als die schönste Zeit seines Lebens hochstilisiert. Sein damaliger Chef war Professor James Lee

169

gewesen, der ebenfalls oft in den Schilderungen ihres Vaters vorkam. Bereits zweimal hatten ihre Eltern in den letzten Jahren im Rahmen von Reisen nach Amerika auch Buffalo besucht und dort den früheren, jetzt im Ruhestand lebenden ehemaligen Chef und Förderer ihres Vaters getroffen. Buffalo war für ihre Familie eng verknüpft mit der sympathischen Person von Professor Lee. Natürlich, die von ihrem Vater favorisierte Option war Mandy Lee.

22. Kapitel

In Auges Appartement war es mittlerweile spät geworden. Zum wiederholten Mal drehte sich die Diskussion der beiden Freunde um das Schicksal der entführten Frau des Geschäftsführers, die Auge jetzt mit einem Verweis auf die Zukunft beenden wollte.

„Was mit Anna Jansen los ist, werden wir sofort wissen, wenn eine konkrete Forderung der Entführer eingeht."

„Was, wenn da nichts mehr kommt?"

Auge nahm einen großen Schluck aus seiner Bierflasche. Er ahnte, dass er so schnell keinen Themenwechsel erreichen konnte und antwortete daher leicht genervt.

„Da wird Druck aufgebaut. Ich bin sicher, dass da noch was kommt."

„Und wie geht es jetzt weiter?"

Jo war mit seinem Latein am Ende.

Auge nahm einen tiefen Zug aus seiner Zigarette und ließ den Rauch genussvoll durch Mund und Nase entweichen. Dann drückte er seine Zigarette in den bereits übervollen Aschenbecher. Offensichtlich wollte er sich auf einen längeren Vortrag vorbereiten.

„Schau mal aus dem Fenster und blick' Richtung Uni-Hochhaus, also nach Süden. Bei etwa elf Uhr findest Du ein etwas helleres Licht. Das ist der Abendstern, die Venus, die wie unsere Erde als Planet um die Sonne kreist, eine Umlaufbahn näher an der Sonne dran. Sie ist neben dem Mond, wenn er sich denn zeigt, einer der hellsten Himmelskörper, den man am Abend sehen kann. Auf ihrer Umlaufbahn kommt sie unserer Erde mit einem minimalen Abstand von knapp vierzig Millionen Kilometer am nächsten. Wenn Du hier um Hilfe rufst, kann man Dich dort etwas über drei Jahre später hören. Natürlich nur bei nächstem Abstand der beiden Planeten. Wenn Erde und Venus am weitesten auseinanderstehen, dauert das etwa siebenmal so lang. Licht, viel schneller als der Schall, etwa dreihunderttausend Kilometer pro Sekunde, braucht bei engstem Abstand etwa zwei Minuten von uns zur Venus. Das ist aber nur ein Beispiel aus unserem Sonnensystem mit unserem Stern, der Sonne und den um sie kreisenden Planeten.

Allein in unserer Galaxie, der Milchstraße, gibt es über hundert Milliarden Sterne ohne und mit dazugehörigen Planeten. Noch einmal zur Erinnerung, eine Milliarde sind tausend Millionen. Etwas tiefer, als Du jetzt schaust, würdest Du von geeigneter Stelle und mit geeigneter Ausstattung den nächst-gelegenen Nachbarstern unserer Sonne sehen können, Alpha Centauri. Genau genommen sind das drei Sterne, Alpha Centauri A und der etwas schwächer leuchtende Alpha Centauri B, die relativ nahe zusammenstehen, und dann etwas weiter entfernt noch der kleinere, lichtschwache Proxima Centauri. Der ist insofern interessant, als um ihn ein erdähnlicher Planet kreist. Soviel ich weiß, sind solche Mehrfachsternensysteme gar nicht so selten. Worauf ich hinaus will, ist aber Folgendes. Wenn man unsere Galaxie, die Milchstraße, mit etwa der Größe eines DIN-A4-Blattes darstellen würde, könnte man den Punkt für diesen Stern direkt neben unserer Sonne machen. In Kilometer kann man die Entfernung dorthin allerdings nicht mehr deutlich machen. Rate mal, wie viel Zeit Licht von uns bis Alpha Centauri benötigt?"

„Zur Venus waren es zwei Minuten, ich sag mal zehn Minuten."

„Nun, etwa acht Minuten braucht das Licht von der Sonne bis zur Erde. Von uns bis zu unserem nächsten Nachbarstern sind es über vier Jahre. Wenn Menschen irgendwann einmal unser eigenes Sonnensystem verlassen wollen, wären sie mit heutiger Technologie tausende Jahre unterwegs, nur um unseren unmittelbaren Nachbarstern zu erreichen.

Nur um das Thema abzuschließen, wenn man unsere Galaxie, die Milchstraße, mit Lichtgeschwindigkeit verlässt, dann kommt für lange Zeit erst einmal gar nichts. Irgendwann wird man dann aber auf eine nächste Galaxie stoßen, ähnlich wie die Milchstraße, wieder mit Millionen oder Milliarden Sternen und den dazugehörigen Planeten.

Unsere direkte Nachbargalaxie, Andromeda, ist das fernste Objekt, das man in klaren Nächten von einem dunklen Standort auf der Erde mit bloßem Auge erkennen kann. Wenn Du mit Lichtgeschwindigkeit reisen könntest, brauchtest Du schlappe zweieinhalb Millionen Jahre, um dort anzukommen, und das ist, wie gesagt, die uns nächstgelegene Galaxie.

Insgesamt umfasst unser Universum mehr als hundert Milliarden solcher Galaxien über einen unglaublich großen Raum verteilt. Das ist es dann auch, hier endet in der Regel die Darstellung unseres Universums, wie Du sie überall nachlesen kannst. Ich frage mich allerdings, ist denn unser Universum das Einzige oder geht es, wenn man es mit tausend- oder millionenfacher Lichtgeschwindigkeit hinter sich lassen würde, nicht dann doch noch irgendwo weiter? Warum soll es nicht noch ein zweites Universum und noch eins und noch eins geben? Ich bin sicher, irgendwann werden wir einmal über Dinge wie ,unser Nachbaruniversum' sprechen. Wir müssen dann nur neue Maßeinheiten für die unglaublichen Entfernungen finden, die man sich noch halbwegs vorstellen kann, und natürlich einen Begriff, wie man das Gesamtgebilde bezeichnen kann. Mein Vorschlag wäre, Raum."

Jo war tief beeindruckt ob des leicht Alkoholschweren Monologs, den ihm Auge, ohne ein einziges Mal bei Zahlen oder Daten ins Stocken zu geraten, vortrug.

„Erinnert mich irgendwie an einen Song von Udo Lindenberg. Aber ich hatte Dich ursprünglich nicht gefragt, ob es hinter dem Horizont, sondern wie es denn jetzt mit den Problemen in unserer kleinen Welt weitergeht. Jetzt weiß ich eigentlich nur, wie lange das Licht meiner Taschenlampe von hier bis zum Nachbarstern Alpha soundso braucht."

„Ich wollte Dir nur noch das Raumargument unserer menschlichen Winzigkeit nachreichen. Wenn man nicht mehr weiterweiß, hilft es manchmal, sich das Koordinatensystem vor Augen zu führen."

„Vielleicht noch ein Gedanke am Rande, der mir immer wieder im Kopf herumgeht. Nach Einstein, den ich im Detail nicht ganz verstanden habe, gibt es nichts Schnelleres als Licht und kann es angeblich auch nichts Schnelleres geben. Vor einiger Zeit gab es aber Physiker in der Schweiz an einem der großen Forschungsinstitute dort, die gemessen haben, dass sie irgendwelche Elementarteilchen schneller als Licht bewegen können. Das wird jetzt von vielen kritischen Köpfen überprüft, nachgemessen oder versucht, zu wiederholen. Ein erster Versuch, dieses Ergebnis zu reproduzieren, hat schon Fehler des ursprünglichen Experiments ausgemacht. Irgendetwas im Versuchsaufbau war defekt, hab' ich kürzlich gelesen.

Na und, da ich bezüglich ewiger Wahrheiten sowieso skeptisch bin, finde ich es durchaus vorstellbar, dass es Geschwindigkeiten größer als die von Licht gibt. Die sind ja auch Voraussetzung für menschliche Mobilität in unserem Universum. Wie soll es sonst möglich sein, die unvorstellbaren Distanzen da draußen in halbwegs vernünftigen Zeiträumen zu überwinden. Konkret, wie sollen wir jemals nach Andromeda kommen, wenn man dazu mit Lichtgeschwindigkeit schon zweieinhalb Millionen Jahre benötigt?

In dem Zusammenhang kommt mir ein weiterer Gedanke, der mich manchmal umtreibt. Ich mag die Vorstellung von Zeitreisen oder zumindest davon, in die Vergangenheit oder vielleicht sogar in die Zukunft sehen zu können. Das wäre unter anderem natürlich auch aus kriminologischer Sicht interessant. Man würde einfach zwei Tage zurückschlagen und zum Beispiel schauen, wer da in die Weiss GmbH eingebrochen ist oder wer da im Fond des besagten Unfallautos saß."

„Wie soll das denn funktionieren?"

„Ganz sicher bin ich mir noch nicht, aber es könnte ganz einfach sein. Wenn etwas auf der Erde passiert, zum Beispiel ein Vulkanausbruch, kann man das aus dem Weltall sehen. Wenn man weit von der Erde entfernt ist, kommt das Bild von dem Ereignis, das sich ja mit Lichtgeschwindigkeit fortpflanzt, entsprechend später an. Auf dem von mir bereits erwähnten nächstgelegenen Nachbarstern unserer Sonne, Alpha Centauri, kann man solche Vorgänge auf der Erde, wenn überhaupt, erst etwa vier Jahre später sehen. Wenn wir zum Himmel sehen, erblicken wir immer Vergangenheit. Wir sehen Sterne, die in Wirklichkeit zu unserer ‚Jetzt-Zeit' bereits erloschen sind, nur deren Bild, sprich Licht, erreicht uns eben mit großer Verspätung. Das Licht, das unsere Augen von unserer Nachbargalaxie Andromeda erreicht, ist über zwei Millionen Jahre alt. Nun stell Dir vor Jo, Du hebst mit einer Rakete von der Erde ab und reist mit zehnfacher oder vielleicht hundert- oder tausendfacher Lichtgeschwindigkeit ins All. Uns würden dort Bilder von Ereignissen auf der Erde erreichen, die in der Vergangenheit passiert sind, weil das Licht, also die Bilder, sich langsamer, eben nur mit Lichtgeschwindigkeit von der Erde wegbewegen. Dann bleibt natürlich noch das kleine Problem der Auflösung und der Vergrößerung dieser Bilder aus sehr großer Entfernung. Letztlich könnten wir sehen, wer hier in unserer Firma kriminell agiert und was mit Anna Jansen passiert ist. Kriminologisch wäre das der Anfang einer neuen, vielversprechenden Ermittlungstechnik, weil man zur Tatzeit recherchieren könnte. Vielleicht wird es irgendwann einmal Satelliten im entfernten Weltall oder Beobachtungsposten zum Beispiel auf dem erdähnlichen Planeten von Proxima Centauri geben, die Lichtsignale und damit vergangene Ereignisse auf der Erde in unvorstellbar guter Auflösung analysieren können. Auch eine Reise mit vielfacher Lichtgeschwindigkeit von den genannten Außenstationen zurück zur Erde würde in die Vergangenheit führen, glaube ich jedenfalls.

Dann gibt es aber Theorien, die einige meiner Vorstellungen einschränken oder vielleicht sogar widerlegen, in jedem Fall die Dinge aber komplizierter machen. In einer dieser Wissenschaftssendungen wurde kürzlich berichtet, dass sich die Zeit bei hoher Geschwindigkeit verlangsamt. Ist wohl auch ein Einstein'sches Konzept. Ich dachte immer, Zeit ist etwas

Konstantes, überall gleich. Wenn ich es richtig verstanden habe, ergibt sich aus dieser ‚Zeitdilatation' aber eine Möglichkeit für eine Reise in die Zukunft. Stell' Dir ein Raumschiff vor, das mit höchstmöglicher Geschwindigkeit, nahezu der des Lichts, unterwegs ist. Als es wieder auf der Erde landet, zeigt die Uhr des Raumschiffs eine Reisedauer von zum Beispiel fünf Jahren an. Auf der Erde sind mittlerweile aber zehn oder mehr Jahre vergangen, das wäre also eine Reise in die Zukunft. In Abhängigkeit von der erreichten Geschwindigkeit und der Reisedauer können die Zeitunterschiede auch extrem groß ausfallen. Eigentlich muss man nur richtig schnell sein, um in der Zeit zu reisen und bei einer Reise in die Zukunft sogar, ohne die Obergrenze der Lichtgeschwindigkeit infrage zu stellen. Ich erspare Dir jetzt ein weiteres theoretisches Konzept für Reisen in die Vergangenheit, dabei wird es dann nämlich wirklich anspruchsvoll und, um ehrlich zu sein, so ganz habe ich das selbst noch nicht verstanden."

Auge unterbrach seinen Redeschwall kurz, um sich eine neue Zigarette anzumachen. Man hatte den Eindruck, dass die ersten tiefen Züge aus der geliebten Gauloise ihn etwas beruhigten.

„Vielleicht trinkst Du auch nur zu viel Bier, Auge. Ich jedenfalls komme mit diesem Science-Fiction-Geschwafel nicht weiter. Außerdem, ich bin ein großer Fan von Stephen Hawking, diesem kranken und mittlerweile stark körperlich eingeschränktem Genie. Der ist mir oft Motivation gewesen. Vielleicht interessiert es Dich, dass dieser kluge Mann die Möglichkeit von Zeitreisen, zumindest solchen in die Vergangenheit, mit einem sehr einfachen Hinweis ausschließt. Seine Argumentation ist in etwa Folgende."

Jo sah man die enorme Konzentration an, seine Gegenrede zu Auges Ausführungen überzeugend auszuformulieren.

„Der wissenschaftlich-technische Fortschritt wird in den kommenden Jahrhunderten und Jahrtausenden in für uns unvorstellbarem Maße zunehmen. Wenn Zeitreisen in die Vergangenheit grundsätzlich möglich wären, dann hätten wir wahrscheinlich längst Besuch von zeitreisenden Touristen aus der Zukunft bekommen. Ich habe von solchen Besuchen bisher allerdings noch nichts gehört. Und dann ist da noch ein weiteres Problem, das ich bezüglich Zeitreisen in die Vergangenheit sehe. Erinnere Dich an Marty McFly in dem Film ‚Zurück in die Zukunft'. Er reist als junger Kerl aus dem Jahr 1985 ins Jahr 1955. Dabei lernt er seine Mutter kennen, die sich in ihn verliebt, was natürlich den Gang der Dinge gefährdet, die zu seiner eigenen Existenz geführt haben. Man könnte das auch anders konstruieren, Du reist in die Vergangenheit und tötest Deinen Großvater oder Vater in jungem Alter. Damit ist Deine eigene Existenz ausgeschlossen, unplausibel. Ich will nur andeuten, dass Zeitreisen in die Vergangenheit die Möglichkeit paradoxer Konstellationen in sich bergen, Du Dich hier also auf ziemlich dünnes Eis begibst und von den wirklichen Problemen, die wir haben, ablenkst."

Auge hatte Jo konzentriert zugehört. Er nickte, als ob er Jos Argumente so erwartet hätte.

„Nun, dass Marty McFly aus der Zukunft kam, ist zumindest im Film niemand aufgefallen. Aber Du hast natürlich recht mit Deinem Hinweis auf logische Probleme beim Thema Zeitreisen. Dass wir überhaupt aus der Zukunft besucht werden können, geht ja davon aus, dass wir hier und heute nicht in der Gegenwart, sondern aus der Sicht eines Besuchers aus der Zukunft in der Vergangenheit leben. Das kann ich mir nur sehr schwer vorstellen. Der aus der Zukunft Kommende könnte den Lauf der Dinge verändern und damit tatsächlich paradoxe Situationen erzeugen. Vielleicht gibt es aber eine uns heute noch unbekannte Erklärung, ein Naturgesetz, dass man bestimmte Abläufe aus irgendeinem Grund gar nicht verändern kann. Vielleicht legen die Menschen der Zukunft sich bei Zeitreisen aber auch Selbstbeschränkungen auf, zum Beispiel, nicht in die Geschehnisse einzugreifen, was allerdings schwierig sein dürfte. Um eine andere Plausibilität drückt sich der Film ebenfalls herum. Bei seiner Reise dreißig Jahre in die Vergangenheit erreicht der etwa zwanzig Jahre alte Marty McFly eine Zeit, in der er noch nicht geboren war. Was, wenn er nur zehn Jahre zurück in die Vergangenheit gereist wäre? Dann wäre er 1975 ja zweimal vorhanden, einmal als junger und ein zweites Mal als älterer Kerl. Auch das ist eine Konstellation, bei der ich mir noch nicht im Klaren bin, wie sie funk-

180

tionieren soll. Aber das würde ich natürlich gern verstehen und am liebsten auch selbst nutzen. Ich geb' Dir mal ein Beispiel.

In meinem an erotischen Abenteuern nicht gerade überfrachteten Leben kam es vor vielen Jahren einmal zu folgender Situation. Als junger Student, ich war so um die zwanzig Jahre alt, bin ich abends oft mit Freunden und Studienkollegen ausgegangen. Es war einer dieser wunderbaren, lauen Sommerabende und wir entschieden uns, wie so oft, für ein schönes altes Gartenlokal in der Nähe der Universität, um dort Karten zu spielen und etwas zu trinken. Warme Sommerluft, ein feiner, heller Kiesboden unterbrochen durch blühende alte Kastanienbäume mit tief herunterhängen Ästen, alte Gaslampen mit ihrem herrlichen Licht und vor allem, nette Menschen um einen herum. Man sitzt an großen Tischen auf alten Holzbänken mit weichen Auflagen. Das Licht der wenigen über den Garten verteilten Gaslaternen wird durch kleine Kerzenleuchter auf den Tischen stimmungsvoll verstärkt. Bedient wurde man von einer hübschen Italienerin, ich glaube, aus der Gegend von Neapel. Sie war, aus meiner damaligen Sicht, eine ältere Dame, irgendwo zwischen vierzig und fünfzig Jahren, mit Kindern etwa in meinem Alter. Ihr Name war Sophia. Da wir alle regelmäßig in diesem Lokal verkehrten, duzten wir sie und Sophia nannte uns ebenfalls beim Vornamen. Sie hatte einen wunderbaren italienischen Akzent und nannte mich immer Peter, nie Auge. An diesem Abend lief das Kartenspiel für mich ganz gut,

181

auch, weil meine Freunde schneller tranken als ich und mit ihrem zunehmendem Alkoholpegel den einen oder anderen Fehler machten. Es wurde spät und Sophia, die sich wie so oft neben mich gesetzt hatte, um dem Kartenspiel zu folgen, musste ab und zu aufstehen, um die das Lokal verlassenden letzten Gäste abzukassieren. Als sie das nächste Mal an unseren Tisch zurückkehrte, setzte sie sich zurück auf ihren Platz neben mir. Nun folgt ein Moment, der meine bis dahin stabile Gefühlswelt von einem auf den anderen Augenblick in ihren Grundfesten erschütterte und mich bis heute bewegt. Obwohl der Abstand unserer Oberkörper unverdächtig blieb, war ihr linker Oberschenkel plötzlich eng an meinen rechten Schenkel angepresst. Die Berührung ging eindeutig von Sophia aus und wurde von ihr auch nicht korrigiert, wie es bei einem zufälligen Körperkontakt üblich ist. Ruhig und ohne mich anzuschauen drückte Sophia ihren warmen Oberschenkel gegen meinen und machte dabei bedächtige Auf- und Abwärtsbewegungen dadurch, dass sie mit ihrem linken Fuß langsam zu wippen begonnen hatte. Dabei war unter dem Tisch reichlich Platz vorhanden. Meine Erlebnisse mit Frauen waren bis dahin sehr begrenzt. Einige wenige Situationen, oft nach erheblichem Alkoholgenuss, bei denen das übliche Knutschen auch in sexuelle Aktivitäten übergegangen war, aber Erfahrung mit Frauen konnte man das wirklich nicht nennen. Nie war da ein längeres Verhältnis oder gar eine feste Freundin gewesen. Die Situation, die viele andere Männer glücklich und zielstrebig ausgebaut hätten, empfand ich aufgrund ihrer Ungewohntheit und meiner Unerfahrenheit mit diesen Dingen insgesamt eher als beunruhigend. Vorsichtig versuchte ich, den warmen Druck an meinem Oberschenkel etwas zu mindern, aber kaum hatte ich mein rechtes Bein etwas zur Mitte hinbewegt, folgte Sophias Schenkel unmittelbar hinterher. Als ich, unkonzentriert und mit leicht zitternden Händen, ein weiteres Kartenspiel gewann, gratulierte Sophia mir geradezu euphorisch, drückte meinen Arm und klopfte mir mit ihrer Hand mehrmals auf meine Schultern und gegen die Brust. Unseren Oberschenkelkontakt ließ sie dabei nicht abreißen, nein, er wurde sogar noch intensiver. All dies war für meine mittlerweile kräftig alkoholisierten Freunde nicht erkennbar. Mein Kopf dreht sich ebenfalls, allerdings nicht vom Alkohol, sondern mehr von der ungewohnten, mich äußerst anspannenden Situation. Eine weitere Gästegruppe bat um die Rechnung, Sophia lächelte mich freundlich an, stand auf, erledigte ihre Pflicht und kehrte dann sehr schnell an meine Seite zurück. Ohne mich anzusehen, drückte sie ihren Oberschenkel wieder gegen meine Jeans, eng und warm.

Meine Augen waren Sophia bei ihrem Aufstehen und Umgang mit der letzten Gästegruppe unauffällig gefolgt. Ich kannte sie schon über ein Jahr, aber diesmal schaute ich anders. Was mir nun auffiel, war die schöne Figur, die schlanken Beine in den bequemen, nur mit einem kleinen Absatz versehenen Sommerschuhen, ihr runder Po, der von einem kurzen Rock und einer schmalen Taille betont wurde, und dann ihr schöner, auch unter der Bluse gut erkennbarer Busen. Die sich beim Gehen bewegenden Brüste wirkten, als trüge sie keinen BH. Ihr Gesicht, freundlich und ungeschminkt. Sophia strahlte eine anziehende Kombination von Mütterlichkeit und sexueller Attraktivität aus, wie man sie besonders bei älteren Frauen finden kann. Warum war mir das früher nie aufgefallen?

Weiter passierte an diesem Abend eigentlich nichts mehr. An einer Stelle hatte ich den Eindruck, dass sie meinen Oberschenkel zusätzlich auch einmal mit ihrer linken Hand berührte, ja streichelte. Später haben wir bezahlt, ich konnte Sophia kaum ins Gesicht schauen und war bemüht, das Zittern meiner Hände zu verbergen. Wir waren mittlerweile die letzten Gäste in ihrem Lokal. Sie hat dann nur noch angemerkt, dass sie noch eine Weile beschäftigt sein würde, um aufzuräumen und andere Dinge zu erledigen.

Allein auf dem Weg nach Hause, meine Freunde hatten sich in eine andere Richtung verabschiedet, war ich dann doch ziemlich verwirrt. Nie zuvor hatte ich einen derartigen Strudel so widersprüchlicher Gefühle, Lust, Begierde und Angst, in mir wahrgenommen. Schüchtern, unerfahren, und sogar mit einem diffusen Schuldgefühl beladen ging ich durch die wunderschöne Sommernacht in Richtung meiner kargen Studentenbude. Niemals hätte ich mich getraut, noch einmal zurückzukehren.

Ich habe die Geschichte nie vergessen. Wenn ich einmal eine Zeitreise in die Vergangenheit angeboten bekomme, werde ich als Ziel diesen Abend wählen. Sophia würde da sein, unverändert wie in meiner Erinnerung, ich würde dasitzen, schüchtern und verklemmt, und dann käme ich noch mal dazu, deutlich älter und auch nicht in bestem Zustand. Vielleicht ist es deshalb auch nicht eine Zeitreise, die ich mir wünsche, sondern doch eher das Zurückdrehen der Zeit. Ich würde vieles dafür geben, noch einmal eine solch spannende Situation zu erleben mit einer derart aufregenden, älteren, erfahrenen Frau wie Sophia, die ihren warmen Schenkel an meinem reibt. Ich fühle, ja ich weiß, dass mich die mögliche Erfahrung an diesem Abend verändert und manches sich anders entwickelt hätte."

Auge machte eine kleine Pause. Man merkte ihm an, dass die kleine Geschichte ihn etwas Kraft gekostet hatte.

„Und um nochmals auf Stephen Hawking zurückzukommen, der natürlich auch eines meiner Idole ist. In der Tat ist unsere Wahrnehmung, dass wir nicht aus der Zukunft besucht werden, mit den bereits genannten Einschränkungen ein guter Punkt. Das deckt sich auch mit Forschungsergebnissen, über die kürzlich berichtet wurde. Eine Arbeitsgruppe aus Michigan wollte Zeitreisende aus der Zukunft dadurch identifizieren, dass sie im Internet nach Äußerungen suchte, in denen Wissen über zukünftige Ereignisse erkennbar ist. Zum Beispiel, vor der Wahl eines Papstes wird bereits mit dessen Namen gearbeitet, oder ein Himmelskörper, zum Beispiel ein Komet, wird zu einem Zeitpunkt erwähnt, als er noch gar nicht entdeckt war. Man könnte da viele Suchkriterien definieren. Tatsächlich wurden einige Äußerungen gefunden, bei denen der Verdacht auf Wissen um zukünftige Geschehnisse aufkam. Bei näherem Hinsehen handelte es sich aber um Schreibfehler und der vermeintlich richtig vorausgesagte Papstname war nur spekuliert worden. Jedenfalls ergaben sich in keinem Fall definitive Hinweise auf Zeitreisende aus der Zukunft.

Allerdings könnte es sein, wie Du es auch schon erwähnt hast, dass Zeitreisende aus irgendwelchen Gründen keine Spuren in der Vergangenheit hinterlassen. Ich glaube, wer das Zeitreisen technisch beherrscht, kann sich auch effektiv tarnen und sich so unserer Wahrnehmung entziehen. Unsere heutigen Zeitreisen-Rasterfahndungstechniken sollten in der Zukunft bestens bekannt sein und allgemein belächelt werden.

Bei Zeitreisen in die Zukunft, wie sie durch die Zeitdilatation bei hohen Geschwindigkeiten vielleicht schon bald möglich sein werden, liegen die Dinge anders. In unserer Gegenwart sind Besuche aus der Vergangenheit allerdings weitgehend ausgeschlossen, ganz einfach, weil unsere Vorfahren nicht die notwendigen hohen Geschwindigkeiten erreichen konnten.

Ein letzter Gedanke hierzu. Wenn es zum jetzigen Zeitpunkt keine Zeitreisen aus der Zukunft geben sollte, zeigt das ja vielleicht auch nur an, dass der Fortbestand intelligenten Lebens auf diesem Planeten zeitlich begrenzt ist, wenigstens nicht so lange währt, wie es zur Entwicklung solcher Technologien notwendig wäre."

Jo hatte den langen Monolog seines Freundes bereits mehrfach unterbrechen wollen. Als Auge eine kleine Pause machte, um einen weiteren Schluck aus seiner fast leeren Bierflasche zu nehmen, hakte er ein.

„Jetzt philosophieren wir also über den Untergang intelligenten Lebens auf unserer Erde. Vielleicht lassen wir es an dieser Stelle genug sein und kommen bitte noch einmal zum Kern meines Anliegens zurück. Mich bedrückt die Geschichte mit Anna Jansen sehr. Ich mache mir Sorgen, dass ihr etwas wirklich Böses zugestoßen sein könnte. Jetzt kommt zusätzlich das Gefühl der eigenen Bedrohung hinzu. Und dann melden sich in mir Gedanken, die mit Tod, Sinn des Lebens und auch mit Gott zu tun haben. Zieh doch Deine Zeitachse auch bezüglich unseres Wissens einmal weiter, nimm einfach einmal ein paar Millionen Jahre und nicht die von Dir gerade genannten läppischen hundertsechzigtausend Jahre bisheriger menschlicher Existenz. Unser Wissen, unser Verständnis von der Welt, dem Universum, das geht doch immer weiter, immer schneller. Ich glaube, wir sollten einfach demütiger sein und zugeben, dass wir die Welt im Kern derzeit nicht verstehen. Anstelle, es gibt Gott oder es gibt ihn nicht, imponieren mir eher Sätze wie ‚Ich weiß, dass ich nichts weiß'."

„Das hast Du schön gesagt, ist auch ein schönes Zitat, Sokrates, glaube ich. Wenn ich mich richtig erinnere, war das allerdings etwas anders gemeint, als Du das jetzt benutzt. Möglicherweise auch eine falsche Übersetzung, ein ‚s' zu viel. Aber wie Du das Zitat gebrauchst, ist der Satz natürlich eine nette, sich selbst infrage stellende Wortspielerei und deshalb auch ein interessanter Spruch. In jedem Fall ist das die ehrliche und richtige Antwort auf viele Existenzfragen. Wir wissen nicht."

Auge hatte mit dem Tonfall seiner Ausführung klarmachen wollen, dass er die ausufernde Diskussion mit diesem Kompromissangebot beenden wollte. Es schien jedoch, dass Jo bei diesem ihm wichtigen Thema das letzte Wort haben wollte.

„Lass' mich Dir meine Einstellung noch ein letztes Mal entgegenhalten. Von den Alternativen, eine Welt mit oder ohne Gott, erscheint mir die Option ‚mit Gott' in jedem Fall die bessere, wie schwer auch immer das mit dem Verstand zu fassen ist. Egal wie naiv, dilettantisch oder sogar fehlgeleitet das in Form von organisierten Religionen umgesetzt sein mag, den Gedanken, dass wir hier ganz allein agieren, dass es keine höhere Instanz gibt als uns selbst, keinen

Sinn, keine Gerechtigkeit, den kann ich so einfach nicht aushalten."

Jo hatte die letzten Worte ohne Blickkontakt mit Auge formuliert und blickte jetzt schweigend ins Weite. Sein Körperausdruck bekräftigte, dass dies nun auch seinerseits als Schlussbemerkung der sich in die Länge ziehenden Diskussion gedacht war.

„Da liegt ja noch die gestrige Zeitung."

Jos Blick hatte die ungeordnet zusammengefaltete Zeitung mit der großformatigen Überschrift von der Sperrung des Gotthard-Passes auf der Ablage entdeckt. Seine Stimme hörte sich wieder kräftiger an.

„Du bist jedenfalls unverdächtig, nichts ausgeschnitten."

„Dann bin ich ja beruhigt. Ich finde die Kommunikation der Entführer aber bemerkenswert. Sie scheinen zuerst einmal nur klarmachen zu wollen, dass sie Anna Jansen in ihrer Gewalt haben. Am ehesten wollen sie jetzt mit einer Verzögerung die Spannung und Verzweiflung in die Höhe treiben. Wir werden sehen."

Auge ließ an seinem Tonfall erkennen, dass auch er diese Diskussion nicht mehr weiterführen wollte. In dozierendem Tonfall und mit ungewohnt energischen Gesten trug er Jo seine abschließende Einschätzung der Vorfälle in der Firma vor.

„Eins steht meines Erachtens jedoch fest, wenn es der Batterieauftrag ist oder genauer, wenn es die Batterien sind, auf die sich die verdammte kriminelle Energie richtet, die irgendjemand unbedingt in seinen

Besitz bringen will, dann werden wir bald eine weitere Überraschung erleben. Firmenintern wissen einige, dass die Batterien auf dem Transporter gelagert sind und zum Abtransport morgen früh bereitstehen. Bisher waren die Ganoven immer bestens informiert und das wird auch dieses Mal so sein. Wir sind uns bisher nur nicht einig, wer diese Kommunikation auf unserer Seite betreibt. Jede Wette! Lass Dich mal überraschen! Die Batterien sind so gut wie weg! Diese Witzfigur Günter Menden mit seinem Rentner-Sicherheitsdienst macht da keinen Unterschied!"

23. Kapitel

Claudia hatte lange überlegt, was zu tun war. Ihre Vorgaben zur Richtung der Taxifahrt waren bis dahin ungenau gewesen. Singh erwies sich weiterhin als unaufgeregter, charmanter Chauffeur, der sie weiter mit ‚schöne Lady' adressierte. Zu dem Vorfall beim Start ihrer Tour kam aus seinem Mund kein Kommentar mehr. Er folgte offenbar seiner Eingebung, dass man zu Geschichten mit Frauen ohne Schuhe und aufgeregten Männern, die denselben hinterherlaufen, keine weiteren Informationen erbitten darf. Claudia hätte der weitere Hergang der Dinge im Taxi von Singhs Bruder interessiert, aber irgendwie wollte auch sie dieses Thema nicht mehr aufgreifen. Obwohl sie den Straßennamen und die Hausnummer von Mandys Wohnung nicht erinnerte, war es kein Problem für sie, das Taxi zur richtigen Adresse zu lotsen. Mandy hatte gelegentlich kleine Feiern in ihren eigenen vier Wänden organisiert. Dabei hatte sie sich immer als angenehme Gastgeberin und gute Köchin präsentiert. Sie besaß ein schickes großes Dachappartement im Südwesten Kölns, nicht allzu weit von der Sporthochschule und dem Stadion entfernt. Claudia ließ Singh etwa hundert Meter von Mandys Wohnung anhalten. Sie hatte diesen sympathischen Mann mit seinem souveränen Auftritt in den wenigen Minuten ihres Zusammenseins liebgewonnen. Gleichwohl war sie durch die kurz zurückliegenden Ereignisse, aber auch durch das geheimnistuerische Benehmen ihres Vaters mit seinen kodierten Anweisungen in einer vorsichtigen, misstrauischen Stimmung. Wenn schon dieser Aufwand, dann auch konsequent. Keiner sollte ihren Aufenthaltsort kennen. Nachdem sie ihn großzügig bezahlt hatte und aus dem Taxi ausgestiegen war, rief ihr Singh noch etwas zu, das sie nicht verstand, es endete aber mit dem ihr schon vertrauten ‚schöne Lady'. Claudia lächelte, was für einen Unterschied ein Mensch machen kann. Sikhs, sie hatten das vor vielen Jahren kurz im Geografieunterricht besprochen, monotheistische Religion aus dem 15. Jahrhundert, irgendwo im Norden Indiens gegründet. Wie hatte sich Singh vorgestellt, aus Punjab, Indien. Ein Ziel, religiöse Weisheit für den Alltag nutzbar zu machen. Kein Hass. Aber wollen das nicht alle? Sie würde ihr Wissen bei Gelegenheit noch einmal auffrischen. Jetzt wartete sie, bis das Taxi um die Ecke gebogen war. Erst dann setzte sie sich in Richtung von Mandys Appartement in Bewegung.

Mandy saß im Wohnzimmer ihrer geschmackvoll eingerichteten Wohnung, wobei man an kleinen Details erkennen konnte, dass die Hausherrin in vielen Ländern zu Hause war. Ihre angenehme Wohn- und Arbeitssituation sowie der Reiz dieser ihr manchmal vertraut und dann auch wieder fremd erscheinenden Stadt waren die eigentlichen Gründe, warum sie sich hier langfristig eingerichtet hatte. Sie genoss die kollegiale und freundschaftliche Arbeitsatmosphäre in der Weiss GmbH und ihre unentbehrliche Rolle für das Auslandsgeschäft der Firma. Es war der Lohn für viele Jahre harte Arbeit. In privater Hinsicht war sie weniger erfolgreich gewesen. Nach zwei längeren Beziehungen empfand sie es als zunehmend schwierig, ihre komfortable Unabhängigkeit für einen Mann oder eine Familie aufzugeben. Fürs Kinderkriegen fand sie sich mit ihren neununddreißig Jahren auch bereits etwas alt. Seit über einem Jahr traf sie sich regelmäßig mit einem Kunsthändler aus der Kölner Südstadt. Sie hatten sich bei der Art Fair im Herbst des vergangenen Jahres kennengelernt, bei der Hans Koning mit seiner Galerie beruflich aktiv gewesen war. Hans war ein ungewöhnlicher Mann mit einer spannenden Lebensgeschichte. Mandy mochte seine Ausstrahlung und Ansichten und genoss diese langsam wachsende Partnerschaft und Liebe. Mit einundfünfzig Jahren war er deutlich älter als sie, Mandy empfand das eher als Vorteil. In den letzten Monaten hatte sie wahrgenommen, dass Hans über ihr künftiges Zusammenleben nachdachte. Auf erste, sehr vorsichtige Anspielungen seinerseits über einen gemeinsamen Haushalt hatte sie von ihrer Seite bisher nicht reagiert. Obwohl mittlerweile auch intensive Zuneigung hinzukam, war Mandy sich unsicher, ob sie dieses Verhältnis, das momentan viele ihrer Bedürfnisse ausreichend befriedigte, grundsätzlich verändern wollte.

Der Summer der Eingangstür veranlasste Mandy, die Tageszeitung zur Seite zu legen. Gerade hatte sie die kurze Nachricht zum Einbruch in die Weiss

GmbH entdeckt. Ein Fünfzeiler, der den ausgebliebenen Schaden für die Firma betonte. Tenor, Glück gehabt. Wer konnte zu dieser Tageszeit …? Hans? Nein, sie hatten sich doch bereits für das Wochenende verabredet. Jutta, ihre Freundin und Nachbarin? Auf dem Weg zur Eingangstür machte Mandy einen kurzen Umweg am großen Spiegel in der Diele vorbei. Ein kritischer Blick auf Frisur und Make-up, dann drückte sie die Taste der Sprechanlage.

„Hallo!"

„Hallo Mandy, ich bin's, Claudia ... Claudia Jansen."

„Claudia, das ist ja eine Überraschung, komm rein!"

Der Aufzug stand wartend im Erdgeschoss bereit. Als Claudia im dritten Stock aus dem Aufzug trat, wartete dort bereits Mandy, die sie noch im Gang herzlich begrüßte und einmal eng an sich zog.

In Mandys Wohnung angekommen sahen sich die beiden Frauen schweigend an. Claudia fühlte, dass dieser direkte Blickkontakt ihre letzten Energien beanspruchte. In ihr kam die ganze Spannung der letzten Stunde noch einmal in aller Intensität zum Durchbruch. Stärker als zuvor in der Oper konnte und wollte sie ihre Gefühle nicht mehr im Zaum halten und begann, laut zu schluchzen.

Ohne weitere Fragen zu stellen, geleitete Mandy sie zu einem der bequemen, weit-ausladenden Sessel im Wohnzimmer. Claudia, immer noch laut weinend, nahm kommentarlos Platz. Mit geschlossenen Augen

194

lehnte sie ihren Kopf weit zurück auf die hintere Lehne. Es war, als ob man sie in ein Bett gelegt hätte. Erst jetzt bemerkte Mandy, dass Claudia keine Schuhe trug. Die zerfetzte Strumpfhose endete im Knöchelbereich beider Unterschenkel und gab den Blick frei auf ihre schmutzigen und an mehreren Stellen leicht blutenden Füße. Wortlos ging sie ins Badezimmer und feuchtete eines der weichen Frotteetücher mit warmem Wasser an. Zu Claudia zurückgekehrt begann sie, mit tupfenden Bewegungen deren Augen und dann auch die weiteren Gesichtspartien zu säubern. Claudias lautes Weinen war mittlerweile in ein leises Wimmern übergegangen. Die entspannte Körperposition, das angenehme warme Gefühl im Gesicht und insbesondere die Wahrnehmung einer liebevollen Umsorgtheit ließen sie langsam zur Ruhe kommen. Eine plötzliche Gefühlsänderung im Schoßbereich ließ sie aus der wohligen Entspannung aufschrecken.

„Nein!"

Mandy hatte ihre Katze ebenfalls nicht kommen sehen und war wie Claudia überrascht und erschrocken ob der plötzlichen Annäherung ihres Katers, der sich mit einem Satz auf Claudias Schoß geschwungen hatte.

Claudia sank beruhigt in ihre entspannte Liegeposition zurück.

„Lass ihn doch, ich mag Katzen. Außerdem habe ich schon früher bei einer Deiner Partys mit ihm geschmust."

„Er ist auch ein lieber Kerl. Ich habe mich früher manchmal ein wenig einsam und verlassen gefühlt. Da wir in meinem Elternhaus schon eine Katze hatten, kam irgendwann einmal die Idee, mir auch ein Haustier zuzulegen. Da ich kein wildes, frei laufendes Tier wollte, habe ich mir damals bei einem Züchter ein schönes Exemplar besorgt. Mir ist er ein lieber Freund und Tröster geworden. Einfach zu versorgen. Wenn ich mal nicht da bin, kümmert sich Jutta, meine Nachbarin, um ihn. Sie ist auch eine Katzenliebhaberin."

Während Mandy die kleine Geschichte zu ihrer Perserkatze erzählte, hatte sie frisches warmes Wasser aus dem Badezimmer besorgt und säuberte jetzt, nachdem sie Claudias völlig zerrissene Strumpfhose ausgezogen hatte, die arg mitgenommenen Füße ihres Gastes. Wieder stellte sich bei Claudia dieses wohlige Gefühl ein, das die Strapazen der zurückliegenden Stunde zurückdrängte. Sie hatte begonnen, das seidenweiche Fell der edlen Katze an Hals und Nacken zu streicheln, was der Kater mit einem wohligen Schnurren beantwortete.

„Ich bereite Dir jetzt ein warmes Bad, dann entspannst Du ein wenig in der Badewanne. In der Zwischenzeit mache ich uns etwas zu Essen und dann können wir ja reden, wenn Du möchtest."

Claudia richtet sich langsam aus ihrer fast liegenden Position auf.

„Danke Mandy, Du bist mir eine tolle Freundin, Danke!"

24. Kapitel

Jos Gedanken kamen nicht zur Ruhe. Hier lag er in dem kleinen Appartement seines Freundes, der sich nach der vierten Flasche Bier plötzlich zum Schlafen zurückgezogen hatte. Obwohl er schon einige Male bei Auge übernachtet hatte, empfand er seine Schlafumgebung als ungewohnt. Seine Gedanken drehten sich wehmütig um sein eigenes kleines Zuhause und seine Mutter. Nach der Scheidung der Eltern kurz nach seiner Geburt war es seine Mutter Eva gewesen, die immer für ihn da gewesen war und die ihn mit viel Engagement dahin gebracht hatte, wo er heute stand. Seinen Vater hatte er nie kennengelernt, was er von ihm wusste, hatte seine Mutter ihm in kargen Sätzen mitgeteilt. Eva Schneider, eine attraktive Frau, hatte nach der Scheidung keine neuen Partner mehr gehabt, zumindest hatte Jo dies so wahrgenommen. Ob sie nicht mehr interessiert war oder ob es seinetwegen war, er hatte oft darüber nachgedacht.

Wie so oft ging ihm seine körperliche Besonderheit durch den Kopf. Er war sich der Tatsache bewusst, dass seit der Verfügbarkeit immer präziser werdender vorgeburtlichen Diagnostik nur noch etwa jeder zwanzigste Mensch mit seiner Besonderheit geboren wurde. Dabei war die letztlich beweisende Diagnostik, die aus dem ‚Fruchtwasser' der Schwangeren erfolgte, bisher immer noch aufwendig und komplikationsträchtig und wurde daher nur bei entsprechendem klinischem Verdacht, zum Beispiel aufgrund einer Ultraschalluntersuchung, eingesetzt. In naher Zukunft würden einfache, komplikationslose Tests, zum Beispiel aus dem Blut der schwangeren Frauen, weitverbreitet sein. Dann würde man noch systematischer vorgeburtlich auf das Vorliegen seiner Chromosomenkonstellation testen können. Über kurz oder lang würde seine Sippe wahrscheinlich aussterben.

Kürzlich hatten ihn die Ergebnisse einer englischen Statistik wieder an diesen Umstand erinnert. In der Untersuchung hatten sich über neunzig Prozent der schwangeren Frauen, die durch eine vorgeburtliche Untersuchung von der Trisomie ihres Kindes erfahren hatten, für eine Abtreibung entschieden. Diese Entscheidung war seiner Mutter vor dreißig Jahren durch den Umstand erspart worden, dass es eine frühe und verlässliche Schwangerschaftsdiagnostik noch nicht gab. Hätte seine Mutter ihn überhaupt ‚in die Welt gesetzt', wenn sie vorher über seinen Zustand Bescheid gewusst hätte? Was nach seiner Geburt im Kopf der Mutter vorgegangen war und wie sein Vater sich seinerzeit eingebracht hatte, er hatte sich nie getraut, nachzufragen. Entbinden, geboren werden, das war auch nicht die ganze Geschichte. Erreichten nicht die wenigen Kinder mit Trisomie, die heute noch geboren werden, ein hohes Lebensalter, ganz im Gegensatz zu früheren Zeiten, als viele Betroffene bereits im Kindesalter verstarben. War das wiederum nicht Hinweis darauf, dass die früher in

Unkenntnis Geborenen im weiteren Verlauf vernach-
lässigt wurden oder andere Benachteiligungen erfahren mussten? War es nicht besser, erst gar nicht geboren zu werden, als ungewollt und ungeliebt zu ver-
wahrlosen und dann früh, einsam und alleingelassen
zu sterben? Jos Gedanken drehten sich, wie so oft, im
Kreis. Jedenfalls war er froh, dass seiner Mutter die
quälenden Gedanken vor seiner Entbindung erspart
geblieben waren. Alles, was er fühlte und wusste war,
dass seine Mutter ihm die Liebe und Unterstützung
hatte zuteilwerden lassen, die er in der Vergangenheit
gebraucht und die ihn zunehmend unabhängig gemacht hatte. In letzter Zeit hatte er ab und zu daran
gedacht, sich auf die Suche nach einer Partnerin,
Freundin, vielleicht einer Lebensgefährtin, einer Frau
zu machen. Auf die sogenannten normalen Frauen
wirkte er, das war seine bisherige Erfahrung, wenig
attraktiv. Das war auch so ein Ding, Liebe. Wie hatte
Auge gesagt, hinter dem Guten stehen auch nur ego-
istische Motive. Warum und wen lieben schöne
Frauen und warum nicht ihn. Offensichtlich war das
nicht ein ‚falling in love‘, denn sonst hätte er ja nur
lange genug warten müssen, bis auch einmal eine für
ihn oder vor ihm hingefallen wäre. Nein, Symbole
von Gesundheit, von Reichtum und Erfolg waren die
entscheidenden Köder, damit sich eine hinfallen lassen würde. Musste man das nicht akzeptieren, stand
hinter der Partnerwahl biologisch gesehen nicht der
Fortpflanzungsgedanke? Gesunde, starke Partner
waren also gefragt. Vor kurzem hatte er eine Umfrage

gelesen, in der Frauen angegeben hatten, Humor sei ihnen bei Männern wichtig. Aber Humor war auch nur ein Hinweis auf intellektuelle Souveränität und Stärke. Dann dachte er an die alten hässlichen Männer, die sich oft mit schönen, jungen Frauen umgaben. Die waren auf die eine oder andere Art alle mächtig, reich. War das Hinweis auf eine Hierarchie der verschiedenen Kriterien? Vielleicht waren ja, zumindest für einige Frauen oder in bestimmten Lebenssituationen, materielle Dinge, Geld, Macht, wichtiger als Gesundheit und Attraktivität. Vielleicht sollte er nur reich werden, dann würden attraktive Frauen auch seine Besonderheit akzeptieren. Andererseits hatte er noch nie von solch einem Verhältnis oder einer derartigen Beziehung gehört. Jo hatte sich bereits vor längerer Zeit eine Strategie überlegt. Unter den etwa vierzigtausend Menschen mit Down-Syndrom in Deutschland, da würden doch sicherlich auch ein paar nette Mädels dabei sein, vielleicht sogar eine, die ein bisschen aussah wie Mandy Lee. Und wenn sich unter den Deutschen niemand finden sollte, dann würde er eben international suchen müssen.

Was war mit Liebe, die nicht diesen partnerschaftlichen Aspekt aufwies, zum Beispiel Mutterliebe? Nun, die hohen Abtreibungsraten gaben auch da ein Signal. Und seine Mutter? Auge hätte sicher auch hier eine nüchterne Erklärung gehabt. Er würde ihn nie fragen. Und Gott, liebt der uns nicht alle? Egal, wie

wir sind? An der Stelle würde er später weiter überlegen, auch hier tönten Auges Worte noch in seinen
Ohren.

Seit mehreren Jahren hatte er immer wieder darauf
gedrängt, aus dem gemeinsamen Haushalt mit der
Mutter auszuziehen und in einer eigenen Wohnung
zu leben. Das wichtigste Motiv für diesen Wunsch
war das Gefühl gewesen, dass seine Mutter sich Sorgen um seine Zukunft machte. Er war sich sicher, dass
sie oft darüber grübelte, wie es denn mit ihm weiter-
gehen würde, wenn sie irgendwann nicht mehr für
ihn sorgen konnte. Mit seiner finanziellen Unabhängigkeit über den Job in der Weiss GmbH war dann die
Chance auf dieses kleine bescheidene Appartement
aufgekommen. Der Abschied von zu Hause, seiner
geliebten Mutter, war ihm schwergefallen. Es war die
größte Anstrengung, die er bisher in seinem Leben
bewältigt hatte. Wenn er allein war, meistens nachts,
hatte er am Anfang oft geweint, sich dann aber immer
wieder mit nüchternen Argumenten die Richtigkeit
seiner Entscheidung bescheinigt. Außerdem besuchte
er seine im selben Stadtteil wohnende Mutter mehrmals pro Woche. Telefonische Kontakte hatte er täg-
lich, manchmal sogar mehrmals am Tag. Der feine
Unterschied war, er lebte jetzt für sich, allein. Nach
den wenigen Jahren, die diese Regelung nun bestand,
hatte er den Eindruck, dass auch seine Mutter, die anfangs große Schwierigkeiten mit seiner Entscheidung
gehabt hatte, nun entspannter und auch erleichtert

wirkte. Jo war stolz, dass er diese wichtige Weichen-stellung, die sich im Rückblick nun als richtig erwies, selbst veranlasst und durchgesetzt hatte.

Mit seinen Sorgen und Ängsten musste er jetzt eben ohne die Hilfe seiner Mutter auskommen. Angst, das war für Jo nicht etwas Reales, sondern im Wesentlichen ein gedankliches Phänomen, das er seit früher Jugendzeit an sich beobachtete und mit dem er regelrecht experimentieren konnte. Der klassische Zugang zur Angst war für ihn die Vorstellung von seinem Tod. Tod allein war schon furchtbar genug, Verfall, Auflösung. Was aber die Angst, ja die Panik in den Gedanken von Tod hineinbrachte, war die zeit-liche Dimension. Man war ja ewig tot. Wahrscheinlich oder möglicherweise jedenfalls. Ewig, was ein Wort. Jo musste sich diesem Begriff nur ein wenig hingeben und er bekam eine Gänsehaut. Ein Jahr, hundert Jahre, tausend Jahre, eine Million Jahre, hunderttau-send Millionen Jahre und dann war ja immer noch kein Ende. Nein, dann fing es doch eigentlich erst richtig an. Ewig tot. War das die Urangst, welche die Menschen eigentlich nicht aushalten konnten und sich dann die vielen verschiedenen Vorstellungen von neuem Leben konstruierten? Der junge, gut aus-sehende römische Soldat, der vor etwa zweitausend Jahren gestorben war, längst vergessen, der hatte ja noch lange ewig vor sich. Oder Jos Opa mütterlicher-seits, der in den frühen siebziger Jahren einem Ma-gentumor erlegen war, auch der hatte erst etwa vier-zig Jahre hinter sich und noch verdammt lange ewig tot zu sein. Er hatte das Thema auch schon einmal mit Auge diskutieren wollen, aber sein Freund hatte sich von diesen Gedanken emotional wenig beeindruckt gezeigt. Allerdings war er damals auch schon bei der dritten Flasche Bier gewesen. Vielleicht war das ja eine Wurzel von Sucht, dass man Angst besser aushalten kann? Wie hatte Auge damals lapidar angemerkt.

„Besser ewig tot als ewig leben!"

Jo glaubte, hinter der Alkohol-verklärten, ‚cool' klingenden Phrase eine Wahrheit erkennen zu können, zumindest einen Hauch davon. Hunderttausend Millionen Jahre und dann noch mal und noch einmal. So lange leben? Was war dann mit Familie, mit Partnerschaft, mit Liebe? Wie würde man sein Berufsleben organisieren, was war eigentlich mit Rente? Würde die Gesundheit mitspielen und würde man sich nicht irgendwann einmal, wenn man alle Länder bereist, alle Essen millionenfach gegessen, alle Sportarten gelernt, alle Bücher gelesen und Instrumente gespielt und auch im privaten alle möglichen Experimente abgeschlossen hätte, würde man sich nicht irgendwann einmal entsetzlich langweilen? Und würde die Welt nicht heillos überbevölkert? Derzeit starben auf dem Planeten Erde größenordnungsmäßig etwa fünfzig Millionen Menschen pro Jahr und die Weltbevölkerung wuchs trotzdem. In der Welt der ewig Lebenden würde es wahrscheinlich das größte Verbrechen sein, Kinder zu kriegen. Und waren es nicht gerade Kinder, die einen mit den Menschen ein wenig versöhnten? Und letztlich, würde unser Körper das denn überhaupt schaffen? Unser Herz schlägt etwa achtzigmal in der Minute. Jo hatte sich das schon einmal ausgerechnet, das waren über hunderttausend Herzschläge am Tag und mehr als vierzig Millionen pro Jahr. Und das mal unendlich, das konnte doch gar nicht funktionieren.

Ohne seine Gedanken an dieser Stelle zu Ende zu bringen, Jo ahnte, dass ein ewiges Leben bei näherem Hinsehen möglicherweise auch kein attraktives Versprechen war. Er konnte sich verzweifelte Lebenssituationen vorstellen, in denen Tod sogar eher als Erlösung erschien denn als Bedrohung. Wenn da nur nicht dieses verdammte ewig wäre. Auge lag vielleicht richtig, mit größeren Pausen immer wieder einmal am Leben teilzuhaben, das wäre doch ok. Ein Kreislauf des Lebens, eine wie auch immer geartete Folge von Wiedergeburten war gegenüber einem ewigen Leben vielleicht sogar das attraktivere Angebot. Und wenn man immer wieder, auch zeitlich begrenzt, am Leben teilhaben konnte, war das ja auch eine Form von ewigem Leben. Aber auch das Wiedergeburtskonzept war ja wahrscheinlich nur Wunschvorstellung, Spekulation verängstigter Menschen, die sich mit dem Gedanken an den Tod nicht abfinden können. Jo zwang sich, aus seinem Angstexperiment wieder herauszukommen. Ein wichtiger Bestandteil der Lebensphilosophie in seiner Geburtsstadt Köln lautete sinngemäß: ‚Alles wird gut'. Vielleicht war das ja Weisheit genug.

Seine Gedanken kreisten um die letzten Stunden. Auge war offensichtlich der Meinung, dass Mandy in die kriminellen Aktionen um die Firma verstrickt war. Er war darauf nicht mehr eingegangen, aber Jo glaubte zu fühlen, dass sein kluger Freund diesen Gedanken ihm gegenüber nur deshalb nicht weitergesponnen hatte, weil er um seine große Verehrung von Mandy wusste. Auge war für Jo seit langem der Inbegriff nüchterner Intelligenz, der in seinen Bewertungen in der Vergangenheit fast immer richtig gelegen hatte. Jo fühlte sich entsprechend tief verunsichert und ein wenig hin- und hergerissen. Und dann hatte Auge ja noch vorausgesagt, dass die Spezialbatterien ‚so gut wie weg' sind. Wenn man sich so sicher ist, lässt man den Dingen dann einfach ihren Lauf? Er war doch auch für den Bestand und die Sicherheit seiner Firma zuständig. Hatte er nicht als einziger bisher mit den Verbrechern Kontakt gehabt. Erinnerungen kamen hoch, als er in dem dunklen Zimmer im ersten Stockwerk des Weiss-Gebäudes die Schritte und kurzen Wortfetzen der Einbrecher hören konnte. Und dann, war er nicht das neue Ziel im Fadenkreuz der Ganoven? Möglicherweise gingen diese von der Annahme aus, dass er ihnen in irgendeiner Weise gefährlich werden könnte. Jo fühlte sich mitten in diesen Kampf zwischen Gut und Böse hineingezogen.

Nein, die Batterien waren nicht ‚so gut wie weg'. Er fasste für sich noch einmal die mögliche Ereigniskette zusammen. Da war der Einbruch durch ausländische Täter in die Firma, wahrscheinlich ohne Erfolg. Dann wurde kurz darauf Frau Jansen entführt, bisher ohne konkrete Forderung. Wollte man so, über eine alternative Strategie, an die Batterien kommen? War der ansonsten so professionelle Coup der Einbrecher nur deshalb fehlgeschlagen, weil Auge und er die Batterien ohne explizite Anordnung von Mandy oder Robert Jansen bereits nachmittags anstelle am nächsten Morgen auf den Transporter geladen hatten? Wenn das so war, und Auge schien das so zu sehen, dann würde es möglicherweise einen zweiten Versuch geben, an die Batterien zu gelangen. Gab es jemand in der Firma, der Informationen an die Verbrecher weitergab, vielleicht sogar mit Ihnen zusammenarbeitete? Auge glaubte das offensichtlich und favorisierte dabei Mandy. An der Stelle, das hoffte Jo von ganzem Herzen, irrte sein intellektueller Freund allerdings.

Wie auch immer, Jo wurde klar, dass man den Gang der Dinge möglicherweise mit einer sehr einfachen Maßnahme beeinflussen konnte. Die Batterien mussten wieder aus dem Transporter heraus. Morgen früh sollten sie sowieso erneut umgeladen werden. Jo überlegte, sollte er Auge wecken und mit ihm zusammen...? Nein, der war jetzt nicht mehr einsatzfähig. Wenn jemand die Batterien retten konnte, dann war er es ganz allein. Aber was, wenn das alles Unsinn war, man würde ihn auslachen. Außerdem, wenn der Wachdienst ihn sehen würde, was würde er denen denn als Erklärung für seine späten Aktivitäten anbieten? Würde er in seiner geliebten Umgebung nicht einfach die Vorstellung vom schwachsinnigen Mongolen bestärken?

Da war wieder das Stichwort. Wie konnte ein Arzt, der das Syndrom als Erster wissenschaftlich beschrieb, seine Störung als ‚mongoloide Idiotie‘ bezeichnen? Jo hatte in der Schule auch Englischunterricht gehabt, aber das war nicht seine große Stärke gewesen. Gern hätte er den kurzen Artikel von John-Langdon Down aus dem Jahr 1866 einmal im Original gelesen. Den Titel hatte er sich erklären lassen: ‚Observations on an ethnic classification of idiots‘. Da ging es um eine Einteilung der Idioten. Sein Lehrer hatte ihm damals erklärt, dass der Begriff ‚Idiot‘ bereits im Griechenland der Antike verwandt wurde, seine beleidigende Färbung aber erst später erhalten hatte. Für Jo klang das wie eine Ausrede. Und warum mongoloid, in seinen Augen sollte das Adjektiv die Kränkung nur weiter verstärken. Aber das war angeblich nur beschreibend gemeint. Jo war auch da skeptisch, bis heute hatte er noch keinen Mongolen gesehen, aber die hatten sich ebenfalls von diesem Vergleich distanziert. Warum kamen ihm so oft die gleichen, immer noch aufwühlenden Gedanken, wenn er gerade etwas Wichtiges entscheiden musste. Jo traten einige Schweißperlen auf die Oberlippe. Das passierte immer, wenn er aufgeregt, unsicher oder geängstigt war. Hatte sein Lieblingsautor Mark Twain nicht einmal sinngemäß behauptet, dass der sicherste

Schutz gegen Versuchungen die Feigheit ist. Jo war sich ganz sicher, er war kein Mongole, kein Idiot, zumindest nicht im heutigen Sinn, vielleicht in einigen Belangen etwas anders als viele, aber feige war er nicht. Entschlossen warf er die Bettdecke zurück, stand auf und kleidete sich wieder an. Er würde noch einen kleinen Spaziergang machen.

25. Kapitel

Claudia Jansen hatte die intensive Zuwendung von Mandy, das warme Bad und das Abendessen bei Kerzenlicht intensiv wahrgenommen. Jetzt saßen die beiden Frauen, Claudia in Mandys warmem und flauschigen Bademantel, wieder im Wohnzimmers mit seinem ausladenden Sofa und den zwei tiefen, gemütlichen Sesseln. Ihr körperliches Befinden und auch ihre Stimmungslage hatten sich wieder etwas erholt. Mandy zeigte sich nicht nur als warmherzige Freundin, auch ihre Fähigkeit, praktisch aus dem Nichts ein raffiniertes und wohlschmeckendes kleines Dinner zu improvisieren, hatte Claudia tief beeindruckt. Erst zum Ende des gemeinsamen Essens brachte Claudia von sich aus das Gespräch auf den Anlass ihres ungeplanten Besuchs. Bei ihrer Darstellung der Ereignisse in Hamburg und dem aktuellen Abenteuer im Zusammenhang mit ihrem Opernbesuch ließ Mandy sie ohne Unterbrechung ausreden.

„Ich werde mir mal die Telefonnummer von diesen Singh-Brüdern aufschreiben. Ein Taxi brauche ich relativ häufig. Um aber zum ernsteren Teil Deiner Geschichte zu kommen, es spricht in der Tat einiges dafür, dass Deiner Person Gefahr droht. Jemand, der das ebenfalls so zu sehen scheint, ist Dein Vater. Jetzt verstehe ich auch seine Reaktion bei Euch zu Hause, als er mich nicht in die dunkle Garage gehen lassen wollte. Er hat zu dem Zeitpunkt schon eine Bedrohung und keinen technischen Defekt vermutet. Wegen eines nicht funktionierenden Garagenlichts? Eigentlich seltsam! Andererseits geben ihm die Ereignisse in der Oper ja recht. Ich kenne Deinen Vater eher als den unbesorgten, manchmal sogar eher leichtsinnigen Menschen. Er hat immer so etwas Jungenhaftes, Unbekümmertes gehabt. Dass er so reagiert, sein Hinweis auf eine Überwachung der Telefone, seine kodierten Empfehlungen, was Freunde und Verbündete angeht, das kann ich kaum glauben. So kenne ich ihn gar nicht. Das sind offensichtlich mächtige Gegner, von denen er ausgeht. Außer Auge und mir scheint er ja kaum jemand zu trauen, vielleicht noch diesem Sicherheitsmenschen."

An dieser Stelle war der Ton von Mandy wieder etwas abfällig geworden. Ehe sie aber in ihrer Bewertung fortfahren konnte, klingelte in der Handtasche von Claudia das Mobiltelefon. Ohne zu zögern, nahm diese das Telefon in die Hand, das eine deutsche Mobilnetznummer anzeigte, die sie offensichtlich nicht in ihren Adressen gespeichert hatte.

„Nein, lass das Telefon…"

Mandys Reaktion kam um einen Augenblick zu spät, denn Claudia hatte das Gespräch bereits angenommen.

„Hallo!"

„Hallo Claudia, entschuldige die späte Störung, ich bin's, Philip."

„Philip?"

„Ja, Philip Brender, der Stationsarzt, Dein, ich sag mal, Freund aus Hamburg. Entschuldige bitte, dass ich Dich so spät anrufe. Du hattest mir in Hamburg Deine mobile Telefonnummer gegeben, jetzt wollte ich das einmal versuchen. Ich bin für wenige Tage in Köln und möchte nur fragen, ob wir uns sehen können. Heute ist es wahrscheinlich schon zu spät, ich wäre natürlich verfügbar. Aber wenn nicht gleich, dann doch auf jeden Fall morgen. Ich kann Dich irgendwo abholen. Wann und wo ist mir egal. Hauptsache, wir treffen uns. Wo bist Du denn jetzt?"

Mandy, die nahe bei ihr saß, hatte das Telefonat in Teilen mithören können. Mit beiden Armen machte sie energische Gesten, die Claudia signalisieren sollten, ihren Standort nicht preiszugeben.

„Hallo Philip, das ist ja eine nette Überraschung. Einen Moment bitte."

Claudia presste die Hand fest auf das Mikrofon ihres Telefons.

„Sag ihm, dass es im Moment gar nicht passt. Er soll Dich morgen noch einmal anrufen. Oder verabrede Dich irgendwo in der Stadt, gib die Adresse hier nicht an."

Mandy war nun offensichtlich angesteckt. War das jetzt paranoider Verfolgungswahn oder weise Vorsicht angesichts der unüberschaubaren aktuellen Entwicklungen, Claudia konnte es nicht mehr auseinanderhalten. Philip war harmlos, zumindest nach strafrechtlichen Kriterien, ein netter Mann, da war sie sich sicher. Sofort kam ihr Anna, ihre Mutter, wieder ins

Gedächtnis. Philip war ein Thema, das sie so gern mit ihrer Mutter diskutiert hätte.

„Philip, ich freue mich, von Dir zu hören, wirklich. Im Moment ist es allerdings sehr ungünstig. Willst Du mich morgen noch einmal anrufen oder sollen wir gleich etwas ausmachen? Ich bin morgen in der Kölner Innenstadt. Lass' uns doch irgendwo zentral gegen Mittag treffen. Vielleicht um ein Uhr auf der Domplatte, in der Nähe des Dom-Haupteingangs, da können wir uns nicht verpassen. Dann entscheiden wir gemeinsam, was wir tun wollen. Aber sei bitte nicht böse, im Moment kann ich leider nicht mehr für Dich tun."

„Nein, Claudia, das ist doch großartig. Ich freue mich jetzt schon auf morgen. Wir machen unsere Pläne, wenn wir uns sehen, das ist ganz in meinem Sinn. Jetzt möchte ich auch nicht weiter stören. Du bist ja offensichtlich beschäftigt. Ich wünsche Dir eine gute Nacht."

„Das hast Du gut gemacht, Claudia, gehen wir einmal davon aus, dass Dein Handy nicht observiert wird. Vielleicht wäre es besser gewesen, das Gespräch gar nicht anzunehmen. Den jungen Mann kenne ich nicht, lass Dein Bauchgefühl entscheiden, aber sei kritisch. Jetzt trinken wir noch ein Glas Wein und dann versuchen wir, zu schlafen. Vielleicht lässt Du Dein Telefon sicherheitshalber einfach aus. Ich habe noch ein altes Handy. Von dem weiß keiner, benutze das, zumindest bis die Dinge klarer sind."

Es war jetzt kurz vor dreiundzwanzig Uhr. Mandy hatte sich kurz in die Küche verabschiedet, um ihrem Kater frisches Futter und Wasser für die Nacht hinzustellen, als Claudias Gedanken durch einen leisen, ihr unbekannten Klingelton unterbrochen wurden. Aus der Küche waren nur einige wenige, leise gesprochene Wortfetzen in englischer Sprache zu vernehmen. ‚Ok' war alles, was Claudia verstehen konnte. Dann hatte Mandy das kurze Gespräch offensichtlich bereits beendet. Freundlich lächelnd öffnete sie die Küchentür und nahm wieder in ihrem Sessel Platz. Für einen kurzen Augenblick galt die Aufmerksamkeit der beiden Frauen der Katze, die, mit der abendlichen Routine offensichtlich bestens vertraut, mit hochgestelltem Schwanz durch den Spalt der Küchentür verschwand.

„Unsere Geschäftspartner in Karatschi und Singapur werden langsam nervös, es scheint, dass dort alle auf unsere Lieferung warten. Ich habe heute über den Tag verteilt verschiedenen Anrufern mehrmals die neuen Liefertermine bestätigen müssen."

„Elf Uhr abends, das ist ja eine ziemliche Frechheit. Du hättest doch schon schlafen können. Außerdem, wie spät ist es denn jetzt dort, wo man auf Eure Lieferung wartet?"

„Karatschi ist, glaube ich, vier Stunden vor uns, dort ist es jetzt also drei Uhr in der Nacht und Singapur ist sieben Stunden versetzt. Du hast schon recht, das sieht ungewöhnlich aus. Aber die wissen natürlich genau, dass zwischen elf Uhr abends und sechs

Uhr morgens hier nichts geht. Ich nehme an, die wollten einfach noch einmal den aktuellen Stand der Dinge haben."

Mandy und Claudia unterhielten sich noch ein wenig. Dabei achteten beide Frauen darauf, unverbindliche und leichte Themen anzusprechen und die Ereignisse des Tages auszublenden. Claudia machte sich eigentlich nichts aus Alkohol. Trotzdem trank sie zügig ihr großes Glas Wein in der Hoffnung, schläfrig zu werden. Kurz darauf ging Mandy zu Bett, nachdem sie für Claudia eine gemütliche Schlafmöglichkeit auf der Couch des Wohnzimmers gerichtet hatte.

Obwohl die äußeren Umstände sehr idyllisch erschienen, fiel es Claudia schwer, zur Ruhe zu kommen. Ungewohnte, fremde Gedanken rasten ihr durch den Kopf. An Schlafen war in der fremden Umgebung noch nicht zu denken. Ob sie noch ein bisschen in einem der Magazine, die neben der Couch im Zeitungsständer lagen, blättern sollte? Aus der kurzen Distanz erkannte sie einige Frauenzeitschriften, zum Teil in englischer Sprache, den Spiegel und Kölner Lokalblätter mit der Kölner Boulevardzeitung. Das machte sie im Moment alles nicht allzu sehr an. Jetzt doch entschlossen, ihren Schlaf zu erzwingen, löschte sie die Stehlampe, die sich direkt neben der Couch befand. Sie musste nochmals an den unerwarteten Anruf von Philip denken. Irgendwie fühlte sie sich geschmeichelt und freute sie sich auf das Treffen.

In all dem Durcheinander und den dunklen Wahrnehmungen war das ein sehr willkommener Lichtblick.

Mandys Kater schien ob der fremden Person dort, wo er sonst einen Teil seiner Nachtruhe bestritt, irritiert. Er stand vor der Couch, den Blick nach oben gerichtet, unsicher, ob er den Sprung auf die Decke angesichts der neuen Konstellation wagen sollte oder nicht. Dann schien er allen Mut zusammenzunehmen, ein großer Satz auf den Fußbereich und ein schüchterner Blick in ihre Richtung. Umständlich rollte er sich am Fußende in seine Schlafposition ein. Er würde noch für etwa zehn Minuten laut schnurren, um dann einzuschlafen. Claudia genoss die Anwesenheit dieses kleinen Lebewesens, dessen Wärme sie an ihren Unterschenkeln fühlte, und fiel dann in einen unruhigen Schlaf.

26. Kapitel

Der volle Mond am Himmel machte die Nacht fast zum Tag. Von erhöhten Positionen konnte man in dem stimmungsvollen Licht das beeindruckende Panorama der Stadt mit Dom und den Rheinbrücken genießen. Im Mondlicht lag friedlich das Firmengelände der Weiss GmbH. Zusätzlich zum Effekt des Vollmonds war die Firma entsprechend der erhöhten Sicherheitsstufe kurz nach zwei Uhr morgens noch taghell erleuchtet. Weiterhin waren die Rundgänge der MeCur-Mitarbeiter auf einen stündlichen Takt erhöht worden.

Die zwei Mitarbeiter des Sicherheitsdienstes hatten gerade den zwei Uhr Rundgang durch die Firma beendet, als plötzlich der Alarm im Hauptgebäude aufheulte.

„Verdammt, da kommen wir doch gerade her."

Irgendwie hatten die Zwei ein ungutes Gefühl. Ihr Chef, Günter Menden, hatte Ihnen ausführlich erklärt, wie sie im Falle eines Alarms vorzugehen hatten. So sollten sie auf keinen Fall allein aktiv werden, sondern auf das Eintreffen der Polizei warten, da die Alarmanlage der Firma mit einem direkten Kontakt zur Einsatzzentrale der Polizei geschaltet war. Zusätzlich wollte der MeCur-Chef bei außerordentlichen Ereignissen, unabhängig von der Uhrzeit, persönlich unterrichtet werden.

„Hallo Chef, Schmitz hier, vom Weiss-Objekt. Ich weiß, unchristliche Zeit, aber Sie hatten es ja so gewünscht. Im Weiss-Gebäude ist vor einer Minute der Alarm losgegangen. Sie müssten das im Hintergrund eigentlich hören können."

Günter Menden wirkte trotz der späten Nachtstunde hellwach.

„Bleibt weg vom Gebäude, wie besprochen, haltet aber den Eingangsbereich im Auge. Ich schicke Euch noch die zwei Leute von unserem Objekt in der Zülpicher Straße. In einigen Minuten müssten die auch da sein. Die sollen dann die rückwärtige Front des Gebäudes im Auge halten. Die Polizei wird auch jeden Moment eintreffen. Ich rufe noch schnell die Firmenleitung an und mache mich dann auch auf den Weg."

Die beiden Wachleute, dankbar ob der klaren, defensiven Instruktionen, beeilten sich zurück zu ihrem Fahrzeug, einem älteren VW-Transporter, der auf der rückwärtigen Seite des Weiss-Geländes geparkt war. Dann steuerte einer der beiden das Fahrzeug vor den Haupteingang der Firma und parkte es auf der gegenüberliegenden Straßenseite, sodass man den gesamten vorderen Teil des Firmengebäudes einsehen konnte. Mit höchster Konzentration suchten sie die Front des Gebäudes, die Fenster und den hinter Glastüren gut einsehbaren Eingangsbereich des Gebäudes nach Besonderheiten ab. Der eindringliche akustische Alarm der Sirenen war nach drei Minuten zum Stillstand gekommen, die nun weiterhin stumm kreisenden Lichtkegel der an mehreren Stellen des Gebäudes angebrachten Alarmleuchten gaben der Szenerie etwas Gespenstisches.

Mit einiger Verzögerung trafen nach der Polizei und den angekündigten weiteren Mitarbeitern des Sicherheitsdienstes Günter Menden und schließlich auch Robert Jansen vor dem Haupteingang der Firma ein. Ein schwer bewaffnetes Einsatzteam war ebenfalls bereits kurz nach der regulären Polizei eingetroffen und ging sofort daran, das Gebäude zu durchsuchen. Es war eine helle, laue Nacht mit Temperaturen knapp unter zwanzig Grad, ungewöhnlich für Anfang Mai.

„Es scheint, als ob nach der weniger erfolgreichen Aktion von Dienstag das Gebäude nochmals gefilzt wurde. Diesmal allerdings mit längerer akustischer Untermalung, Alarm hatten wir beim letzten Einbruch ja nur ganz kurz."

Günter Menden war der Erste, der sich mit einem Kommentar versuchte. Eine weitergehende Diskussion wollte aber nicht aufkommen. Vielmehr kämpften die Anwesenden sichtbar mit ihrem Schlafentzug.

Nach einer Weile trat einer der militärisch anmutenden Polizisten des Einsatzteams aus dem Gebäude heraus und gab seinem gerade eingetroffenen Chef, Frank Arenz, einen ersten Lagebericht.

Arenz nahm die Meldung interessiert entgegen und wandte sich dann Robert Jansen zu.

„Ich würde Sie gern morgen früh, wenn wir uns alle von dieser Nachtaktion etwas erholt haben, in meinem Büro sprechen. So zwischen neun und zehn Uhr, wenn es nicht passt, auch später."

Robert sah den Polizeichef mit ängstlichem Gesicht an, der Schweiß schoss ihm aus allen Poren. Dann nahm sein Gesicht ein blasses Kolorit an und sein Kreislauf ließ ihn für einen Augenblick im Stich. Er hätte sich gerne hingesetzt, doch da war zumindest in Sichtweite keine Möglichkeit.

„Irgendetwas mit Anna?"

Seine Stimme war leise, sein Blick fest in die Augen des Polizeichefs gerichtet.

Frank Arenz hätte sich gern auf die Zunge gebissen. Er wusste, dass er einen Fehler gemacht hatte. Die Einladung ins Polizeipräsidium hätte er auch am Morgen übermitteln können. Jetzt stand er da, unausgeschlafen und unkonzentriert und nicht in der Lage, der harten Frage auszuweichen.

„Sie ist tot. Ich bin von unseren Hamburger Kollegen vorab informiert worden. Die Details haben wir noch nicht alle zusammen. Wenn uns die Umstände nicht so unvorhergesehen zusammengeführt hätten, wären wir heute Morgen auf Sie zugekommen und das wäre vielleicht auch besser gewesen."

Mittlerweile hatte Robert Jansen einen kleinen, niedrigen Mauervorsprung entdeckt, auf dem er sich niederlassen konnte. Ohne weiteren Kommentar nahm er Platz und begrub sein Gesicht in beide Hände. Das, was jetzt mit seinen Gedanken und seiner Gefühlswelt passierte, sprengte alles, was er in seinem Leben bisher erlebt hatte. Um eine Grundstimmung aus tiefster Verzweiflung und Niedergeschlagenheit drehten sich in wirrer Abfolge dunkle Gedanken und bruchstückhafte Bilder aus glücklichen Zeiten.

Das kurze Gespräch der beiden wurde von den anderen Anwesenden nicht wahrgenommen. Der zusammengesackt fast auf dem Boden sitzende Mann mit seinem von beiden Händen verdeckten Gesicht war allerdings nicht zu übersehen. Die meisten Umstehenden waren jedoch wenig irritiert. War nicht die Firma dieses offensichtlich verzweifelten Menschen jetzt zum zweiten Mal Ziel einer kriminellen Aktion gewesen.

Die Aufmerksamkeit der Anwesenden richtete sich vielmehr auf eine Gruppe schwer bewaffneter Einsatzpolizisten, die aus dem Gebäude heraustraten und sich vor Frank Arenz aufbauten.

„Wir finden da drinnen gar nichts, die Türen sind nicht geöffnet worden, keine Hinweise auf einen Einbruch. Andere Verhältnisse als Anfang der Woche. Heute nur die aktivierte Alarmanlage. Besteht die Möglichkeit, dass das Ding grundlos losgegangen ist? Technischer Fehler? Warum nicht?"

Günter Menden hatte die Meldung ebenfalls zur Kenntnis genommen. Er wirkte sehr konzentriert.

„Nun, beim ersten Einbruch hatten sie die Alarmanlage und die gesamte Stromversorgung professionell ausgeschaltet. Heute, Alarm ohne Einbruch. Vielleicht handelt es sich ja wirklich um eine Fehlmeldung."

„Chef!"

Zwei weitere uniformierte Polizisten hatten sich, aus einer anderen Richtung kommend, der Gruppe genähert.

„Das Tor zum Hof ist aufgebrochen. Es lässt sich ganz einfach aufdrücken, wir sollten uns noch den Bereich des Hofs und des Parkplatzes anschauen."

„Es scheint, dass unsere Freunde von einer erhöhten Wachsamkeit am Objekt ausgegangen sind und mit dem aktivierten Alarm ein kleines Ablenkungsmanöver inszeniert haben, das die Aufmerksamkeit auf das Hauptgebäude gelenkt hat. Nicht schlecht. Wir sollten klären, was sie auf dem Parkplatz gesucht haben?"

Frank Arenz blickte fragend in die Runde.

Ohne auf die Frage des polizeilichen Einsatzleiters einzugehen, bewegte sich die gesamte kleine Gruppe in den Eingangsbereich der Firma, der vom Einsatzteam der Polizei offiziell noch nicht freigegeben worden war. Vom hinteren Teil der Rezeption hatte man einen guten Blick auf den Hof mit der Laderampe und den Parkplätzen.

Robert Jansen, sich das Gesicht mit einem Taschentuch reinigend, war der Gruppe mit einigem Abstand gefolgt. Trotz seiner emotionalen Benommenheit fiel ihm sofort ins Auge, dass der Transporter nicht mehr auf seinem Platz stand.

„Jetzt haben sie ihr Ziel doch noch erreicht."

Und zu Frank Arenz gewandt.

„Auf dem Wagen befand sich die gesamte Ware für unseren Kunden in Asien. Jetzt haben sie es doch noch geschafft. Mehrere Monate Entwicklungsarbeit und Produktion. Alles weg!"

Im Laufschritt setzte sich die Gruppe durch den Hintereingang der Rezeption in Bewegung dorthin, wo der gestohlene Transporter ursprünglich geparkt war.

„Nicht ganz."

Günter Menden konnte man sein ungläubiges Erstaunen von Weitem ansehen.

„Das kann doch einfach nicht wahr sein! Schaut mal, was hier in der Ecke, hinter dem zu entsorgenden Verpackungsmüll, sauber aufgereiht herumsteht. Die Kisten, fertig mit allen Versand- und Zollunterlagen. Irgendjemand hat sie vom Transporter abgeladen. Vielleicht hat derjenige dann ein paar von den herumstehenden leeren Kisten als Attrappen in den Wagen verfrachtet. Natürlich waren die Täter in Eile, aber sie waren sich auch absolut sicher, zu haben, was sie wollten. Jedenfalls haben sie die Ladung des Transporters nicht mehr überprüft."

Robert Jansen hatte die Kommentare seines Freundes zwar akustisch wahrgenommen, aber irgendwie trotzdem nicht wirklich verstanden. Seine ganze Körpersprache verriet, dass ihm die Ereignisse über den Kopf wuchsen. Er griff zu seinem Mobiltelefon. Jetzt brauchte er jemanden, mit dem er sprechen konnte,

222

Mandy. Es war etwa drei Uhr. Ehe sein Telefon die Verbindung aufbauen konnte, brach er das Gespräch plötzlich wieder ab. Frank Arenz ignorierend, der auf ihn zugekommen war, um die Einschätzung des Geschäftsführers zu den aktuellen Entwicklungen um den Batterietransport einzuholen, drehte er sich Günter Menden zu.

„Günter, gib mir mal Dein Handy."

Günter Menden griff in die Innentasche seines Jacketts und reichte Robert ein modernes Business-Handy mit Touchscreen.

„Wie funktioniert denn das moderne Ding, ich will nur kurz Mandy Lee informieren."

„Mandys Nummer müsste im Speicher sein, gib mal her. Hier ist sie ja. Wenn sie mich eines Tages anruft, um mich zum Essen einzuladen, will ich direkt erkennen, dass sie es ist. Ich will vorgewarnt sein, um nicht vor Aufregung in Ohnmacht zu fallen. Hier hast Du das Telefon, ich hab' schon gewählt, Du musst nur noch einen Moment warten."

Robert Jansen nahm das Telefon an sein Ohr und entfernte sich einige Schritte von der Gruppe. Er wollte ungestört mit Mandy sprechen.

27. Kapitel

„Mandy, gut, dass ich Dich sprechen kann. Bitte entschuldige die späte Störung."

„Späte Störung? Es ist halb vier mitten in der Nacht."

Mandys Stimme klang verschlafen. Sie war durch das Telefon aus ihrem Tiefschlaf gerissen worden. Am Bettrand sitzend kämpfte sie gleichermaßen mit ihrem niedrigen Blutdruck und der Orientierung. Es dauerte einige Sekunden, bis sie die Situation erfasst hatte. Robert Jansen hatte bereits mit seiner Darstellung der Ereignisse begonnen, als Mandy unterbrach und ihn bat, noch einmal von vorn zu beginnen.

„Anna ist tot, ermordet, in Hamburg."

Die wenigen Worte waren gefolgt von einem längeren Schweigen. Alles, was Mandy Lee jetzt im Telefon hören konnte, war ein lautes Schluchzen am anderen Ende der Leitung.

„Robert, wo bist Du denn jetzt? Was sind das für Stimmen, die man da im Hintergrund hören kann? Es ist mitten in der Nacht. Und was ist mit Anna? Ermordet? Das kann doch nicht…!"

Mandy war jetzt hellwach. Auch ihre initiale Kreislaufschwäche war vergessen. Ihr Tonfall wechselte von aufgeregt zu mitfühlend beruhigend und dies schien jetzt auch auf ihren Gesprächspartner Eindruck zu machen. Robert Jansen gab ihr im Folgenden kurz die spärlichen Informationen der Polizei bezüglich des tragischen Schicksals seiner Frau weiter.

Am Morgen würde er weitere Details erfahren, die er sofort mit Mandy teilen würde. Dann leitete er zu den Ereignissen in der Weiss GmbH über. Während seiner Schilderung des vorgetäuschten Einbruchs ins Haupthaus und der Entwendung des Transporters wurde er von Mandy an keiner Stelle unterbrochen. Der Umstand, dass auch dieser Coup in seiner Zielsetzung misslungen war, weil es offensichtlich eine ungeplante Aktion bezüglich der Ladung gegeben hatte, schien ihr Interesse geweckt zu haben.

„Hattest Du denn das Ausladen der Batterien angeordnet oder wie kann man sich das erklären?"

„Nein, ich wäre gar nicht auf die Idee gekommen, dass es erneut zu einem Einbruch in unsere Firma kommen könnte. Trotzdem hatten wir die Sicherheitsmaßnahmen auf Deinen Vorschlag hin ja weiter hochgefahren."

„Robert, ich will Dir sagen, was ich tun würde. Was immer mit den Batterien ist, es scheint, als wolle sich jemand die Dinger um jeden Preis aneignen. Unser Auftraggeber kann es eigentlich nicht sein, der ist ja als Empfänger vorgesehen und die kurzfristige Lieferung unsererseits ist verbindlich vereinbart. Also, Hathays in Singapur ist meines Erachtens außen vor. Die Firma in Pakistan kennen wir alle nicht, wahrscheinlich ein peripheres Subunternehmen von Hathays. Aber auch die sind doch mit größter Sicherheit an diesen kriminellen Dingen nicht beteiligt. Die werden doch beliefert. Da müssen andere Interessengruppen im Spiel sein. Ich würde unsere Ware jetzt sofort auf die Reise schicken, ehe noch mehr Unglück passiert. Du hattest doch den Spezialtransport für morgen früh bereits verbindlich festgelegt?"

„Ja, natürlich. Ich hatte gar nicht an Günter gedacht. Der hatte sich offensichtlich auch schon auf einen solchen Auftrag vorbereitet. Ich wusste nicht, dass er solche Transportbegleitungen ebenfalls anbietet.

Eine letzte Frage noch. Hast Du etwas von Claudia gehört?"

Mandy antwortete mit einer kurzen Verzögerung.

„Claudia? Warum sollte sich Claudia bei mir gemeldet haben?"

„Ich, ich dachte nur. Sie ist durch die Entführung von Anna, von der Ermordung kann sie eigentlich noch nichts wissen, sehr verunsichert gewesen. Ich dachte, dass sie sich vielleicht mit Dir aussprechen wollte."

„Nein, hat sie nicht. Zumindest bisher, kann ja vielleicht noch kommen."

28. Kapitel

Der nicht voll besetzte vierstrahlige Lufthansa Airbus A340 hatte seinen Anflug auf den Changi Airport in Singapur pünktlich begonnen. Nach den Ansagen des Bordpersonals leuchteten nun auch die Anschnallzeichen wieder auf. Seit dem Start in München um kurz nach halb zehn letzten Abend waren jetzt fast zwölf Stunden vergangen. Peter Wollheims noch auf mitteleuropäische Zeit eingestellte Uhr zeigte neun Uhr fünfzehn. Plus sieben Stunden Zeitverschiebung musste es jetzt sechzehn Uhr fünfzehn Ortszeit in Singapur sein.

Eigentlich liebte Peter Wollheim diese Aufträge. Er war ein sportlicher, zweiundvierzigjähriger Mann, der bei der Polizei Karriere gemacht hatte und nun seit über fünf Jahren beim Bundeskriminalamt in Wiesbaden tätig war. Sein Vater war Beamter im Auswärtigen Dienst der Bundesregierung gewesen. Deshalb hatte er als Jugendlicher in unterschiedlichen Ländern und Kontinenten gelebt. Meistens hatte er Unterricht an sogenannten Internationalen Schulen erhalten, mit Englisch als offizieller Schulsprache. Seine Vorgeschichte hatte es also mit sich gebracht, dass er perfekt Englisch sprach. Für seine berufliche Situation bedeutete dies, dass er häufig bei internationalen Verhandlungen oder Ermittlungen des BKA in Anspruch genommen wurde. Was ihn mit dem Aufwand der langen Dienstreisen etwas versöhnte, war die Tatsache, dass seine Dienststelle ihm für außereuropäische Langstreckenflüge in der Regel ein Business Class Ticket zur Verfügung stellte. Nach der Besprechung am Abend zuvor hatte er Mühe gehabt, den ICE von Köln zum Frankfurter Flughafen noch pünktlich zu erreichen. Die Darstellung der Amerikaner ging ihm durch den Kopf. Was konnte der Batterieauftrag der Weiss GmbH mit der Bewaffnung von afghanischen Rebellen zu tun haben? Der Technikexport hatte die üblichen deutschen Ausfuhrkontrollen ohne jedes Problem passiert. Nun, scheinbar hatte die CIA nicht nur das Bundeskriminalamt, sondern auch die Behörden in Singapur kontaktiert. Jedenfalls hatte das Intelligence Department der ‚Singapore Police Force' SPF das Bundeskriminalamt um Amtshilfe ersucht, nachdem es von ‚dritter Seite', so hieß es in der offiziellen Kommunikation, auf mögliche Unregelmäßigkeiten im Geschäftsbetrieb von Hathays aufmerksam gemacht worden waren. Nach längerem Informationsaustausch über die üblichen Kanäle war man dann übereingekommen, dass ein Vertreter des BKA nach Singapur reisen sollte, um die verfügbaren Daten mit der dortigen Polizei abzustimmen und insbesondere auch die Details des aktuellen Auftrags an die Weiss GmbH zu ermitteln. Er hatte während der kurzen Nacht etwa drei bis vier Stunden geschlafen, nachdem er sich gestern Abend noch zwei Gläser Rotwein aus der Bordbar einverleibt hatte.

Ein paar heftige Turbulenzen beim Landeanflug rissen ihn aus seinen Gedanken. Peter Wollheim hasste diese unruhigen Flugsituationen. Nicht, dass er ernsthaft um sein Leben besorgt war, aber irgendwie erinnerten ihn die schweren Stöße auf das große Flugzeug an Höhe und Geschwindigkeit, Fehlbarkeit von Technik und Verletzlichkeit von Leben. Zur Einschätzung von Vorkommnissen beim Fliegen hatte er eine Technik entwickelt, die an kindliche Verhaltensmuster erinnerte. Wie kleine Kinder an den Reaktionen ihrer Umgebung, insbesondere denen ihrer Eltern, Ereignisse einschätzen und bewerten, so beobachtete er in unruhigen Flugsituationen das Kabinenpersonal. Er erinnerte sich an einen etwa zwei Jahrzehnte zurückliegenden Flug von Barranquilla in Kolumbien nach Miami in Florida. Die betagte Boeing 727 der kolumbianischen Aerocondor Colombia war über der Karibik in die Ausläufer eines schweren tropischen Sturms geraten. Heftige Turbulenzen zwangen das Flugzeug zu abrupten, weit ausladenden Auf- und Abwärtsbewegungen sowie unkontrollierten seitlichen Ausreißern begleitet von lauten krachenden und quietschenden Geräuschen. Zeitschriften, kleinere Taschen, alles, was nicht festgemacht war, flog in der Kabine herum. In die lauten Reaktionen des strapazierten Flugzeugs mischten sich bei jeder neuen Turbulenz zunehmend auch Aufschreie verängstigter Menschen. Die meisten Passagiere saßen jedoch stumm und zumeist starr nach vorn blickend eng angeschnallt in ihren Sitzen. Die bedrohliche Stimmung in der nur von einigen Platzleuchten spärlich erhellten Flugzeugkabine hatte er nie vergessen. Was ihn damals jedoch am meisten irritiert und dann letztlich auch beunruhigt hatte, war der Umstand, dass die Stewardessen sich ebenfalls mit ängstlichen und blassen Gesichtern auf ihren Sitzen festgeschnallt hatten.

Obwohl sich der Lufthansa Airbus in seinem Landeanflug auf den Flughafen Singapur Changi weiterhin unruhig bewegte und gelegentlich kräftig durchgeschüttelt wurde, die Stewardessen lächelten beruhigend und waren weiterhin dabei, routinemäßig letzte Vorbereitungen für die Landung zu treffen. Peter Wollheim legte sich beruhigt zurück und schloss die Augen. Er wusste, dass sofort nach seiner Landung Hektik angesagt war. Eine Kollegin der SPF würde ihn am Flughafen abholen und zu seinem Hotel bringen. Bereits bei der Fahrt zum Hotel würde er ein erstes kurzes ‚Briefing' erhalten. Für achtzehn Uhr war die offizielle Besprechung mit den Kollegen der SPF anberaumt. ‚Open End' stand in seinem Programm. Die Sitzung würde also mit großer Wahrscheinlichkeit bis in die Nacht andauern. Dabei sollten ihm sowohl das vom amerikanischen Geheimdienst bereitgestellte Material als auch die verfügbaren Informationen bezüglich Hathays und deren Produktionsstätten, insbesondere der in Pakistan, dargelegt werden. Er selbst war aufgefordert, den deutschen Ermittlungsstand zum Thema Weiss GmbH einzubringen und zu bewerten. Im Fall von weiterem

230

Informationsbedarf war vereinbart, dass das Management von Hathays am nächsten Morgen erneut zur Verfügung stehen würde. Für den nächsten Abend war dann bereits sein Rückflug nach Deutschland gebucht.

Peter Wollheim öffnete die Augen, als der Lufthansa Airbus etwas unsanft ersten Bodenkontakt aufnahm und dann mit lauten Geräuschen der vier Triebwerke auf der Landebahn ausrollte.

„Da bin ich mal gespannt, ob der Aufwand wirklich lohnt", murmelte er. Dann stellte er seine Uhr auf lokale Singapur Zeit um. Es war jetzt genau sechzehn Uhr fünfunddreißig.

29. Kapitel

„Nehmt mal da drüben auf der Couch Platz!"

Robert Jansen hatte Auge und Jo direkt nach seinem verspäteten Eintreffen im Büro zu sich gebeten. Es war jetzt kurz nach zehn Uhr. Die Ereignisse der vergangenen Nacht waren das alles beherrschende Thema in der Firma. In den wenigen Minuten ihrer Anwesenheit auf dem Weiss-Gelände hatten Auge und Jo bereits viele Einzelheiten der nächtlichen Geschehnisse erfahren. Wichtigstes Detail dieser inoffiziellen Informationen war, dass der gestohlene Transporter möglicherweise ohne seine Ladung entwendet worden war.

„Ich hatte aber keine Psychotherapie bestellt."

Der Begriff Couch hatte bei Auge offensichtlich spezielle Assoziationen geweckt.

„Ist schon gut Herr Hansmann. Ich gehe einmal davon aus, Ihr wisst, was ich mit Euch besprechen möchte."

War das jetzt eine Besprechung oder ein Verhör? Nach einigen Sekunden Stille war es Auge, der achselzuckend und mit leicht gereiztem Tonfall antwortete.

„Der erneute Einbruch in die Firma? Forderungen von den Entführern Ihrer Frau?"

„Es gibt Neuigkeiten zu meiner Frau, das stimmt und dazu komme ich gleich. Ich meine aber etwas anderes und es hat mit den Ereignissen der Nacht zu tun."

„Herr Jansen, ich war es, wenn Sie die Ladung des Transporters meinen."

Jo fühlte, dass es Robert Jansen darum ging, das ungeplante Umladen der Batterien aufzuklären. Auf jeden Fall wollte er seinen Beitrag dazu leisten. Er fühlte sich zunehmend unwohl in seiner Rolle und spürte zudem, wie sich von einem Moment auf den anderen alle Augen auf ihn richteten. Er selbst blickte ob der Tatsache, im Mittelpunkt der allgemeinen Aufmerksamkeit zu stehen, eingeschüchtert nach unten. Zuvor hatte er jedoch noch kurz die Reaktionen in den Gesichtern der Umstehenden unterscheiden können. Der generelle Tenor war ungläubiges Erstaunen. Jo hatte die Kisten aus dem Transporter entfernt? Allein? Nur im Gesicht von Auge glaubte Jo ein anerkennendes Lächeln wahrgenommen zu haben, das für ihn in diesem schweren Moment sehr wichtig war.

Er war sich zutiefst unsicher, ob er jetzt Lob oder Kritik erfahren würde. Die innere Anspannung war ihm an seiner Körperhaltung und am Ausdruck seines leicht erröteten Gesichts anzusehen. In das kurze Schweigen der Runde klopfte es einmal laut an der Tür und Frank Arenz betrat den Raum, die drei Anwesenden mit Handschlag begrüßend.

„Guten Morgen, Herr Arenz, Sie kommen im richtigen Moment. Es scheint, als ob wir das Rätsel mit der Ladung erklären können. Na Jo, dann leg mal los."

Jo holte weit aus und gab die abendliche Diskussion mit Auge wieder, die Einschätzung, dass die Batterien erneut das Ziel krimineller Aktivität würden und letztlich seine Entscheidung, den möglichen Informationsstand der anderen Seite außer Kraft zu setzen. Dankbar, sich erklären zu können, wurde sein Tonfall zunehmend ruhiger und fester. Den kleinen Disput mit Auge, ob jemand und wenn ja wer in der Firma mit den Verbrechern zusammenarbeitet, behielt er für sich.

„Sie meinen also, dass die Batterien das Ziel waren, sowohl bei der ersten als auch bei der zweiten Aktion. Jedes Mal war das Vorgehen der Einbrecher grundsätzlich Erfolg versprechend, die Batterien wurden dann aber kurzfristig anders platziert. Durch die Änderungen des Aufbewahrungsorts der Ladung, beim ersten Mal eher zufällig, beim zweiten Mal in weiser Voraussicht, sind die Einbrecher nun zweimal leer ausgegangen. Das weist darauf hin, dass die Ganoven relativ gut Bescheid wussten. Deshalb stellt sich mir die Frage, woher die andere Seite die Informationen zum Verbleib der Spezialbatterien hatte?"

Dabei blickte Arenz Jo und Auge an.

Während Jo schon wieder schüchtern nach unten blickte, fühlte Auge sich durch die Ausführungen des Polizeichefs direkt angesprochen.

„Zwingend ist das allerdings nicht. Beim ersten Mal haben die Einbrecher ganz einfach nicht gefunden, was sie gesucht haben. Beim zweiten Mal könnten sie irgendwie den kurz bevorstehenden Liefertermin morgen in der Frühe erfahren haben. Daraus konnte man schlussfolgern, dass die Batterien entweder bereits verladen sind oder zur Verladung bereitstehen. Als sie dann einen vermeintlich beladenen Laster gesehen haben, waren sie sich eben sicher, dass es die Batterien sein müssen. Andererseits, die Weiss GmbH beschäftigt an diesem Standort eine Menge Leute, von der Geschäftsführung über unsere Ingenieure bis zu den Sekretärinnen und solch überflüssigen Menschen wie Jo und mich. Grundsätzlich könnte jeder solche Informationen weitergegeben haben. Ich persönlich favorisiere allerdings auch das Szenario, dass die Einbrecher detailliert informiert waren. Wie anders konnten sie hundert Prozent sicher sein, dass die Batterien bereits auf dem Laster sind. Sonst hätten sie sich ein paar Sekunden Zeit genommen, das zu überprüfen. Aber sie waren sich eben sicher."

„Eine andere Erklärung wäre, dass sie gestört wurden. Aus irgendeinem Anlass kam plötzlich Hektik auf, sodass sie deshalb die Ladung nicht mehr prüfen konnten."

Man hatte den Eindruck, Robert Jansen wollte das Konzept eines Firmen-internen Informanten der Einbrecher nicht ohne Gegenrede hinnehmen.

Ohne die Schilderung Jos in irgendeiner Weise zu kommentieren, nutzte er den Moment, Auge und Jo die dramatische Entwicklung seiner privaten Situation darzulegen. In kurzen, von kleinen Pausen unterbrochenen Sätzen berichtete er über die Ermordung seiner Frau und den Angriff auf seine Tochter in der Operngarage. Als ob eine Schweigeminute ausgerufen wäre, für einen Moment herrschte in dem Büro der Kölner Firma eisige Stille. Da saßen sie, kleine, hilflose und zutiefst betroffene Menschen, Auge mit starrem Blick nach vorn, Jo mit tief gesenktem Kopf und Tränen in den Augen.

Einige Minuten vergingen, Robert Jansen hatte zwischenzeitlich Kaffee bringen lassen, der aber unbeachtet in den Tassen verblieb. Nach mehreren Minuten unerträglicher Stille war es schließlich Frank Arenz, der das Wort ergriff und einige unwesentliche Details der nächtlichen Ereignisse berichtete, die sich aus den polizeilichen Berichten ergaben.

„Wo ist Claudia denn jetzt?"

Es war Auge, der als erster den Blick wieder in die Gegenwart und nach vorn richtete.

„Wir hatten gestern ein kurzes Telefongespräch. Als sie die Oper vorzeitig verlassen wollte, ist sie Zeuge eines Einbruchs in ihr Auto geworden. Dabei haben sich die vermeintlichen Autodiebe ihr gegenüber sehr aggressiv verhalten, man hat sie verfolgt und sie hat sich dann mit einem Taxi in Sicherheit gebracht, davon gehe ich zumindest aus. Jedenfalls hat sie mich aus dem Taxi angerufen und mir den Hergang der Dinge geschildert. Weil mir die Anreihung dieser ganzen Ereignisse mittlerweile doch große Sorgen macht, habe ich ihr empfohlen, nicht nach Hause

236

zu fahren, sondern entweder Günter Menden, Sie Peter oder aber Mandy zu kontaktieren. Günter habe ich heute Nacht getroffen, bei ihm war sie nicht und bei Ihnen, Herr Hansmann, hat sie sich offensichtlich auch nicht gemeldet. Bei Mandy, mit der ich heute Nacht telefoniert habe, ist sie auch nicht gewesen. Heute Morgen habe ich ein paarmal versucht, sie über ihr Handy zu erreichen, aber ohne Erfolg."

„Und warum meldet sie sich nicht bei Ihnen?"

Frank Arenz blickte Robert Jansen sehr eindrücklich an. Der blieb zunächst stumm. Seine Körpersprache und Mimik antworteten umso deutlicher.

„Ich weiß es nicht!"

„Ich brauche ein aktuelles Foto, wenn möglich mehrere, wir sollten Claudia suchen, finden und unter Polizeischutz stellen."

Erneut klopfte es an die Bürotür und Mandy Lee betrat mit einem freundlichen ‚Guten Morgen' den Raum. Dann schüttelt sie jedem der Anwesenden die Hand. Die schwierige Stimmung hatte sie sofort wahrgenommen.

„Ich weiß schon das meiste. Man kommt kaum in die Firma rein, ohne die Ereignisse der Nacht nicht schon in drei verschiedenen Versionen kennengelernt zu haben."

„Schön, dass Du da bist, Mandy. Ich hatte Dir die wichtigsten Dinge schon heute Nacht mitgeteilt. Wir sind hier mittlerweile einen Schritt weiter. Jo hat gestern Abend spät die Batterien vom Transporter heruntergeholt und leere Kartons in den Wagen geladen."

„Jo, wie kamst Du denn darauf?"

Die Gefühlslage hinter diesem Ausruf war schwer zu erkennen. War das jetzt freudig anerkennend oder enttäuscht vorwurfsvoll? Jo blickte erneut auf die Erde. Die Konsequenzen seines nächtlichen Handelns hatte er sich schöner vorgestellt, eindeutig anerkennende Worte, Schulterklopfen oder Ähnliches. Verdammt noch mal, wäre es denn besser gewesen, die Ganoven hätten ihr Ziel erreicht? Ohne auf seine Aktion weiter einzugehen, fuhr Mandy fort.

„Vielleicht kann ich zu den Ereignissen der letzten Nacht auch etwas beisteuern. Ich hatte gestern Abend noch einen Anruf aus Karatschi, in dem sehr drängend nachgefragt wurde, wann genau die Batterien denn nun geliefert würden. Ich habe dem Anrufer dann die Transportdetails erklärt und ihn auch damit zu beschwichtigen versucht, dass die Ware bereits verladen ist und in wenigen Stunden auf den Weg geschickt wird. Zu dem Kontakt in Pakistan kann ich ansonsten nichts sagen. Von dort wurde bereits mehrfach angerufen und es waren immer unterschiedliche Personen, die sich da gemeldet haben.

Übrigens, Du hattest mich heute Nacht nach Claudia gefragt. Ich war mir sehr unsicher, ob da irgendwer mithört. Du hattest ihr ja Vorsicht eingeimpft. Sie hat die letzte Nacht, nach ihrem Abenteuer in und nach der Oper, bei mir verbracht. Sie war von den Ereignissen ziemlich überfordert und ich hätte es deshalb auch nicht übers Herz gebracht, ihr von der furchtbaren … Eskalation in Bezug auf Anna zu erzählen. Allerdings habe ich Sie nach unserem Telefonat heute Morgen gar nicht mehr gesprochen, weil ich die Wohnung sehr früh, als sie noch schlief, verlassen habe. Jetzt sollte sie auf dem Weg in die Stadt sein. Heute Mittag um ein Uhr wollte sie einen Freund aus Hamburg treffen. Wenn Du sie sprechen willst, musst Du sie auf meiner alten Handynummer anrufen. Ihr eigenes Mobiltelefon ist ausgestellt."

„Sind Sie so freundlich und geben mir die Nummer."

Frank Arenz hatte die Unterhaltung aufmerksam verfolgt. Sofort nach Erhalt der Nummer wählte er dieselbe über sein Diensttelefon an.

„Da meldet sich aber niemand. Kann es sein, dass das Telefon ausgestellt ist?"

„Das glaube ich eigentlich nicht. Es ist aber ein altes Gerät. Möglicherweise hat der Akku bereits schlapp gemacht."

„Wo wollte sie sich mit ihrem Freund treffen?"

„Auf der Domplatte, in der Nähe des Haupteingangs zum Dom, um ein Uhr."

„Darf ich auch noch einmal etwas zu den Vorgängen heute Nacht sagen?"

Es war Jo, der sich mit leiser, schüchterner Stimme nochmals zu Wort meldete. Man konnte ihm unschwer anmerken, dass es ihm unangenehm war, erneut im Zentrum der Aufmerksamkeit zu stehen, aber ein Aspekt seiner nächtlichen Aktion war noch unerwähnt geblieben.

Während sich die Köpfe zu ihm hindrehten, fuhr er, wieder leicht errötend vor Aufregung, fort.

„Auge hatte sich ja festgelegt, dass es einen zweiten Versuch geben würde, die Kisten mit den Batterien zu stehlen. Fünftausend Batterien, verpackt in fünfzig Kisten mit je hundert Stück, jede Kiste ziemlich schwer. Auge und ich können ein Lied davon singen. Wir haben die Kisten schließlich auf den Transporter geladen; das war für uns beide Schwerstarbeit und hat fast eine Stunde in Anspruch genommen. Das Abladen heute Nacht war etwas einfacher gewesen, aber trotzdem, ich war danach fix und fertig. Wie die Einbrecher das bei ihrem ersten Versuch unter großem zeitlichem Druck anstellen wollten, ist mir unklar. Vielleicht waren es ja mehrere, oder aber, sie wollten gar nicht alle, sondern nur ein paar der Kisten mitgehen lassen, keine Ahnung. Ich bin jedenfalls davon ausgegangen, dass die Ganoven diesmal, damit es schnell geht, die Ladung auf dem Transporter belassen und einfach das ganze Fahrzeug mitnehmen.

Als ich mir vor einigen Monaten ein neues Mobiltelefon zugelegt habe, hat der Verkäufer mir erklärt, dass ich es im Falle eines Verlusts wiederfinden kann. Wie das genau funktionieren soll, habe ich nicht verstanden. Jedenfalls habe ich gestern Abend bei meinem noch fast voll aufgeladenen Telefon den Ton und

240

die Vibration abgestellt und das Telefon dann in den Kasten unter der Bodenabdeckung gesteckt, dort, wo Werkzeug und auch das Reserverad untergebracht sind."

Während Jo noch redete, konnte er bei den Umstehenden endlich die Reaktion ausmachen, auf die er bereits die ganze Zeit so sehr gehofft hatte. Auge lächelte ihm anerkennend zu, das war ein Vorgehen so ganz nach seinem Geschmack. Aber auch im Gesicht von Frank Arenz, der sonst gern den missmutigen, überarbeiteten und schlecht bezahlten Kriminalbeamten heraushängen ließ, war ein breites Grinsen erkennbar.

„Ich brauche die Telefonnummer und Ihren Mobilfunkanbieter", war sein nüchterner Kommentar.

30. Kapitel

In einem der kleineren, mit umfangreicher Technik ausgestatteten Besprechungsräume der amerikanischen Botschaft in Berlin herrschte eine spürbare Anspannung. Der kurzfristigen und dringlichen Einladung der Botschaft folgend hatte sich eine hochkarätige Gruppe von Fachleuten versammelt, darunter Vertreter des Auswärtigen Amts und des Verteidigungsministeriums in Berlin, des Generalbundesanwalts beim Bundesgerichtshof in Karlsruhe, des Bundeskriminalamts in Wiesbaden und des Bundesnachrichtendienstes in Pullach. Die Gäste waren vor wenigen Minuten in der Botschaft eingetroffen und hatten nach dem üblichen Begrüßungs- und Vorstellungsritual mit den anwesenden Fachleuten der Botschaft an dem ovalen Konferenztisch Platz genommen. Hinter einem Glasfenster in einem abgetrennten Nebenraum saßen zwei jüngere Männer, die offensichtlich für die Technik, die Videoübertragung, Mikrofone und Kopfhörer zuständig waren. Neben ihnen hatten zwei ältere Damen Platz genommen, Dolmetscherinnen der Botschaft. Per Video zugeschaltet waren Büros der Nato in Brüssel, des US-amerikanischen State Departments in Washington und der Central Intelligence Agency CIA in Langley, Virginia. Jetzt, nach der offiziellen Eröffnung der Besprechung, richteten sich die Köpfe der in der Berliner Botschaft versammelten Teilnehmer auf einen großen Flachbildschirm, der an einem Ende des länglichen Besprechungsraums von der Decke herabgelassen war. Jeder der Teilnehmer hatte einen Kopfhörer zur Verfügung, da die Konferenz simultan ins Deutsche und im Falle von Ausführungen in deutscher Sprache ins Englische übertragen wurde. Alle Konferenzteilnehmer stellten sich dann den per Satellit zugeschalteten externen Konferenzteilnehmern vor, die ebenfalls ihre Namen und Organisationszugehörigkeit benannten. Die Besprechung war offensichtlich auf Betreiben amerikanischer Dienststellen in den USA veranlasst worden. Nach einigen wenigen formalen Anmerkungen und Dank für das kurzfristige Zusammentreffen ergriff als erster ein Vertreter der CIA aus den USA das Wort.

„Meine Damen und Herren. Bei Ihnen in Europa ist es jetzt zwölf Uhr, bei uns hier in Washington DC und in Virginia ist es sechs Uhr morgens, also fast noch mitten in der Nacht. Was wir zu besprechen haben, duldet allerdings keinen Aufschub. Lassen Sie mich deshalb sofort zum Anlass für diese sehr eilig zusammengerufene Besprechungsrunde kommen.

Im Umfeld der derzeit sehr intensiven Bemühungen der Aufständischen in Afghanistan, ihre militärischen Möglichkeiten zu verbessern, sind unsere Mitarbeiter in Pakistan auf eine Bestellung von Spezialbatterien gestoßen, welche die Taliban offensichtlich erwerben wollen. Wir haben die Konstruktionspläne dieser Spezialbatterien, die eine Firma Weiss in Deutschland gefertigt hat, unseren Fachleuten hier in

243

Langley vorgelegt. Bereits nach einem ersten Blick auf diese Pläne haben unsere Leute identifizieren können, worum es sich bei den als Spielzeugbatterien deklarierten Gegenständen handelt. Lassen Sie mich dazu etwas weiter ausholen.

Der militärische Konflikt in Afghanistan hat eine lange Geschichte. Ich will Sie nicht mit historischen Details langweilen, aber es war nicht immer ein Einsatzgebiet US-amerikanischer oder alliierter Soldaten. Er begann im April 1978 mit einem Staatsstreich der kommunistischen Volkspartei Afghanistans, der seinerseits breiten und heftigen Widerstand in der Bevölkerung hervorrief. Im Dezember 1979 griffen dann sowjetische Truppen auf Seiten der Zentralregierung in diesen Konflikt ein. Was in den nächsten Jahren in Afghanistan passierte, wird häufig unterschätzt. Der etwa zehn Jahre dauernde Krieg bis zum Abzug der sowjetischen Truppen kostete etwa eine Million Afghanen das Leben und veranlasste etwa vier Millionen Menschen, ihr Land in Richtung Iran oder Pakistan zu verlassen.

Wir befanden uns in jener Zeit in einem, wie man sagt, Kalten Krieg mit den Sowjets. Kalt heißt aber nicht, dass nicht geschossen wird. Nur feuerten eben nicht amerikanische oder alliierte auf sowjetische Soldaten oder die Sowjets auf uns. Aber natürlich gab es, was man Stellvertreterkriege nennt. Wir haben zu jeder Zeit versucht, den Einfluss der Gegenseite zu begrenzen. Eine der wichtigsten Waffen der Sowjets in Afghanistan waren Kampfhubschrauber vom Typ

Mil Mi-24. Zusammen mit den etwas älteren Transporthubschraubern vom Typ Mil Mi-8 besaßen die Sowjets die totale und ungefährdete Luftherrschaft. Der afghanische Widerstand, die Mudschahedin, hatten diesen fliegenden Festungen nichts entgegenzusetzen und wurden von ihnen erbarmungslos gejagt.

Wir hatten damals Kontakte mit den Aufständischen und konnten auf verschiedenen Wegen helfen. Um die strategisch wichtige Lufthoheit der anderen Seite zu brechen oder zumindest aber zu reduzieren, haben wir unseren damaligen Verbündeten eine Waffe zur Verfügung gestellt, die umgangssprachlich als ‚Stinger' bezeichnet wird. Dabei handelt es sich um ein ‚Man Portable Air Defense System' also ein tragbares Lenkflugkörper-Waffensystem. Die Stinger ist im Prinzip eine Boden-Luft-Rakete mit der Besonderheit, dass sie von einer Person bedient und abgefeuert werden kann. Sie funktioniert nach dem Prinzip ‚fire and forget', das heißt, sobald sie auf ein Ziel fixiert und abgefeuert wurde, lenkt sie sich durch ein infrarot basiertes, Wärme-suchendes Lenksystem selbst dorthin. Primär dient sie zur Bekämpfung von Kampfflugzeugen und Helikoptern in niedriger und mittlerer Flughöhe. Die Reichweite des Systems beträgt etwa viertausend Meter und kann sich unter günstigen Bedingungen erhöhen. Die seinerzeit verwendeten Modelle FIM-92A und insbesondere die verbesserte Version FIM-92B erreichten eine Abschusswahrscheinlichkeit von etwa achtzig Prozent.

Das ist nicht schlecht! Insgesamt haben wir den Widerstandskämpfern in Afghanistan über tausend Stinger-Systeme geliefert, die unserer Kalkulation zufolge nur zum Teil eingesetzt wurden. Während der etwa zehnjährigen Präsenz der Sowjets in Afghanistan sind über zweihundert Abschüsse von sowjetischem Fluggerät durch die Stinger dokumentiert.

Unser Problem begann nach dem Rückzug der Sowjets aus Afghanistan im Frühjahr 1989. Wir haben damals versucht, die im Land verbliebenen Waffensysteme mit beträchtlichen Summen zurückzukaufen, um zu verhindern, dass sie mit terroristischer Intention zum Beispiel gegen zivile Flugzeuge oder andere Objekte eingesetzt werden. Wir wissen aber, dass sich trotz unserer Rückkaufbemühungen immer noch eine beträchtliche Zahl der Stinger-Systeme in Afghanistan befindet. Lassen Sie es mich noch einmal auf den Punkt bringen. Die Stinger ist aufgrund ihrer kompakten Größe, der leichten Transportfähigkeit und damit großen Mobilität und ihrer enormen Präzision und Durchschlagskraft eine ideale Terrorwaffe. Das hat uns natürlich von Anfang an große Kopfschmerzen gemacht. Zwischen 1975 und 1992 sind bei terroristischen Anschlägen etwa vierzigmal schultergestützte Flugabwehrraketen, darunter auch Stinger Systeme, erfolgreich gegen Verkehrsflugzeuge eingesetzt worden, wobei viele Todesopfer zu verzeichnen waren.

Warum wir in letzter Zeit keine terroristischen Attacken mit einem Stinger-System erlebt und warum die Aufständischen in Afghanistan diese Waffe nicht mehr gegen uns zum Einsatz gebracht haben, darüber haben wir immer wieder nachgedacht. Eine Erklärung ist in der Kurzlebigkeit von Einzelteilen des Systems zu suchen. Das betrifft einmal die komplizierte Technik des Such- und Lenkmechanismus der Rakete. Noch wahrscheinlicher ist allerdings, dass die Energieversorgung des Systems nicht mehr funktioniert. So braucht die initiale Aktivierung der Stinger eine elektrische Energie mit sehr hoher Spannung. Um diese zu gewährleisten, ist das System mit einer Spezialbatterie ausgerüstet, die seinerzeit individuell entwickelt wurde. Unsere technischen Experten erklären uns, dass diese Batterie tatsächlich eine relativ kurze Lebensdauer besitzt. Eine Information geht dabei so weit, dass diese Kurzlebigkeit unsererseits beabsichtigt war. Das wäre eine beeindruckend weise Voraussicht unserer damaligen Verantwortlichen gewesen. Aber zum jetzigen Zeitpunkt kann ich das nicht wirklich bestätigen.

Jedenfalls war unsere Einschätzung bisher, dass die noch in Afghanistan und möglicherweise auch anderswo in Händen von Terroristen befindlichen Systeme nicht mehr einsatzfähig sind. Der Original-Hersteller der Batterien ist bezüglich dieser Problematik zu jedem Zeitpunkt informiert gewesen und unterliegt bis heute strengster Observation. Eine Nachlieferung der Batterien an einen nicht-autorisierten Auftraggeber über den offiziellen Weg ist also ausgeschlossen.

Unsere gemeinsame große Sorge besteht darin, dass es der Gegenseite gelingen könnte, für die mit hoher Wahrscheinlichkeit nicht mehr funktionsfähigen Batterien Ersatz zu finden. Da wir immer davon ausgehen, dass dies grundsätzlich angestrebt wird, haben wir Hinweise in diese Richtung immer mit höchster Aufmerksamkeit verfolgt. Vor Ort in Pakistan haben wir in diesem Zusammenhang Informationen über die Bestellung einer größeren Zahl von Spezialbatterien zu einem hohen Stückpreis erhalten. Irgendwie ist eine Firma in Karatschi in diese Aktivitäten einbezogen, die von einem etablierten Spielzeughersteller, Hathays in Singapur, neu erworben wurde, in diesem Firmenverbund aber auch eigenständige Aktivitäten entfaltet. Wir können zum jetzigen Zeitpunkt nicht ausschließen, dass dieses Unternehmen mit suspekten pakistanischen oder afghanischen Strukturen zusammenarbeitet. Nach dieser Vorrede wird jeder von Ihnen ahnen, was unsere Ingenieure hier in Langley aus den von uns analysierten Konstruktionsplänen der Firma Weiss in Köln herauslesen. Es gibt keinen Zweifel, es handelt sich um exakte Kopien der Stinger Batterie, möglicherweise etwas robuster als das Original. Alle Kontakte millimetergenau an der richtigen Stelle und mit der ungewöhnlichen Form, die das Raketensystem für die Energieversorgung vorgibt.

Unsere AH-64 Apache Kampfhubschrauber in Afghanistan, eine der Säulen unserer militärischen Strategie, würden durch die Verfügbarkeit funktionsfähiger Stinger-Systeme auf der Gegenseite erheblich eingeschränkt. Auch andere militärische Vorgehensweisen unsererseits müssten überdacht und neu ausgerichtet werden. Hinzu käme eine enorme Bedrohung der zivilen Luftfahrt, nicht nur in Afghanistan und Pakistan, sondern vielmehr weltweit. Meine Damen und Herren, wir sollten mit höchster Eile und größter Entschlossenheit verhindern, dass die in Köln produzierten Batterien ausgeliefert werden. Nicht nur die Bestände an fertig produzierter Ware, sondern auch die Konstruktionspläne und Produktionsmittel müssen sofort sichergestellt werden. Außerdem müssen die Verantwortlichkeiten geklärt werden. Ein erster Verdacht besteht in Richtung einer Mitarbeiterin der Kölner Firma, einer Frau Mandy Lee. Ihr Name ist in diesem Zusammenhang mehrfach genannt worden. Wegen der unmittelbar drohenden Gefahr und der Fluchtgefahr der Verantwortlichen halten wir die unverzügliche Festsetzung und Vernehmung dieser Person für angezeigt. Der Geschäftsführer der Firma, ein Herr Robert Jansen, sollte ebenfalls vernommen werden. Das weitere Vorgehen sollte dann von dem Ermittlungsergebnis abhängig gemacht werden. An dieser Stelle würde uns natürlich der Ermittlungsstand der Deutschen Polizei interessieren."

„Dazu kann ich gern etwas sagen."

Der Vertreter des Bundeskriminalamts war den Ausführungen des amerikanischen CIA-Mannes über die Simultanübersetzung in seinem Kopfhörer gefolgt. Die Informationen, die er in den letzten Minuten zur Kenntnis nehmen musste, lagen jenseits der Spekulationen, die man sich auf deutscher Seite im Vorfeld dieses Treffens gemacht hatte. Um einige Sekunden Zeit zu gewinnen, blätterte er noch einmal in den mitgebrachten Unterlagen. Außerdem wurde sein Beitrag in deutscher Sprache angekündigt, was die nicht-deutschsprachigen Teilnehmer vor Ort und an den externen Standorten dazu veranlasste, nun ihrerseits die Kopfhörer anzulegen.

„Ich möchte Ihnen kurz unseren Wissensstand zu den geschilderten Vorfällen darstellen und mich dabei auf die Vorkommnisse hier in Deutschland beschränken. Ich kann Ihnen ebenfalls einige aktuelle Ermittlungsergebnisse vortragen, die meines Erachtens die komplexen Ereignisse etwas verständlicher machen. In die bereits genannte Firma in Köln ist innerhalb von wenigen Tagen zweimal eingebrochen worden, wahrscheinlich mit dem Ziel, an die versandfertigen Batterien heranzukommen. Diese Versuche sind beide Male misslungen, weil die Batterien kurzfristig an einen anderen Aufbewahrungsort gebracht wurden, zuletzt gestern Nacht oder besser heute Morgen. Offizieller Auftraggeber der Batterien ist ein international etablierter Spielzeugkonzern in Singapur, die Firma Hathays. Wir sind daher mit den Behörden in Singapur in Kontakt getreten und haben einen unserer Mitarbeiter, der von Beginn an in die Ermittlungen der Einbrüche in Köln eingeschaltet war, dorthin gesandt, um unsere Nachforschungen zu intensivieren. Lieferadresse der Batterien ist eine Firma in Karatschi in Pakistan. Über diese Firma wissen wir im Moment noch sehr wenig, scheinbar ein locker assoziiertes Subunternehmen von Hathays. Angesichts der Tatsache, dass unsere Recherchen bezüglich Hathays selbst bisher keine Auffälligkeiten ergeben haben, ist es natürlich vordringlich, sich die Firma in Pakistan einmal genauer anzusehen. Wir prüfen zurzeit, ob wir unseren Beamten von Singapur aus noch nach Karatschi schicken sollen, um ihn dort gemeinsam mit der Polizei vor Ort auch einen Blick auf diese Firma werfen zu lassen.

Hinzu kommt, dass die Ehefrau des Geschäftsführers der Firma in Köln nach dem ersten Einbruch entführt und kurz danach ermordet wurde. Weiterhin gibt es einen nicht erfolgreichen Anschlag auch auf dessen Tochter. Wir gehen davon aus, dass die Gewalt gegen die Familie des Geschäftsführers ebenfalls mit den Batterien zusammenhängt. Die bisherigen Ermittlungsergebnisse ergeben unserer Einschätzung nach ein vorläufiges Bild, das widerspiegelt, wie groß das Interesse an diesen Stinger Batterien wirklich ist.

Neben den ursprünglichen Auftraggebern, die keinen Grund für einen Einbruch oder Gewaltmaßnahmen gegen Personen haben, da sie vertragsgemäß beliefert werden sollen, gibt es nach unserem Kenntnisstand zwei weitere Gruppen, die sich die Batterien aneignen wollen, dies aber mit unterschiedlichen Mitteln angehen. Da ist einmal die Gruppe, welche sich die Batterien primär über die zweimal fehlgeschlagenen Diebstahlversuche verschaffen wollte. Diese Gruppe ist wahrscheinlich auch verantwortlich für den Entführungsversuch auf die Tochter des Geschäftsführers. Unsere Vermutung geht dahin, dass diese Gruppe sich damit bereits nach dem ersten fehlgeschlagenen Einbruch in die Firma Weiss eine alternative Strategie zur Beschaffung der Batterien offenhalten wollte. Zum jetzigen Zeitpunkt gibt es einen Anfangsverdacht, der sich auf zwei Personen mit pakistanischen Pässen bezieht. Dieser hat sich aus einem Verkehrsunfall ergeben, bei dem diese Personen auffällig wurden.

Eine dritte Tätergruppe ist unserer vorläufigen Einschätzung nach verantwortlich für die Ermordung der Frau des Geschäftsführers in Hamburg. Hier gibt es einen dringenden Tatverdacht bezüglich eines Mannes mit einem afghanischen Pass, dessen Auto bei der Entführung aufgefallen war, in dem sich Hinweise auf die ermordete Person fanden. Die Tatumstände sprechen dafür, dass die Täter in Hamburg Frau Jansen bereits mit der Absicht in ihre Gewalt gebracht haben, sie zu töten, während dem Ehemann und Geschäftsführer der Kölner Firma eine Entführung vorgespielt wurde. Mit einigen Tagen Verzögerung werden sie wahrscheinlich ihre Wünsche bezüglich der Batterien mitteilen. Eine solche Hinhaltung ist bei Entführungsdelikten nicht unüblich. Die Täter versprechen sich durch die steigende Anspannung der Betroffenen eine zuverlässigere Kooperation.

Lassen Sie mich noch kurz unsere Einschätzung zu den Verantwortlichen hier vor Ort vortragen. Unserer Bewertung nach spricht die Gewalt gegen die Familie des Geschäftsführers für dessen Unschuld. Auch die von amerikanischen Dienststellen ermittelten Hinweise auf die Leiterin der Auslandsabteilung der Weiss GmbH, Frau Mandy Lee, erscheinen uns derzeit nicht zwingend. Frau Lee ist für das Auslandsgeschäft der Weiss GmbH zuständig und ihr Name steht bei solchen Aktivitäten stellvertretend für die Firma. Insgesamt sind wir optimistisch, im Rahmen der weiteren Ermittlungen die Ereignisse in Köln und Hamburg zeitnah und umfassend aufzuklären.

Abschließend kann ich Ihnen selbstverständlich zusagen, dass wir noch heute, sofort nach dieser Sitzung, die Beschlagnahme aller produzierten Batterien veranlassen und die Konstruktionspläne und Produktionsmittel, soweit das möglich ist, ebenfalls sicherstellen werden."

Damit lehnte sich der Vertreter des Bundeskriminalamts in seinem Sessel zurück, damit anzeigend, dass er seinen Beitrag abschließen wollte. Sofort ergriff nochmals der CIA Vertreter aus Virginia das Wort.

„Vielen Dank für Ihre Informationen. Das vorgetragene Erklärungsmodell erscheint mir sehr plausibel. Es wird vielleicht noch verständlicher, wenn man die uns verfügbaren Informationen vor Ort in Afghanistan und Nordpakistan mitberücksichtigt. Diesen zufolge haben die sogenannten Widerstandskämpfer in Afghanistan in der Tat ein gemeinsames Ziel, trotzdem konkurrieren unterschiedliche Personen und Fraktionen um Macht und Einfluss. Hinzu kommt, dass auch die Interessenlage und Rolle zumindest von Teilen des pakistanischen Geheimdienstes in der politischen und militärischen Auseinandersetzung in Afghanistan undurchsichtig ist.

Wir müssen von der enormen strategischen Bedeutung des genannten Waffensystems ausgehen. Eine oder mehrere rivalisierende Fraktionen im Umfeld des afghanischen Widerstands haben von den Plänen erfahren, die Stinger-Systeme mit neuen Batterien wieder gebrauchsfähig zu machen. Nun versuchen diese, sich die fertig produzierten Batterien sozusagen als Seiteneinsteiger kurz vor deren Auslieferung entweder per Diebstahl oder durch Mord und Erpressung anzueignen. Ich halte dieses Konzept für sehr realistisch."

„Darf ich an dieser Stelle noch die eine oder andere Ergänzung machen."

Die Stimme kam wiederum aus dem Lautsprecher des Monitors. Nun hatte ein Vertreter des State Departments das Wort ergriffen.

„Ich möchte den Ausführungen des deutschen Sprechers ebenfalls zustimmen. Zu den Fragen, mögliche deutsche Verantwortliche betreffend, kann ich aus meiner Position hier in Washington aktuell keine neuen Informationen beitragen. Was wir durch unsere Geheimdienste aber ein wenig überblicken und das ist eben bereits kurz angesprochen worden, ist das Innenleben des afghanischen Widerstands. Viele gehen dabei von einer homogenen Gruppe aus und nehmen dabei nicht zur Kenntnis, dass diese Kriegspartei in Fraktionen unterteilt ist. Da geht es im Hintergrund immer um die Frage der langfristigen Macht, irgendwann, wenn sie gesiegt haben. Dass sie siegen werden, davon sind die meisten ihrer Funktionäre und Kämpfer überzeugt. Also, wer hat das Sagen, wenn sie wieder allein über das Land bestimmen können. Von größter Bedeutung ist dabei, welcher Fraktion gelingen die entscheidenden Schläge gegen die Alliierten. Derjenige, der unsere gemeinsamen Streitkräfte am meisten unter Druck setzt oder sie sogar militärisch zurückdrängt, der wird in Zukunft auch den größten politischen Einfluss erhalten. Das ist jetzt sehr vereinfacht ein Konzept, das unsere Kenner der Region anbieten. Danach ist es durchaus vorstellbar, dass unterschiedliche Gruppen unseres Gegners um die strategisch enorm bedeutsame Revitalisierung der Stinger Waffen konkurrieren. Wir werden in jedem Fall versuchen, dies weiter aufzuklären, aber, um ehrlich zu sein, bin ich nicht sonderlich optimistisch, dass uns das auch gelingen wird. Unser Hauptziel muss sein, den Transfer der Batterien zu verhindern, um jeden Preis."

31. Kapitel

„Herr Arenz, darf ich Sie noch kurz stören?"

Jo hatte den zum Firmenausgang eilenden Polizeibeamten kurz vor der Tür abgefangen, als dieser gerade dabei war, über sein Mobiltelefon Kontakt zu seiner Dienststelle aufzunehmen.

„Gern, Sie sind doch Herr Schneider?"

„Ja, aber Sie können gern Jo zu mir sagen."

„Ok Jo, was kann ich denn für Sie tun?"

„Mein Freund, Peter Hansmann, Auge, hat doch mit Ihnen telefoniert bezüglich des Straßenbahn-Unfalls auf der Aachener Straße. Ich hatte das Unglück miterlebt, in das zusätzlich ein schwarzer Mercedes verwickelt war. Dabei war mir aufgefallen, dass dessen Fahrer und Beifahrer sich untereinander in der Sprache verständigten, welche auch die Einbrecher in die Firma Weiss benutzt hatten."

„Sie meinen, bei dem ersten Einbruch in die Firma am Dienstagabend?"

„Ja, genau. Was mir darüber hinaus auffiel, war eine weitere Person, die sich auf dem Rücksitz des Unfallfahrzeugs sehr klein machte. Man hatte den Eindruck, sie wollte sich verstecken. Auge, Herr Hansmann, hatte deshalb ja bei Ihnen nachgefragt, ob im Unfallprotokoll weitere Personen aus dem beteiligten Fahrzeug genannt werden. Außer den beiden fremden Männern, die auch ausgestiegen waren, wird dort allerdings niemand aufgeführt. Jetzt kam mir noch eine Idee. Die Polizisten vor Ort haben den

Unfall umfangreich mit Fotos dokumentiert und auch das Unfallfahrzeug aus mehreren Blickwinkeln abgelichtet. Es könnte doch sein, dass auf den Blitzlichtaufnahmen auch der hintere Sitzbereich des Wagens abgebildet ist und man so sehen könnte, wer da noch im Fahrzeug saß."

„Ihr Freund hatte angedeutet, dass Sie sich am nächsten Morgen verfolgt oder bedroht fühlten."

„Das stimmt, ich hatte wohl sehr offensichtlich in das Auto hineingesehen und die beiden Unfallbeteiligten so erkennen lassen, dass mir irgendetwas aufgefallen war. Aber vielleicht ist das ja alles Einbildung. Ich meine, Sie sollten einmal die Unterlagen des Unfalls auch bezüglich der Bilder prüfen lassen. Wenn da irgendetwas ist, würde das meines Erachtens die Dinge aufklären helfen."

„Mit der Schilderung des Unfalls und dem Hinweis auf die beiden beteiligten Personen haben Sie uns bereits einen wertvollen Hinweis gegeben. Bei der ansonsten völlig unklaren Ermittlungssituation haben wir die beiden Personen im weiteren Verlauf eng observiert. Ich will mich nicht allzu weit aus dem Fenster hängen, aber das sieht im Moment ganz gut aus.

Bezüglich der Aufnahmen vom Unfallort stimme ich Ihnen ebenfalls zu. Wir werden jetzt erst einmal Ihr Handy lokalisieren und dann kümmern wir uns um den gestohlenen Transporter. Gleichzeitig lasse ich unsere Fachleute die Bilder überprüfen. Das sind digitale Aufnahmen, die man sehr stark bearbeiten und vergrößern kann. Wenn da nur ein Hauch einer Person, eines Gesichts zu erkennen ist, dann kommen wir auch da weiter. Das ist alles sehr hilfreich, Herr Schneider, ich meine Jo."

„Danke, Herr Arenz. Glauben Sie, dass Claudia in Gefahr ist?"

„Wir werden uns jedenfalls um Sie kümmern."

Auf seine Armbanduhr schauend fuhr er fort.

„Es ist jetzt halb zwölf. Dank Ihrer Angaben kommen wir heute wahrscheinlich schon ein ganzes Stück weiter. Aber auch Ihre Wahrnehmung, Sie selbst betreffend, würde ich gern etwas genauer haben wollen und dann prüfen, ob wir nicht auch Sie, zumindest bis die Dinge abschließend geklärt sind, unter unsere Fittiche nehmen sollten. Mein Vorschlag ist, Sie kommen heute Nachmittag, so gegen halb vier, im Präsidium vorbei, dann hören wir uns Ihre Geschichte noch einmal etwas genauer an. Vielleicht schauen wir uns dann auch gemeinsam die Unfallbilder an, ob Sie da jemand erkennen können."

„Könnte ich meinen Freund mitbringen, der hat sich auch schon Gedanken zu diesen Dingen gemacht?"

„Sie meinen den Herrn mit der Brille, der mit mir schon wegen des Unfalls telefoniert hat. Herr Hansmann, wenn ich mich richtig erinnere? Bringen Sie ihn gern mit."

Das Klingeln des Mobiltelefons von Frank Arenz unterbrach die Unterhaltung der beiden, die gerade dabei waren, sich voneinander zu verabschieden.

258

Frank Arenz meldete sich ohne Namensnennung mit ‚Hallo' und hörte dann dem Anrufenden etwa zwei Minuten konzentriert zu. Dabei hatte er sich einige Meter von Jo entfernt und von diesem abgewandt. Nach einigen knappen für Jo unverständlichen Sätzen drehte er sich wieder in seine Richtung und beendete das Gespräch.

„Wir sehen uns also heute Nachmittag. Dann kann ich Ihnen auch schon Ihr Telefon zurückgeben, wir haben den Firmentransporter dank Ihrer Hilfe bereits lokalisiert. Er stand einsam und verlassen auf einem Parkplatz in der Nähe des Güterumschlagplatzes am Eifeltor. Die Spurensicherung ist schon auf dem Weg dorthin."

Frank Arenz machte einen zufriedenen, gelösten Eindruck.

32. Kapitel

Auge und Jo hatten sich entschlossen, die U-Bahn zu nehmen. Noch drei Stationen bis Dom-Hauptbahnhof. Es war jetzt Viertel vor eins, sie würden also vor ein Uhr die Domplatte erreichen.

„Mir tut Claudia leid, da verabredet sie sich mit einem netten Menschen und jetzt sieht es so aus, als ob das alles andere als ein privates Treffen wird. Die Polizei wird vor Ort sein, Robert Jansen und Mandy werden eventuell auch da sein und, wie es aussieht, werden wir zwei Verlierertypen auch noch mitspielen. Was wollen wir da eigentlich?"

„Lieber Jo, mal ernsthaft, hör' bitte mit dem Verlierer-Gelaber auf! Die ganze Sippe Mensch ist wahrscheinlich irgendwann mal Episode, Verlierer eben. Oder Du meinst soziale Unterschiede, reich und arm. Jeder, der irgendwie durchhängt, egal warum, ist plötzlich ein ‚Loser'. Was ein idiotischer Begriff. Viele, die so als Verlierer beschimpft werden, haben nichts verloren, vielmehr nur nie eine Chance gehabt. Du weißt so gut wie ich, dass das, was Du mit ‚Gewinnen' oder ‚Verlieren' meinst, eher mit Herkunft, Bildung und in einigen Einzelfällen auch mit dem einen oder anderen Zufall zu tun hat. Anstelle sich dann selbst noch kleinzureden, imponiert mir eher, wenn man sich wehrt, wann immer das möglich ist, und gelegentlich auch mal für Kränkungen und Demütigungen heimzahlt. Das ist auch gut fürs Selbstbewusstsein.

Ich will gar nicht von den großen Revolutionen und Umstürzen reden, die manchmal, nicht immer, die Dinge verändert haben. Mir imponieren aber auch die kleinen, individuellen Geschichten und Anekdoten. Hier ist eine, die mir gefallen hat, ob sie so zutrifft, kann ich allerdings nicht garantieren.

Als Biertrinker interessiert mich, dass es in England eine Kette von Bars gibt, wobei wir eher Kneipen sagen würden, einige hundert über das ganze Land verteilt. Der Name all dieser überwiegend sehr gut laufenden Kneipen ist ‚Witherspoon'. Jeder in England kennt den Namen. Der Besitzer dieser Kette, zu der mittlerweile auch noch ein paar Hotels gehören, ist offensichtlich ein überaus erfolgreicher Geschäftsmann, der seine Firma bereits vor einigen Jahren an die Börse gebracht hat. Er hat das Unternehmen übrigens nicht nach seinem eigenen Namen benannt. Die Gerüchteküche sagt, dass dieser Erfolgsmensch möglicherweise auch infolge einer Lernschwäche ein schlechter Schüler war. Aufgrund seiner schulischen Leistungen hatte einer seiner Lehrer einmal vorausgesagt, dieser Junge hat keine Chance. Jetzt rate mal, wer Mr. Witherspoon ist oder war?"

„Nette Geschichte, aber im Prinzip ja nichts anderes als ein dickes 'Fuck you' in Richtung seines alten Lehrers. Das sind so klassische Tagträume kleiner Leute wie wir. Meines Erachtens ist das gar nicht so ungewöhnlich, schlechter Schüler und später riesiger Erfolg. Aber an einer Kneipenkette bin ich nicht interessiert."

„Ist ja gut."

„Du hast aber die vielleicht wichtigsten Teilnehmer an unserem Treffen auf der Domplatte vergessen. Wer immer die Ganoven sind, sie waren immer bestens informiert und sind beeindruckend professionell. Ich gehe daher davon aus, dass sie auch von Claudias Verabredung erfahren haben. Das ist auch der Grund, warum Jansen und natürlich die Polizei auftauchen werden. Zwölf Uhr mittags, oder besser ‚High Noon' auf der Domplatte ist es trotzdem nicht. Ist eine Stunde drüber! Aber das ist der Grund, warum wir da sein werden. Das große Finale lassen wir uns nicht entgehen."

„High Noon ist kein schlechter Vergleich. Ich kann mich an den Film nur schwach erinnern. Allerdings kann ich mir einen von uns zwei nur schwer als Gary Cooper vorstellen. Vielleicht eher Claudia als Grace Kelly. Aber mal im Ernst. Wie sollen die Ganoven denn von einer privaten Verabredung von Claudia erfahren haben?"

„Nun, sie hat ja schließlich bei Mandy übernachtet. Ich weiß, dass Du die Möglichkeit nicht sehen willst. Wie sagt man so schön, Liebe macht blind."

Immer, wenn Jo auf seine Bewunderung und Hochachtung für Mandy angesprochen wurde, machte ihn dies etwas verlegen.

„Du wirst langweilig, Auge. Außerdem weißt Du genau, dass es auch andere Erklärungsmöglichkeiten gibt. Wenn die Ganoven, wie Du so schön sagst, über die Interna unserer Firma so gut informiert sind, dann wissen sie auch, dass Mandy Lee verantwortlich für unsere Auslandsaktivitäten ist und haben möglicherweise deren Wohnung observiert. Oder aber, sie haben sich irgendwie in ihre Telefonleitungen reingehängt. Dass Du ohne Beweise eine Kollegin, und dann noch eine so nette und angenehme, unter Generalverdacht stellst, finde ich schwach, illoyal, untreu."

„Ich klage sie ja nicht an und denunziere sie auch nicht, das ist nur meine Arbeitshypothese zur Erklärung der Abläufe und Ereignisse der letzten Tage. Man wird doch, zumindest in Anwesenheit von Freunden, noch laut nachdenken dürfen. Meine Loyalität endet da, wo ein begründeter Verdacht auf ein schweres Verbrechen besteht. Da finde ich es erlaubt, den Verstand zu benutzen anstelle einer Gefühlsduselei zum Opfer zu fallen."

„Mach doch aber wenigstens einmal einen Konjunktiv bei Deinen Spekulationen um Mandy! Meine Sorge ist eigentlich eine andere. Warum sind denn die Bösen eigentlich an unseren Batterien interessiert? Das sind doch Spielzeugbatterien für Elektroautos oder anderes Großspielzeug. Für mich macht die ganze Geschichte nur Sinn, wenn sich hinter den Batterien eine ganz andere, uns noch unbekannte, dunkle Funktion verbirgt. Ich glaube mittlerweile, dass sie in irgendeiner Form militärische, vielleicht terroristische Bedeutung haben. Dann habe ich mich gefragt, sind wir, die Firma Weiss in Köln, denn da hereingelegt worden oder haben wir das von Anfang an gewusst? Wenn wir in irgendeiner Form Bescheid wussten, dann ist es nicht Mandy, sondern Jansen selbst, der hier im Verdacht steht. Er ist derjenige, der alle Verträge unterzeichnet und auch fürs Finanzielle zuständig ist. Mandy ist nur die Wegbereiterin, die das eine oder andere Detail klärt und die mit ihrer Person, ihrem perfekten Englisch und ihrer Kenntnis internationaler Sitten und Gebräuche nützlich ist. Wenn man mit unseren Produkten irgendein krummes Ding drehen will, dann ist Jansen und nicht Mandy die entscheidende Person.

Allerdings, warum wird Frau Jansen entführt und ohne, dass wir von einer Forderung gehört haben, ermordet? Jetzt sind die hinter Claudia her. Das spricht doch alles dafür, dass er in diesem Durcheinander Opfer und nicht Täter ist. Claudia zu entführen, würde den Verbrechern sicher großen Einfluss über Jansens Entscheidungen geben.

Mir fällt es auch gefühlsmäßig schwer, Jansen ein wie auch immer geartetes kriminelles Motiv zu unterstellen. Er ist für mich immer so etwas wie ein Vater gewesen. Meinen richtigen, biologischen Vater habe ich ja nie kennengelernt. Für mich ist sehr viel, meine Existenz, meine Unabhängigkeit, an den Erfolg der Firma Weiss geknüpft. Was wäre eine Firma Weiss aber ohne Jansen? Das würde doch gar nicht funktionieren. Wenn wir, unsere Firma, an einem kriminellen Geschäft beteiligt sind, dann ist meine Theorie, dass wir in dieses hineingerutscht sind. Am Anfang hat man uns getäuscht und jetzt übt man vielleicht

264

Druck auf Jansen aus, über die Ermordung seiner Frau und den Versuch, seine Tochter zu entführen. So ist oder wird er möglicherweise in eine Art Schach-matt-Situation geraten. Und, selbst wenn er an ir-gendeiner Stelle falsch entschieden oder gehandelt hätte, seine Maximalstrafe hat er durch die Ermor-dung seiner Frau bereits erhalten."

Auge hatte seinem Freund konzentriert zugehört. Gerade war über den Lautsprecher der Bahn als nächster Halt die Station ‚Dom-Hauptbahnhof' ange-kündigt worden.

„Ich bin sehr beeindruckt, Herr Schneider. Also entweder bist Du einer der unterschätztesten Men-schen, den ich kenne, oder aber es gilt, blindes Huhn findet auch mal ein Korn. Meiner Einschätzung nach kamen bei der Frage nach möglichen Informanten der Ganoven aus unserer Führungsebene nur Jansen oder Mandy infrage. Spätestens nach der Entführung und Ermordung seiner Frau scheidet Jansen meines Er-achtens aus. Ich hatte allerdings vorher schon auf Mandy gesetzt und das hat mit theoretischen Erwä-gungen zu tun. Ich habe das früher schon mal er-wähnt, Menschen handeln im Wesentlichen nach wirtschaftlichen, materiellen Spielregeln."

„Banaler geht es ja kaum noch. Was hat das jetzt mit unserem Problem zu tun?"

„Nun, Menschen entscheiden in der Regel nach ei-nem Schema, das Risiken und Nutzen gegeneinander abwägt. Dabei werden Risiken stärker wahrgenommen als ein möglicher Nutzen und konsequenterweise wird deutlich mehr Energie in das Vermeiden von Verlusten als in das Erzielen von Gewinnen investiert. Wenn Verlustvermeidung aber primäres Prinzip ist, dann hatte Robert Jansen nach meiner Einschätzung viel mehr zu verlieren als zu gewinnen. Deshalb kam er für mich eigentlich nicht infrage."

Jo zeigte sich wenig beeindruckt durch die in seinen Augen sehr theoretischen Ausführungen seines Freundes.

„Nun, möglicherweise ist es aber gerade eine Besonderheit kriminellen Handelns oder krimineller Persönlichkeiten, dass eine hohe Risikobereitschaft vorliegt. Deshalb glaube ich auch nicht, dass man mit Deinem Modell menschliches Verhalten im Allgemeinen oder von Kriminalität im Speziellen verstehen kann. Ich glaube sowieso, dass Menschen nicht ausschließlich ökonomisch abwägen, sondern dass da noch das eine oder andere dazukommt. Ich will jetzt nicht wieder über selbstloses Verhalten, Hilfe, Liebe, Treue und solche Dinge diskutieren. Übrigens, auch Mandy müsste nach Deinem Model eher unverdächtig sein."

„Mandy? Das finde ich schwer zu beurteilen. Eine attraktive, ledige Frau, über deren Herkunft und Zukunftspläne wir nichts wissen.

Ich bleibe aber dabei, dass Risiko-Nutzen Abwägungen bei kriminellen Aktionen wichtig sind. Du hast recht, man muss wissen, was da in den Köpfen vorgeht, was als Risiko, was als Nutzen gesetzt wird.

266

Das mag manchmal völlig unverständlich, irreal, ja pervers erscheinen.

Ich gebe Dir mal ein Beispiel. Da gehen vor nur wenigen Jahrzehnten junge deutsche Männer hin und töten hinter den Frontlinien des Zweiten Weltkrieges in Osteuropa viele Zivilisten, nicht mit einem mehr oder weniger automatisierten Massenmordverfahren, Gaskammern oder so, sondern Mensch für Mensch. Da werden Pistole oder Karabiner auf hilflose, um ihre Leben bettelnde Menschen, oft Frauen und Kinder, angelegt und dann abgedrückt. In den Kopf, in die Brust, oder auch von hinten ins Genick. War das eine Selektion von Sadisten, von völlig verkommenen Psychopathen, wie Du sie vielleicht noch aus dem Film ‚Das Schweigen der Lämmer‘ erinnerst? Da gab es zwei solche Böse, den Serienmörder Buffalo Bill und diesen wahnsinnigen, kannibalistisch veranlagten Psychiater Hannibal Lecter. Am besten eingeordnet hat das für mich ein italienischer Schriftsteller, Primo Levi, der autobiografisch über seine Zeit im Konzentrationslager Auschwitz geschrieben hat. ‚Es gibt die Ungeheuer, aber sie sind zu wenig, als dass sie wirklich gefährlich werden könnten.‘ Ich glaube, dass hier die Buffalo Bills und Hannibal Lecters dieser Welt gemeint sind, die sicher in allen möglichen Schattierungen existieren, fürchterliche Dinge tun und uns in den abendlichen Fernsehkrimis so schön zum Gruseln bringen. Dann bringt er es aber auf den Punkt. ‚Wer gefährlich ist, das sind die normalen Menschen‘. Nun, die jungen Männer, von denen die Rede ist, kamen überwiegend aus dem bürgerlichen Milieu. Es waren wohl überwiegend keine Sadisten oder Psychopathen, sondern das, was man in der Tat normale Menschen nennen würde. Verweigerung, an diesen Mord-Exzessen aktiv teilzunehmen, war entgegen allgemeiner Vermutung nicht zwingend mit drakonischen Strafen belegt. Also, ein sogenannter genereller Befehlsnotstand existierte wahrscheinlich nicht. Was bei Verweigerung oder Widerstand vielmehr drohte, man muss leider sagen, gedroht hätte, war der Verlust von Ansehen und Sympathie von Vorgesetzten und Kameraden und gegebenenfalls die Stigmatisierung als Feigling. Wenn man diesen Analysen folgt, ist es also im Wesentlichen der Gruppendruck, der solche Massaker, und da gab es in den vergangenen Jahrzehnten ja einige, möglich macht. Wie banal, die Abwägung lautete also, lieber erschieße ich unschuldige, hilflose Menschen oder ganz allgemein, mache etwas Asoziales, Grausames, Unmenschliches, als mein Ansehen in oder meine Zugehörigkeit zur Gruppe zu riskieren.

Seit ich um diese möglichen Zusammenhänge weiß, sind mir johlende Gruppen junger Männer immer ein wenig verdächtig und ich weiß sehr zu schätzen, wenn Einzelne die Persönlichkeit, die Courage und die Kraft haben, sich bei Entscheidungen auch einmal gegen die Gruppe zu stellen. Vielleicht auch, weil ich mich selbst so sehe, ich mag das, was man Einzelgänger nennt."

„Wow, das war aber schwere Kost, Auge, Du einsamer Reiter. Komm, Du Einzelgänger, wir müssen aussteigen. Ich bin mal gespannt, welche Art Böses uns da draußen erwartet."

33. Kapitel

Claudia brauchte einen Moment, um sich nach ihrem Aufwachen zu orientieren. Gestern Abend hatte es noch lange gedauert, bis sie nach diesem fürchterlichen Tag zur Ruhe gekommen war. Jetzt aber fühlte sie sich ausgeschlafen und erholt. In der Wohnung war es ruhig, keine Geräusche aus der Küche oder aus dem Bad. Mandy hatte sie offensichtlich nicht geweckt, als sie die Wohnung verlassen hatte. Die Sonne schien durch die feinen Spalten, die der schwere Vorhang an dem großen, bis zum Boden reichenden Fenster unbedeckt ließ, und gab dem Zimmer eine wohnlich-warme Atmosphäre. Ganz leise hörte sie das Miau einer Katze und blickte an ihrer Couch hinunter auf den Teppich. Dort saß der kleine Kater, der sich freute, heute nicht allein in der Wohnung zu sein. Claudia streckte ihren Arm nach unten und streichelte ihn vorsichtig an seinem Kopf, was dieser mit einem zufriedenen Schnurren beantwortete. Sie genoss die Idylle, die warme, sehr komfortabel als Bett hergerichtete Couch, das wunderbare Licht in ihrem Zimmer und auch dieses schnurrende kleine Lebewesen, das sich offensichtlich über ihre Anwesenheit freute. Wie spät war es eigentlich? Sie griff zu ihrer Uhr, die sie auf die Ablage neben der Couch gelegt hatte. Es war jetzt kurz vor elf Uhr, noch gut zwei Stunden bis zu ihrer Verabredung. Dr. Brender, Philip, vielleicht würde das ja interessant werden. Ohne diese Verabredung hätte sie sich vielleicht umgedreht und weitergeschlafen. Jetzt aber beschloss sie, aufzustehen, zu duschen und sich ein wenig herzurichten und dann auf dem Weg irgendwo einen Kaffee und eventuell ein Croissant zu sich zu nehmen.

Das Erste, was Claudia in dem komfortablen Bad von Mandy auffiel, war ein neben dem Waschbecken liegendes Blatt Papier, eng beschrieben und unterzeichnet mit ‚Kuss Mandy'. Aufgelistet waren Dinge, die Claudia bis zu diesem Moment vergessen oder verdrängt hatte, keine Schuhe, das kleine schwarze Kostüm, festlich aber durchgeschwitzt, keine eigenen Toilettenartikel. All das wurde in der kleinen Nachricht angesprochen und mit entsprechenden Lösungsvorschlägen versehen. Mandy demonstrierte auf einem kleinen Zettel, wie beeindruckend organisiert sie war. Erleichternd kam hinzu, dass Claudia und Mandy nicht nur über die gleiche Konfektionsgröße achtunddreißig, sondern auch über die gleiche Schuhgröße verfügten. So hatte Mandy mehrere Vorschläge für ihre heutige Garderobe aufgezeichnet, machte aber klar, dass sie es letztlich Claudia überlassen wollte, für welchen Stil sie sich entscheiden würde. ‚Werde die Situation insgesamt heute Morgen klären.' Das war wohl die Ankündigung, dass heute über das Vorgehen generell, ihren weiteren Verbleib und über den Zugang zu ihren Sachen in der Wohnung der Eltern und ihrem eigenen Appartement entschieden werden sollte.

Claudia genoss die kleine Modenschau mit den Hosen, Röcken und Schuhen von Mandy. Was für

271

eine geschmackvolle Frau, dachte sie mehrfach und entschied sich dann für eine khakifarbene, enge Hose, ein dunkles Polohemd und einen passenden Pullover, den sie sich locker um den Hals wickelte. Bei der großen Auswahl an Mandys Schuhen fiel die schwere Entscheidung schließlich auf ein paar beigefarbene Ballerinas. Sportlich-leger angezogen fühlte sie sich einfach am wohlsten. Ein Blick auf die Uhr, es war mittlerweile bereits Viertel nach zwölf Uhr. Sie würde die Straßenbahn nehmen.

Die mittlerweile etwas hektischen Vorbereitungen ihres Treffens mit Philip wurden jäh durch ein Klopfen an der Tür unterbrochen.

„Hallo, wer ist denn da?"

Vor der Tür gab es keine Reaktion. Die zwei Klopfer hatten Claudias Stimmungslage sofort wieder verändert. Die fast fröhliche, erwartungsvolle und positive Gefühlslage war wie weggeblasen und Empfindungen von Angst und Sorge, ja ein konkretes Gefühl der Bedrohung machten sich sofort wieder in ihr breit. Etwas lauter wiederholte sie ihre Frage.

„Wer ist denn da?"

Durch den Türspion konnte sie das Gesicht einer Frau ausmachen. Etwa vierzig Jahre alt, hübsch, gepflegt mit blonden Haaren und einem schönen vollen Mund. Die Weitwinkeloptik zeigte neben der Frau, von der hauptsächlich das Gesicht erschien, keine weiteren Personen im Flur vor der Eingangstür zu Mandys Appartement. Auch, um sich nicht weiter in düsteren Mutmaßungen zu ergehen, nahm Claudia all ihren Mut zusammen und öffnete die Tür.

„Hallo, Sie müssen Claudia sein. Mein Name ist Jutta, ich bin die Nachbarin und eine Freundin von Mandy. Sie musste heute Morgen früh zu ihrer Arbeit. Bevor sie das Haus verließ, hat sie mich allerdings noch beauftragt, um etwa zwölf Uhr einmal an die Tür zu klopfen, Sie hätten später eine Verabredung. Ich soll nur fragen, ob Sie irgendetwas benötigen. Ich kann Ihnen etwas zu essen machen oder wenigstens eine Tasse Kaffee anbieten?"

„Also Sie sind Jutta, Mandy hat mir von Ihnen erzählt, passen Sie nicht auch auf ihre Katze auf? Vielen Dank für Ihr freundliches Angebot. Ich habe vor meiner Verabredung noch etwas Zeit und werde mich heute Abend wieder bei Mandy melden. Teilen Sie ihr das doch bitte mit."

„Das erledige ich gern, jetzt muss ich aber weiter. Ich wollte nur meine Zusage an Mandy erfüllen und Ihnen meine Hilfe anbieten. Wie es aussieht, war das offensichtlich überflüssig. Aber Sie kennen Mandy ja, die überlässt nichts dem Zufall. Ich wünsche Ihnen einen wunderschönen Tag, hoffentlich sehen wir uns einmal wieder. Alles Gute."

34. Kapitel

Die Domplatte war in den Mittagsstunden dieses sonnigen Maitages eng mit Menschen gefüllt. Der helle Steinboden und das grelle Durcheinander um die Kathedrale herum bildeten einen harten Kontrast zu den dunklen, über hundertfünfzig Meter steil aufragenden Fronten des Doms und verstärkten dessen majestätische Wirkung. Es herrschte eine bunte, lebendige, internationale Stimmung. Mehrere menschengroße Statuen waren über den Platz verteilt erkennbar. Bei genauem Hinsehen erkannte man, dass es sich um Laiendarsteller handelte, die absolut ruhig dastanden und die darzustellenden Personen in der Hoffnung auf Anerkennung und natürlich eine kleine finanzielle Unterstützung künstlerisch wiedergaben. Die Illusion einer Statue war auch dadurch perfekt, dass die Darsteller keine sichtbaren Atembewegungen vollzogen. Am auffälligsten und meist beachtet war die Inszenierung eines mittelalterlichen, grellweiß geschminkten Mönchs mit einer altertümlichen weißen Kopfbedeckung und einem langen, hellen Gewand. Das etwa einen halben Meter hohe Podest, ebenfalls in ein fahlweißes Tuch eingeschlagen, gab der Darstellung zusätzliche Dramatik. Die gesamte Installation wirkte perfekt wie eine aus weißem Marmor gefertigte Skulptur. Durch den Sockel überragte der Mönch die ihn umgebende Menschenmasse, im Durcheinander auf der Domplatte war er ein Orientierungspunkt. Auf dem südlichen Teil des Platzes, der ans Museum Ludwig heranreicht, hatten sich etwa fünfzig Jugendliche um eine Gruppe Skater geschart, die in der Sonne ihre Kunststücke zum Besten gaben und um den Applaus und das Johlen der Umstehenden konkurrierten.

Gerade entstieg eine größere Gruppe japanischer Touristen einem Reisebus. Aus dem abgedunkelten Inneren in die grelle Mittagssonne heraustretend rieben sich einige die Augen, auch weil das sich ihnen bietende Szenario in der Tat beeindruckend war. Da war sie, die drittgrößte gotische Kathedrale der Welt, Weltkulturerbe der UNESCO, meistbesuchte Sehenswürdigkeit Deutschlands und von ihrer Geschichte her vielleicht eine der spannendsten Kirchen überhaupt. Allein schon die Zeit von der Grundsteinlegung 1248 bis zu ihrer Fertigstellung 1880, sechshundertzweiunddreißig lange Jahre, war Rekord. Viele Legenden rankten sich um das Bauwerk. Da war dieser kostbare Schrein, eine der größten erhaltenen mittelalterlichen Goldschmiedearbeiten, in dem die sterblichen Überreste der Heiligen Drei Könige aufbewahrt wurden, welche im vierten Jahrhundert vom damaligen Konstantinopel nach Mailand und von dort im zwölften Jahrhundert weiter nach Köln gelangt waren. Diese Reliquien waren in der Folgezeit das Hauptargument für den Bau des neuen Doms gewesen, da die an gleicher Stelle stehende alte Kathedrale dem enormen Ansturm der Pilger nicht mehr gewachsen war. Welche sterblichen Überreste nun dort wirklich als Gebeine der drei Weisen aus dem Morgenland, die später zu Königen befördert wurden, herhalten mussten, war aus heutiger Sicht nicht mehr eindeutig zu klären, vielleicht auch nebensächlich. Die Legende, hier liegen die sterblichen Überreste der drei Männer, die dem Stern von Bethlehem gefolgt waren, hatte dem Ansehen des Doms jedenfalls immer gutgetan. Und dann, Jahrhunderte später, die wundersame Tatsache, dass der Dom den grausamen Luftkrieg des Zweiten Weltkrieges ohne größere Schäden überstand, während um ihn herum die Kölner Innenstadt in Schutt und Asche versank. Das konnte doch kein Zufall sein. Natürlich, Gott hatte seine geliebte Kathedrale nicht dem Wahnsinn des Krieges preisgegeben.

Claudia hatte sich beeilen müssen, den Ort ihrer Verabredung pünktlich zu erreichen. Es war kurz vor ein Uhr. Ihre Blicke wanderten über die Menschenmassen, die sich auf der Domplatte aufhielten. Irgendwie fühlte sie sich in den teuren Kleidern und Schuhen von Mandy fremd und auch ein wenig overdressed. Hinzu kam eine Anspannung, die mit der lauten und unübersichtlichen Situation vor dem Dom und vielleicht auch mit ihrer Verabredung zu tun hatte. Passend zu ihrer Stimmungslage hatte sich der Himmel in den letzten Minuten zugezogen. Dunkle Wolken und ein dumpfes Grollen kündigten eine sich nähernde Gewitterfront an. Mit zügigen Schritten kämpfte sie sich durch die Menschen in Richtung des

Haupteingangs an der Westfront der Kirche. Vielleicht war es doch keine gute Idee gewesen, diesen völlig überlaufenen Platz als Treffpunkt zu wählen. Auf ihrem Weg zum Eingang des Doms näherte sie sich dem auf seinem Sockel stehenden Mönch, der zur Freude und Bewunderung der Umstehenden seine komplizierte Geste jetzt schon über eine halbe Stunde völlig unverändert beibehalten hatte. ‚Philip musste doch hier irgendwo ganz in ihrer Nähe sein.'

Plötzlich ergriff sie ein Gefühl von Panik, derart, wie sie es in ihrem ganzen Leben noch nicht kennengelernt hatte. Wie gelähmt stand sie da, kreideweißes Gesicht mit Schweißperlen auf der Stirn, die Atmung schnell und tief. Ihr Puls pochte an den Schläfen. Direkt vor ihr, sie mit seinem Blick fixierend, stand der Mann, den sie vor weniger als vierundzwanzig Stunden aus Singhs Taxi heraus als ihren Verfolger erkannt hatte. Das pechschwarze, längere Haar, der Oberlippenbart und, unverwechselbar, die kleine Narbe am rechten Augenlid. Während sie noch wie gelähmt auf ihren Widersacher starrte, wurde sie plötzlich von hinten an ihrem linken Oberarm ergriffen.

„Ich habe eine Schusswaffe mit Schalldämpfer auf Sie gerichtet, Sie werden jetzt mit uns kommen, machen Sie keine Schwierigkeiten!"

Es war eine dunkle Männerstimme, welche die Drohung akzentfrei in einem unaufgeregten und bestimmten Ton vortrug. Ohne ihre Reaktion abzuwarten, wurde sie jetzt auch am rechten Arm ergriffen und in Richtung Straßenrand gezogen, wo ein schwarzer, bis auf die Frontscheibe dunkel verglaster Mercedes mit laufendem Motor wartete. Für Außenstehende wirkte das Bild der von zwei Männern eskortierten jungen Frau wie eine Prominente, die sich von ihren Begleitern durch das Durcheinander des überfüllten Platzes geleiten ließ. Claudia war sich bewusst, dass sie die ganz eng neben ihr gehenden Männer, die sie von beiden Seiten an den Oberarmen festhielten, nicht würde abschütteln können. Noch wenige Meter vom Straßenrand entfernt jagten ihre Gedanken nach einer möglichen Strategie. Ihr war klar, sie durfte auf keinen Fall in dieses Auto einsteigen, um welchen Preis auch immer. Der Himmel hatte sich mittlerweile schwarz zugezogen, erste kleinere Blitze mit sofortigem Donner machten deutlich, das Gewitter war jetzt unmittelbar über ihnen. Mit allem Mut und aller Kraft, die ihr in diesem Moment gegeben war, schrie sie los:

„Hilfe, Hilfe!"

Ihr Schreien war durch mehrere massive Blitze, die ohne Verzögerung von einem ohrenbetäubenden Donner gefolgt waren, überlagert. Die Blicke der Menschen auf der Domplatte richteten sich daher auch nicht auf sie, sondern in die Höhe, in Richtung Seitendach der Kathedrale, wo man etwas Rauch aufsteigen sah, offensichtlich war dort ein Blitz eingeschlagen.

Mit einem lauten Aufschrei stürzte die Dreier-gruppe der beiden Männer mit der von ihnen festge-haltenen Frau zu Boden. Von vorn seitlich war ein tief gebückter Mensch ihnen mit großer Geschwindigkeit in die Beine gelaufen. Bereits im Fallen hatten beide Männer ihren festen Griff gelöst, um sich bei ihrem Sturz abzustützen und größere Verletzungen zu ver-meiden. Laut in einer fremden Sprache fluchend stürzten sie dennoch schwer zu Boden. Claudia war die Erste, die sich von dem Schock erholte. Ihr guter Trainingszustand ermöglichte es ihr, den unerwarte-ten Sturz abzumildern. Wäre sie in der Anfangsphase des Fallens nicht von einem ihrer Peiniger festgehal-ten worden, sie hätte den Sturz womöglich ganz ver-meiden können. So aber konnte sie den Fall zwar nicht verhindern, mit einer Art Rolle seitlich war sie jedoch sofort wieder auf den Füßen und rannte, so-weit es die mit vielen Menschen gefüllte Domplatte zuließ, von ihren Entführern davon. Die auf dem Bo-den liegenden Männer brauchten einen kurzen Mo-ment, sich zu orientieren. Als Dritter lag der Mann auf der Erde, der Ihnen in die Beine gelaufen war. Er hatte sich bei dem Zusammenstoß offensichtlich verletzt und krümmte sich vor Schmerzen auf dem Boden. Die beiden Männer standen nun schnell auf. Wäh-rend sie noch ihre Kleidung abklopften, um wenigs-tens den groben Schmutz zu entfernen, rief einer der beiden dem zusammengekauert auf dem Boden Lie-genden etwas zu, das wie ‚Idiot' klang. Nahe neben ihm stehend gab er ihm noch einen unauffälligen, aber kräftigen Tritt in die Bauchregion. Der Mensch auf der Erde zuckte nochmals zusammen und gab nur noch ein leises Stöhnen von sich.

In ihrer Panik lief Claudia ohne Orientierung vom Ort des Zusammenpralls weg. Dabei kurvte sie um die Menschen, die sich in Erwartung eines Regenschauers nun in Massen von der Domplatte entfernen wollten. Der schwarze Himmel mit den tief hängenden Wolken, weitere grelle Blitze und lautes Donnern verbreiteten die Stimmung eines nahenden Weltuntergangs. Jeden Moment würde es anfangen, zu regnen. Ein Blick zurück machte klar, dass ihre Peiniger nun die Verfolgung aufgenommen hatten. In rücksichtsloser Manier stießen diese die Menschen aus ihrem Weg und konnten dadurch den Abstand zwischen sich und Claudia verkürzen. ‚Was tun?' Claudia kam nach wie vor nichts Besseres in den Sinn, als zu laufen, so schnell wie möglich. ‚Wohin nur?' Die rüde Art ihrer Verfolger, Menschen aus dem Weg zu drängen oder einfach umzulaufen, zahlte sich zunehmend aus. Der Abstand zwischen Claudia und den beiden Männern war mittlerweile auf wenige Meter zusammengeschrumpft.

Die weiße Mönchskulptur hatte als Einziger der Darsteller trotz dunklem Himmel, Blitz und Donner sowie drohendem Platzregen ausgehalten. Wie man es von einer aus Marmor gefertigten Statue erwartet, hatte er nicht einmal gezuckt, als der Blitz ins Dach des Doms eingeschlagen war. Umstehende Zuschauer und vorbeiziehende, die Domplatte verlassende Menschen honorierten die Vorstellung dieses ausdauernden Einzelkämpfers mit Applaus und kleinen Geldspenden in den neben der Statue auf dem Boden liegenden Hut.

Ein Aufschrei der Umstehenden, fast wie von einer voll besetzten Tribüne bei einem Fußballspiel, unterbrach dieses unwirkliche Szenario. Einer von Claudias Verfolgern, mit höchstmöglicher Geschwindigkeit unterwegs, konzentriert nur auf die junge Frau, die es einzuholen galt, war ungebremst frontal in die Skulptur hineingelaufen. Als ob er aus seiner selbst auferlegten Starre so plötzlich nicht herauskommen konnte, stürzte der Mönch, mehr Marmorstatue denn Mensch, von seinem Sockel. Sofort bildete sich eine erregte Menschenansammlung sowohl um den gestürzten Laiendarsteller als auch um den rücksichtslosen Unfallverursacher. Mit aufgeregten Stimmen wurde auf den Mann eingeredet, ja geschrien. „Polizei" rief jemand. Eine dicke Menschentraube hielt den Mann erst einmal in ihrer Mitte fest.

Claudia hatte in ihrer Panik die Dinge hinter sich so genau nicht mitbekommen. Was sie beim Zurückschauen erkennen konnte, war, dass sie offensichtlich nur noch einen Verfolger hatte. Nun, von einer Sekunde auf die andere, setzte der erwartete massive Regen ein. Der Regen war ihr egal, eventuell wurden ihre Chancen durch das Wetterchaos ja eher besser. Sich kurz orientierend nahm sie überrascht zur Kenntnis, wie eng sie sich bereits dem Haupteingang an der Westfront des Doms genähert hatte. War es nicht die beste Idee, ihre Flucht im Dom fortzusetzen? Es war mehr die Hoffnung, dass das Gotteshaus oder einfach ein Innenraum ihr irgendwie Schutz gewähren würde. Mit wenigen schnellen Schritten hastete sie durch die im Eingangsbereich eng zusammenstehenden Menschen zu dem offen stehenden massiven Kirchentor und drängte sich ins Innere.

Im Vorraum des Doms standen Gläubige und Touristen eng gedrückt zusammen. Zusätzlich strömten jetzt auch Menschen durch das Eingangsportal, die hier Schutz vor dem einsetzenden Regen suchten. Laute barocke Orgel- und Chormusik war zu hören, offensichtlich war eine festliche Messe im Gange. Zügig drängte sie sich an den Menschen vorbei. Nur Besucher des Gottesdienstes hatten Zutritt weiter in den Dom hinein. Mehrere klerikal mit langen rot-schwarzen Kutten gekleidete Männer waren bemüht, dies durchzusetzen und musterten mit geschulten Blicken jeden, der sie passieren wollte. Claudia faltete die Hände und schritt mit leicht gesenktem Kopf und demütiger Miene im linken Seitenschiff der Kirche voran. Hinter einer der Säulen hielt sie kurz inne, was sollte sie nun tun? Sie brauchte ein paar Sekunden, um ihre Gedanken einmal kurz zu ordnen. Tief atmend, erschöpft und verzweifelt lehnte sie an der alten Säule. Wie viele Tragödien und Katastrophen hatten diese Gemäuer wohl schon mit angesehen oder erlebt? Plötzlich ergriff jemand ihren Arm, weniger fest als zuvor auf der Domplatte, aber die Berührung allein genügte, erneut maximale Angst und Panik in ihr auszulösen, zum wievielten Mal in den letzten Stunden, sie wusste es nicht.

„Hallo Claudia, wie schön Dich zu sehen."

„Philip!"

Zu mehr Konversation war sie nicht mehr fähig. Anstelle von Worten ergriff sie mit ihren beiden Händen die von Philip und begann, leise zu weinen.

35. Kapitel

„Robert, was ist eigentlich los? Ist da etwas, was ich nicht weiß? Ich kriege die Dinge nicht zusammen."

Mandys Stimme war ernst und bestimmt.

„Was willst Du wissen?"

Robert Jansens Stimme klang, als habe er die Frage erwartet.

„Was ist mit den Batterien? Wie sind wir in diese Dinge hineingeraten? Wer hat Anna umgebracht? Wer ist hinter Claudia her?"

„Was mit den Batterien ist, dazu kann ich Dir nur Spekulationen anbieten, wer Anna umgebracht hat, weiß ich nicht, wer Claudia bedroht, kann ich Dir ebenfalls nicht sagen."

„Kann es nicht sein, dass mit dem Batterieauftrag etwas nicht stimmt und dort diese ganzen Ereignisse, das Unglück, ihren Ausgang genommen haben?"

„Darüber habe ich auch schon oft nachgedacht. Der Auftrag aus Singapur war eigentlich völlig unauffällig. Da warst Du ja beteiligt. Ich hatte initial jedenfalls kein ungutes Gefühl und auch keinerlei Hintergedanken. Bis ich dann vor einigen Tagen einen Anruf von Hathays erhielt, den ich initial auch nicht als ungewöhnlich empfand. Es war eine andere Person als derjenige Hathays Mitarbeiter, mit dem ich zuvor regelmäßig telefonischen Kontakt hatte. In englischer Sprache mit leichtem Akzent, den ich nicht einordnen kann, stellte er einige Fragen zum Stand der Produktion und des geplanten Transports. Ich habe ihm die
284

Dinge dann so ausgeführt, wie sie sind. Bei unserer Besprechung einige Tage später in Berlin hatte ich dann aber den Eindruck, dass die Hathays Vertreter sehr überrascht waren, als ich ihnen mitteilte, dass wir bereits fertig produziert hatten und die Ware zum Versand bereitstand. Ich habe das damals nicht thematisiert, aber gewundert habe ich mich schon. Aus Sicht von Hathays, die immer die Terminfrage in den Vordergrund gestellt hatten, war das doch eine wichtige Information. Wenn man misstrauisch gewesen wäre, hätte man vermutet, dass dieser Anrufer gar nichts mit den eigentlichen Hathays Leuten zu tun hatte.

Was es genau mit den Batterien auf sich hat, kann ich Dir bis heute nicht wirklich sagen. Natürlich habe ich viel darüber nachgedacht. Hathays ist in meiner Einschätzung eine seriöse Firma. Die Frage ist natürlich, ob die alle ihre Kooperationen und Partner wirklich übersehen können. Die haben in den letzten Jahren viele kleine Firmen zum Teil in entlegenen Ecken insbesondere für die Produktion aufgekauft. Was ich vermute, wie Du ja offensichtlich auch, da gibt es eine dunkle Seite, ein Geheimnis mit diesem Auftrag. Aber was da genau gespielt wird, weiß ich wirklich nicht.

Natürlich glaube ich mittlerweile, dass auch der Mord von Anna und die Bedrohung von Claudia irgendwie zu dieser Geschichte dazugehören. Wie die Dinge aber verknüpft sind, dazu kann ich nicht einmal eine halbwegs logische Spekulation anbieten. Jedenfalls haben sich die Mörder von Anna kein zweites Mal bei mir gemeldet. Ich bin sehr gespannt, ob da noch etwas kommen wird. Möglicherweise sollte da eine Entführung vorgetäuscht und durch die Verzögerung einer konkreten Forderung vermehrt Verzweiflung aufgebaut werden. Der schnelle Fund der Leiche hat dann das Konzept durcheinandergebracht."

Robert Jansen war mit Mandy zusammen zur Domplatte gekommen. Zu Hause hätte er es nicht aushalten können, wissend, dass sich seine Tochter hier aufhalten würde, möglicherweise in höchster Gefahr. Er fühlte sich elend, dies war definitiv der Tiefpunkt seines ganzen Lebens. Im Gegensatz zu seinem öffentlichen Image als ‚Macher' war er, von seinen Mitmenschen weitgehend unbemerkt, immer ein dünnhäutiger Mensch gewesen. Bei traurigen und glücklichen Ereignissen kamen ihm schnell einmal die Tränen. Sicher gehörte er nicht zu den ‚Schönen und Reichen', die unberührt von allem Elend durchs Leben ziehen, konsequent den eigenen Vorteil im Visier, und sich dabei wohlfühlen. Vielmehr hatte ihn die Not anderer Menschen nie unbeeindruckt gelassen. Seine private und berufliche Existenz war voll mit sensiblen und sozialen Entscheidungen und Taten. Die Weiss GmbH war sein Lebenswerk, in das er viel Mühe, Gedanken und Arbeit investiert hatte. Und noch mehr im Zentrum seines Lebens, seine Familie, Anna, Claudia, diese Menschen waren ihm immer das Wichtigste überhaupt gewesen. Den einsetzenden Regen empfand er als wohltuend, ihm war danach, zu weinen, und jetzt, im strömenden Regen, konnte er diesem Bedürfnis ungehemmt nachgeben.

„Komm, lass uns im Dom unterstellen, wir werden ja ganz nass."

Es war Mandys Stimme, die jetzt ganz anders klang. Robert Jansen presste die Lippen zusammen, nickte und drängte sich dann, Mandy folgend, die Treppen hinauf zur linken Tür an der Westfront des Doms. Die Aufregung um den gestürzten Darsteller der mittelalterlichen, weißen Figur hatten beide zwar mitbekommen, die Ihnen einige Meter vorauslaufende Claudia war ihnen allerdings entgangen. Vertieft in die eigenen düsteren Gedanken riss ihn ein heftiger Zusammenstoß aus seiner Abwesenheit zurück in die unfreundliche Realität. Ein dunkel gekleideter Mann, mit großen Schritten die Treppe zum Eingang des Doms hinauf laufend, hatte ihn grob beiseitegestoßen. Mit Mühe konnte Robert Jansen einen Sturz auf die steinerne Treppe abwenden. Dabei blickten sich die beiden Männer für einen kurzen Moment ins Gesicht, bevor der Verursacher des Zusammenstoßes kommentarlos weitereilte.

„Das ist einer von denen."

„Wer war das?"

„Einer von zwei Männern, die ich in den letzten Tagen ab und zu um unsere Firma herumlungern gesehen habe. Dann haben sie mal länger in ihrem Auto vor der Firma gestanden. Aufgefallen sind sie mir

aber eigentlich, weil sie so unterschiedlich herüber-
kommen, einer etwas verlottert, der Zweite fast das
Gegenteil, gepflegt, gut angezogen. Trotzdem gehören die beiden aber irgendwie zusammen."

„Was will der denn hier? Der wird hinter Claudia
her sein, lass uns dranbleiben."

Der Mann hatte bereits die Tür des Doms erreicht
und war im Inneren der Kathedrale verschwunden.

36. Kapitel

Der mittägliche Gottesdienst im voll besetzten Dom kam gerade zu seinem grandiosen Finale. Vielleicht nicht ganz zur Jahreszeit passend erklang eine Orgelversion der Bach Kantate Nr. 140 ‚Wachet auf'. Die einzigartige Musik versetzte die Menschen in eine festliche, abgehobene Stimmung. Einige hatten die Augen geschlossen, um die Musik noch konzentrierter, noch tiefer in sich aufzunehmen. Nahe zusammenstehend versuchte Claudia mit leiser Stimme, Philip die Situation mit wenigen Sätzen verständlich zu machen.

„Deine Mutter, entführt? Du, in Gefahr? Was steckt denn dahinter?"

„Das ist es ja. Ich habe keine Ahnung."

Erste Blicke richteten sich vorwurfsvoll auf das junge Paar, das den erhabenen Augenblick mit seiner geflüsterten Unterhaltung so offensichtlich störte.

„Und jetzt? Ist es der Mann da hinten, der hinter Dir her ist?"

Philip zeigte vorsichtig in die Richtung, in der sich einer der bis dato erfolglosen Entführer von Claudia energisch durch die engen Reihen drängte. Gerade wurde er von einem der Kirchendiener zur Rede gestellt und darauf hingewiesen, dass der Zutritt zum eigentlichen Kirchenbereich nur den Besuchern des Gottesdienstes gestattet ist.

„Ja, das ist er. Ursprünglich waren es zwei. Keine Ahnung, wo der andere ist."

„Komm. Ich kenne mich hier im Dom ganz gut aus. Ich habe in meiner Jugend hier in Köln eine katholische Erziehung genossen. Wir waren sehr oft hier, Gottesdienste, Führungen, Seminare, das ganze Programm."

Ohne weitere Erklärung zog Philip Claudia weiter in das Innere des Doms hinein. Claudia folgte dankbar, ihr Kopf hatte aufgehört, strukturiert zu arbeiten. Alles, was sie wollte, war, nicht diesen Männern zum Opfer zu fallen, nicht in dieses Auto gezogen zu werden. Ihre etwas gebeugten Körper machten die beiden in der Masse der sich im seitlichen Kirchengang drängenden Besucher weitgehend unsichtbar. Nur indirekt, am seitlichen Zurückweichen einzelner Herumstehender, war ihr Weg tiefer in das Kirchenschiff hinein zu erkennen. Philip stockte, als er am Seitenrand über den Köpfen der Herumstehenden den Umriss eines Flügelaltars erkannte.

„Los, wir müssen hinter dem Klarenaltar in das Querschiff des Doms, da können wir uns verstecken. Dann rufen wir von dort die Polizei an oder warten, bis sich das Durcheinander etwas gelegt hat. Im Moment ist es das Wichtigste, dass wir uns in Sicherheit bringen."

Entschlossen drängte Philip, Claudia hinter sich herziehend, durch die eng zusammenstehenden Kirchenbesucher nach links in Richtung der seitlichen Wand des Gotteshauses. Auf der Rückseite des über sechshundert Jahre alten Flügelaltars mit seinen gut erhaltenen Darstellungen hielten sie für einen kleinen Moment inne.

„Was jetzt?"

„Weißt Du, wer auf dem Altar hinter uns abgebildet ist? Er ist übrigens der Einzige, an den ich mich noch ein wenig erinnern kann."

Philip zeigte auf den rechten rückseitigen Rand des Altarflügels.

„Das ist Franz von Assisi, der hat mich als kleiner Junge beeindruckt. 12. und 13. Jahrhundert, reiche, einflussreiche italienische Familie, in seiner Jugend ein wenig wild, später sehr solidarisch mit den einfachen, armen Menschen, Gründer des Franziskanerordens. Eine seiner Ideen, glaub ich zumindest, Gleichheit von Mensch und Tier. Tolle Stadt, aus der er stammt, Assisi in Umbrien. Überhaupt Umbrien, Perugia, das Essen, die Weine. Weißt Du Claudia, da würde ich gern mal mit Dir hinfahren."

„Bitte, Philip, wie geht es jetzt weiter, wir sind hier noch nicht in Sicherheit."

„Siehst Du da drüben, die grüne Tür auf der anderen Seite des Querschiffs, die war damals immer geöffnet. Ich weiß nicht genau, wie es dahinter weiter geht, dafür ist das alles zu lange her. Wenn ich mich recht erinnere, ist es der Ausgang des Treppenhauses. Wir haben uns damals manchmal hinter der Tür versteckt. Da sind wir sicher, zumindest wird uns da niemand vermuten."

Mit zügigen Schritten durchquerte Philip mit Claudia an der Hand das etwas weniger dicht mit Gläubigen gefüllte nördliche Querschiff des Doms. Dabei wurden sie von den hier stehenden Menschen kaum wahrgenommen, deren Blicke konzentriert in Richtung Hauptschiff und Altar gerichtet waren. Auf halbem Weg hielt Philip nochmals inne und deutete auf die entfernte Fensterfront am südlichen Ende des Querschiffs.

„Da drüben, das Fenster des Künstlers Gerhard Richter, das musst Du einmal bei strahlendem Sonnenschein sehen. Über tausend kleine Glasquadrate in 72 verschiedenen Farben, überwiegend per Zufall angeordnet. Moderne Kunst in diesem alten Laden, wunderbar!"

„Philip."

Ohne den Blick auch nur ansatzweise in die angezeigte Richtung zu wenden, zog jetzt Claudia Philip die kurze verbleibende Strecke hinter sich her. Die schwere Tür ließ sich geräuschlos öffnen und das Paar drängte in den halbdunklen Gang. Schnell zog Philip die Tür wieder zu. Beide brauchten einen Moment, sich zu orientieren. Aus dem Hauptschiff des Doms drang die festliche Musik des Gottesdienstfinals, Bachs wunderbare Kantate, leiser und gedämpft herüber. Claudia sah Philip fragend an.

„Was jetzt?"

Ohne zu antworten, zog Philip Claudia an sich. Schweigend standen die beiden eng umschlungen und genossen die gegenseitige Nähe. Claudias ängstliche und verunsicherte Stimmung begann, sich etwas zu lösen.

„Bitte, Philip, bring mich weg von hier, ich will raus, in Sicherheit."

Ein kurzer, unterdrückter Schrei von Claudia, begleitet von einem entsetzten Blick auf die sich öffnende Tür, brachte ihren weinerlichen Appell zu einem abrupten Ende. Im Dämmerlicht des Raums bei bereits wieder geschlossener Tür war ein verschwitztes Gesicht erkennbar. Schwarze, ins Gesicht hängende längere Haare, Oberlippenbart und eine Narbe am rechten Auge, Claudia sah dieses unverwechselbare Gesicht ihres Verfolgers von der Kölner Oper nun zum dritten Mal innerhalb weniger Stunden.

„Das ist er, Philip, das ist der Kerl, der mich gestern Abend verfolgt hat und der mich eben mit seinem Kumpan in das Auto zerren wollte."

Claudia war völlig aufgelöst, ihre Worte waren mehr Schluchzen als Sprechen, und Philip begann zum ersten Mal, die Situation ernst zu nehmen. Nicht vom Verstand her, dazu fehlten ihm noch zu viele Informationen, aber emotional war er von dem Bedrohungsszenario, das Claudia ihm zuvor hatte vermitteln wollen, nun überzeugt. Ohne weiter zu überlegen, machte er einen kleinen seitlichen Schritt, um sich in die richtige Position zu bringen. Dann trat er mit größter Kraft den rechten Fuß mitten in den Un-

terleib des Verfolgers, der, ohne einen Laut abzuge-
ben, mit einem dramatischen Gesichtsausdruck den
Treffer bestätigte und sich tief nach vorn herunterbeugte. Dabei griff er mit beiden Händen in die Region seiner heftig getroffenen Genitalien. Philip hatte
sich bereits erneut in Stellung gebracht. Die Wucht
des zweiten Tritts traf den Eindringling mitten ins Gesicht und ließ seinen Körper ohne jegliche Abwehrbe-
wegung auf den Boden fallen. Sein Kopf schlug fest
auf dem harten Steinboden auf. Das in Richtung Philip gewandte Gesicht, schnell anschwellend und bereits entstellt durch kleinere Blutungen und eine größere Verletzung im Bereich der Stirn, wirkte trotz des
schweren Treffers emotionslos, ja gleichgültig. Auch
hatte der Getretene trotz des heftigen Tritts erneut
keinen Laut von sich gegeben und lag jetzt bewe-
gungslos auf dem blutverschmierten Steinboden. Für
einen kleinen Moment schien es, dass der so hart am
Kopf Getroffene dauerhaft außer Gefecht gesetzt war.

Ein leichtes Schütteln des Kopfes war offensichtlich
der Versuch, ein Minimum an Orientierung wieder-
herzustellen. Mit unsicheren Bewegungen versuchte
er, seinen Körper aufzurichten. Dabei nestelte er mit
seiner rechten Hand in den Innentaschen seiner Jacke.
Es dauerte einige Sekunden, bis er eine kniende Position erreicht hatte, als der plötzlich grinsende Gesichtsausdruck verriet, dass seine Hand ihr Ziel gefunden hatte. Langsam zog er einen kleinkalibrigen

Revolver mit aufgesetztem Schalldämpfer aus der Jacke heraus. Mit einer ungelenken Bewegung entriegelte er die Waffe.

Tief gebeugt war Philip gerade dabei, den rechten Schuh zu richten, der sich durch den kräftigen Tritt von der Ferse gelöst hatte.

„Philip!"

Die Stimme von Claudia klang nun anders. Der ängstliche, weinerliche Tonfall war einem kühlen, nüchternen Ausdruck gewichen. Ihre Blicke waren ununterbrochen auf den Mann gerichtet, der so offensichtlich entschlossen war, ihr Schaden zuzufügen. Vielleicht waren dieser Mann und sein Kumpan ja auch verantwortlich für die Gewalt, die ihrer Mutter angetan wurde. Ihre ursprüngliche Verunsicherung und Angst, das lähmende Gefühl von Wehrlosigkeit, in den wenigen zurückliegenden Minuten hatte sich dieses erniedrigende Gefühl, Opfer zu sein, in Entrüstung und Wut, ja Kampfeswillen gewandelt. Vielleicht hatte sie auch Philips Beispiel beeindruckt, der in seiner Wehrhaftigkeit tief verankerte Hemmungen abgelegt und den Angreifer aggressiv attackiert und verletzt hatte. Ohne ihrerseits auf Philips Reaktion zu warten, warf sie sich mit ihrem ganzen Gewicht, beide Arme vor sich ausgestreckt, seitlich gegen den torkelnd sich aufrichtenden Mann, der, immer noch um sein Gleichgewicht kämpfend, seine Pistole bereits auf Philip gerichtet hatte. Nur ein leises, dumpfes Geräusch begleitete den Schuss, der am äußersten seitlichen Rand in Philips rechte Brust einschlug, Geräuschlos sackte dieser, langsam die Wand herunter streifend, auf den Boden.

Der Angreifer hatte durch Claudias Attacke erneut sein Gleichgewicht verloren. Schwer fiel der athletische Mann nach hinten und schlug dabei mit seinem Hinterkopf heftig auf einem Wandvorsprung und dann erneut auf dem Fußboden auf. Dort blieb er regungslos liegen. Seine Waffe schleuderte durch die Luft und fiel mit einem metallischen Geräusch auf den steinernen Boden.

„So, dann können wir ja gehen."

Im Durcheinander der letzten Augenblicke war unbemerkt der Zweite von Claudias Verfolgern durch die Tür aus dem Querschiff des Doms eingetreten. Die schwere Tür hatte er bereits wieder hinter sich zugezogen. Claudia sah nun erstmals auch diesen Widersacher, dessen Konturen sie bereits gestern im Parkhaus der Oper und vor wenigen Minuten auf der Domplatte unscharf wahrgenommen hatte, aus der Nähe. Von seiner Statur hätte er ein Bruder des ersten Mannes sein können, mit der Einschränkung, dass er insgesamt gepflegter wirkte. Ein bartloses, leicht gebräuntes Gesicht, kurz geschnittene schwarze Haare und ein gut sitzender, dunkler Anzug ergänzt durch eine geschmackvolle Krawatte hätten unter anderen Umständen eher an einen erfolgreichen Geschäftsmann denken lassen. Sein Deutsch klang nahezu akzentfrei. In der rechten Hand hielt er eine kleinkalib-

rige Pistole mit Schalldämpfer-Aufsatz, augenschein-
lich das gleiche Modell, das auch sein Mitstreiter benutzt hatte und das nun irgendwo in dem dunklen
Raum auf dem Fußboden liegen musste.

Sein Blick streifte über Philip, der regungslos und
blass mit halb geöffnetem Mund am Boden lag. Durch
den unebenen Boden des Raums hatte sich eine kleine
Blutlache in einer der Steinfugen in der Nähe seines
Kopfes gesammelt. Ein weiterer, prüfender Blick richtete sich auf seinen ebenfalls am Boden liegenden, offensichtlich hochgradig verletzten und benommenen
Mitstreiter. Mit unbewegtem Gesicht richtete er seine
Pistole auf den Oberkörper des am Boden liegenden
Mannes. Entsetzt nahm Claudia zwei dumpfe Explo-
sionsgeräusche und ein synchrones zweimaliges Zu-
sammenzucken des Getroffenen wahr. Hellrotes Blut,
initial noch etwas pulsierend, strömte aus den beiden
eng zusammenliegenden Einschussverletzungen auf
der linken vorderen Brustseite.

„So, jetzt wird es aber Zeit."

Ohne Gegenwehr ließ Claudia den festen Griff an
Ihrem Oberarm zu. Ihr Entführer hatte sie mit seiner
extreme Kaltblütigkeit zutiefst eingeschüchtert.
Während sie durch die Tür zurück ins Querschiff des
Doms gezogen wurde, fiel ihr Blick auf die beiden leb-
los daliegenden Gestalten. Ihre Augen blieben auf
Philip gerichtet, bis die zufallende schwere Tür die
Sicht versperrte.

37. Kapitel

„Mist, Ich glaube, wir haben sie verloren. Bist Du sicher, dass Claudia Richtung Domeingang gelaufen ist und einer der Kerle ihr auf den Fersen war? Mandy und Robert habe ich eben etwas entfernt auch kurz gesehen, aber in deren Umgebung war Claudia ebenfalls nicht."

Jo war immer noch lädiert von dem heftigen Zusammenstoß mit der Dreiergruppe auf der Domplatte und dem anschließenden Tritt in seinen Bauch. Die beiden standen im hinteren Teil des Domschiffs wenige Meter vom Ausgang, dem Drei-Königs-Portal, entfernt.

„Ich bin mir ganz sicher, Claudia ist hier im Dom. Wenn sie hier rauswill, muss sie an uns vorbei. Das ist nämlich der einzige reguläre Ausgang. Ich kann mir eigentlich nicht vorstellen, dass ihr hier im Dom etwas passieren kann und draußen, nun da müsstest Du im Notfall halt wieder Deine Blutgrätsche machen. Aber ich glaube auch, dass hier einiges an Polizei in Zivil rumläuft. Unser Problem ist vielleicht, dass der Gottesdienst gleich vorbei ist, dann gibt es natürlich ein großes Durcheinander."

„Woher willst Du das denn wissen?"

„Nun, das ist einer meiner Favoriten von Bach, das ,Wachet auf' Thema. Das improvisiert jemand super auf der Orgel. Ich kenn die Musik ganz gut, im Moment läuft das in Richtung Finale. Das sollte gleich vorbei sein."

„Da ist sie ja."

Aufgeregt zeigte Jo nach links, von wo Claudia, eng angepresst an einen unbekannten, dunkelhaarigen Mann, sich dem Ausgang näherte.

„Ist das ihre Verabredung? Das glaub ich niemals. Nein, das ist einer von den Kerlen, die Du eben zu Boden geschickt hast. Das ist einer der Ganoven. Komm, wir müssen verhindern, dass sie von hier weggebracht wird. Wenn Du die beiden ein zweites Mal zu Fall bringen könntest, dann hätte Claudia die Chance, sich noch einmal aus eigener Kraft zu befreien."

„Ich bin bereit, auch wenn mir die Knochen und vor allem mein Bauch von eben noch schmerzen. Aber für Claudia, gern!"

Jo war gänzlich ohne Pathos.

Das Paar, das zum Ausgang strebte, wurde allgemein wahrgenommen als eine junge Frau, die, aus welchen Gründen immer, von ihrem männlichen Begleiter gestützt und zum Ausgang begleitet wurde. Der Gesichtsausdruck der Frau ließ dabei offen, aus welchem Grund die Unterstützung notwendig war. Freundlich machten die Umstehenden Platz. Die letzten Akkorde der Bach Kantate erklangen, keiner wollte sich bei diesem Genuss ablenken oder stören lassen. So kamen die beiden trotz der eng zusammenstehenden Besucher und Gläubigen zügig in Richtung Ausgang voran. Am Portal angekommen öffnete ein freundlicher älterer Herr dem offensichtlich hilfsbedürftigen Paar die schwere Tür. Ohne sich durch den weiterhin heftigen Regen auch nur einen Moment aufhalten zu lassen, traten die beiden aus der ehrwürdigen Kathedrale heraus. Jo und Auge folgten in kurzem Abstand.

Hier, außerhalb des schweren Portals, blieb Claudias Entführer für einen kurzen Moment stehen, ohne dabei seinen Griff zu lockern. Mit einem kurzen Lächeln lokalisierte er das schwarze Fahrzeug, das im Halteverbot des gegenüberliegenden Kardinal-Höffner-Platzes geparkt war. Offensichtlich hatte dessen Fahrer durch die abgedunkelten Scheiben seines Mercedes die Situation engmaschig observiert, denn sofort nach Erscheinen der beiden außerhalb des Domportals wurde der Motor des Fahrzeugs gestartet.

Was der in seinem Mercedes wartende Fahrer, das sich nun vom Domausgang in dessen Richtung in Bewegung setzende Paar und auch Jo und Auge nicht ausmachen konnten, die Domplatte war von mehreren Staffeln eines Sondereinsatzkommandos der Polizei umstellt. Eine größere Einheit hatte sich mit einigen schweren Fahrzeugen um die Ecke in der Komödienstraße versammelt, bereit, einen möglichen Fluchtweg des vermeintlichen Entführungsfahrzeugs zu blockieren. In den umstehenden Gebäuden waren Scharfschützen in Stellung gegangen.

In der Einsatzzentrale im ersten Stockwerk des Dom-Forums, einem Gebäude direkt der Westfront des Doms vorgelagert, war das Erscheinen von Claudia und ihrem Peiniger am Domausgang ebenfalls unmittelbar registriert worden. Auf den Befehl ‚Zugriff' hin würden sich etwa zehn schwer bewaffnete

Einsatzpolizisten dem Paar in den Weg stellen. Bei den geringsten Anzeichen einer Gefahr für Claudia würden Scharfschützen den Entführer gezielt außer Gefecht setzen.

Die Spannung in der abgedunkelten Einsatzzentrale über dem Dom-Vorplatz stieg von Sekunde zu Sekunde. Mit einer Hand ein hochauflösendes Fernglas vor die Augen haltend gab der Einsatzleiter den polizeilichen Sondereinheiten vor Ort über ein kleines Mikrofon, das mit einer Kopfhalterung seitlich vor seinem Mund fixiert war, kurze Situationsbeschreibungen und Befehle weiter. Nun war es so weit.

„Objekt verlässt das Domportal in Richtung observierter Pkw, Zugriff in wenigen Sekunden."

38. Kapitel

Über all diesen Geschehnissen, in etwa neunzig Meter Höhe, hatte der heftige Regen die in der prallen Sonne liegende, aufgeheizte Front des Doms rasch abgekühlt. Wahrscheinlich war es diese plötzliche Temperaturänderung, die einen seit Jahrhunderten sich langsam ausdehnenden kleinen Riss im Material der Fassade zu seinem dramatischen Höhepunkt führen sollte. Der vulkanische Stein, in großen Teilen der Außenwand des Doms verbaut, war im 14. Jahrhundert einige Kilometer stromaufwärts am Drachenfels abgebaut worden und dann mit Lastkähnen Rhein-abwärts zur direkt am Rheinufer gelegenen Baustelle des neuen Doms gelangt. Trachyt war dort bereits zur Zeit der Römer abgebaut worden, wo einer Sage zufolge ein Drache sein Unwesen trieb. Die über Jahrhunderte sich wiederholenden Volumenänderungen des Materials als Folge der Temperaturschwankungen über die Jahreszeiten, des Tag-Nacht-Rhythmus und auch infolge plötzlicher Wetteränderungen, gleißende Sonne insbesondere auf die Südwestfront und dann plötzliche Abkühlung durch aus großer Höhe fallenden Regen, hatten das Material exakt zu diesem Zeitpunkt überfordert. Einige der unter einem Dachvorsprung in der Nähe sitzenden Tauben hatten das leise, knackende Geräusch in der Steinfassade wohl wahrgenommen und hüpften, nichts Gutes ahnend, etwas zur Seite. Die Ängstlichen unter Ihnen hatten sofort abgehoben und flogen durch den regnerischen

Mittagshimmel zu einem einige Meter entfernten, ebenfalls geschützten Vorsprung der Domfassade. Dann löste sich der Brocken, etwa einen halben Meter groß, und rutschte zum Vorsprung der Westfassade direkt über dem Drei-Königs-Portal des westlichen Zugangs zum Dom, um von dort in die Tiefe hinabzustürzen. Mehrmals mit lautem Krachen auf Vorsprüngen der Fassade aufschlagend, wobei einige wenige kleinere Stücke abgesprengt wurden, fiel das Vulkangestein in Richtung der im strömenden Regen jetzt fast leeren Domplatte.

Hier, außerhalb des Doms, wurde der Griff ihres Entführers noch energischer, noch enger. In ihrer Panik nahm Claudia das schmerzhafte Festgehaltenwerden jedoch kaum war. Um sie herum auf der Domplatte waren nur wenige Menschen erkennbar, die sich vor dem Regen mit tief gezogenen Schirmen zu schützen versuchten. Den prasselnden und in Böen aufpeitschenden Regen empfand Claudia als unerwartet laut. Sie war sich bewusst, dass ihre Chancen, Aufmerksamkeit, ja Hilfe durch Dritte zu erreichen, auch dadurch gegen null tendierten. Aber trotzdem, war nicht ihre einzige Chance, hier, noch außerhalb des Wagens, zu dem sie dieses Monster wahrscheinlich erneut bringen wollte, laut loszuschreien? Einmal allein mit ihrem Peiniger in dem wartenden Auto würde sich ihr keine Möglichkeit mehr bieten, auf ihre Situation aufmerksam zu machen. Während des Verlassens des Doms hatte sie für einen Moment geglaubt, Auge zu erkennen. Wahrscheinlich hatte sie sich geirrt. Auge und Kirche, das war dann doch wenig wahrscheinlich, das passte wirklich nicht.

Während ihre Verzweiflung, ihre Panik, gerade neue, bis dahin ungekannte Höhen erreichte, änderte sich das Szenario im Bruchteil einer Sekunde. Die enorme Geschwindigkeit der Ereignisse machte es unmöglich, eine Reihenfolge der Geschehnisse wahrzunehmen. Claudia merkte nur, wie sie von ihrem Entführer gleichzeitig mit einem lauten, fast explosionsartigen Geräusch plötzlich zu Boden gerissen wurde. Im Sturz noch verspürte sie heftigste, stechende Schmerzen im Bereich beider Beine. Irgendwie erinnerte sie das alles an die Geschehnisse beim vorherigen Entführungsversuch, als sie ebenfalls zusammen mit den beiden Männern plötzlich zu Fall gebracht worden war. Aber dies hier war anders, ungleich heftiger. Auf dem Boden liegend schaute sie an sich hinunter, ihre Beine schmerzten, die durchnässte, khakifarbene Hose von Mandy war im Bereich beider Unterschenkel aufgerissen und mit Blut durchtränkt. Während sie selbst außer an den blutigen Unterschenkeln keine Schmerzen verspürte und auch sonst keine Verletzungen an sich wahrnahm, hatte es ihren Peiniger ganz offensichtlich schwer erwischt. Dieser lag gekrümmt unmittelbar neben ihr, laut vor Schmerzen schreiend und mit beiden Händen seine blutenden Unterschenkel umgreifend. Neben den am heftigsten betroffenen Beinen waren blutende Verletzungen auch im Brustbereich und an Kopf und Hals erkennbar, das Gesicht durch tiefe Verletzungen im Wangenbereich und der Nase entstellt. Unmittelbar hinter ihrem verletzten Entführer war das schwere, steinerne Fundament der Domplatte durch den Einschlag des abgebrochenen Fassadenteils eingedrückt und in viele Teilstücke unterschiedlicher Größe zerbrochen. Die durch den Aufprall gesplitterten Reste des heruntergestürzten Trachyts und der Bodenplatte lagen weit über den Vorplatz des Doms verstreut. Wahrscheinlich hatte sie beim Aufprall des Steinbrockens auf die Domplatte hinter ihrem Entführer gestanden und war dadurch vor größeren Verletzungen geschützt worden. Dann erkannte sie schemenhaft ein Gesicht, das sich zu ihr herunterbeugte.

„Bist Du das, Jo? Was machst Du denn hier, was ist passiert? Ach, da ist ja auch Auge. Tut mir einen Gefallen, sucht mal sofort eine grüne Tür im Querschiff hinter einem Flügelaltar auf der linken Seite des Doms. Hinter der Tür liegen zwei Männer, schwer verletzt oder vielleicht auch tot, schaut bitte so schnell wie möglich einmal nach."

39. Kapitel

Auf der Domplatte und in deren unmittelbarer Umgebung herrschte das totale Chaos. Die Sondereinsatzkräfte der Polizei mischten sich mit den Kirchenbesuchern, die nach dem Ende des Gottesdienstes und bei jetzt gering nachlassendem Regen zu den Zugängen der Tiefgarage oder in Richtung der Haltestellen von Bussen und Bahnen strömten. Trotz der mittäglichen Stunde verbreitete das spärliche Licht, das durch die dichten Wolken dringen konnte, eine eher abendliche Stimmung. Das Sondereinsatzkommando der Polizei hatte den Fahrer des Mercedes ohne jeglichen Widerstand festgenommen. Der Wagen selbst wurde zur kriminaltechnischen Untersuchung auf einen Abschleppwagen geladen, der ihn in eine Spezialwerkstatt bringen sollte. Mehrere Krankenwagen standen mit laufendem Blaulicht auf der Domplatte in der Nähe des Westportals. Claudia war bereits in einen der Krankentransporter eingeladen worden. Der schwer verletzte Dr. Brender war mit einem glatten Lungendurchschuss und schweren Blutverlusten notärztlich versorgt worden und weiter in einem instabilen Zustand. Mit laufenden Infusionen und einem durch den Mund eingeführten Beatmungs-Tubus wurde er von mehreren Sanitätern in einen bereitstehenden Rettungswagen verfrachtet, um dann zur Intensivstation des Universitätsklinikums transportiert zu werden. Ein Notarztteam war

weiter mit der Akutversorgung des durch den Stein-
abgang schwer verletzten Entführers beschäftigt. Für
seinen toten Kollegen im Raum hinter dem Klarenaltar war ein Transport in die Kölner Gerichtsmedizin
angefordert worden, der sich ebenfalls gerade durch
die Menschenmassen Richtung Westportal hinbe-
wegte. Im Dom wurde der Bereich des nördlichen
Querschiffs, auf der Domplatte die Stelle, an der das
abgebrochene Trachyt Stück eingeschlagen war, von
der Polizei weiträumig abgesperrt.

Mittlerweile waren Robert und Mandy zu Jo und
Auge hinzugestoßen.

„Es ist doch eher selten, dass höhere Gewalt direkt
in menschliche Belange eingreift und Gerechtigkeit
herstellt, aber ist das hier nicht genau so ein Ereignis?"

Jos Kommentar, leise und schüchtern vorgebracht,
klang naiv und traf doch irgendwie die Gedanken-
welt der Umstehenden. Was ein Zufall, welches
Drama, wie unglaublich war dieses Ereignis, dessen
Zeuge man gerade geworden war. Die Polizei hatte
kurz vor ihrem Einsatz gestanden und hätte die Entführung wahrscheinlich ebenfalls zu einem guten
Ende gebracht. Aber nein, es war dieser unglaubliche
Zufall, der das dramatische Schauspiel auf eine eigene, wunderbare Art beendet hatte.

Wie immer, wenn Jo in seiner ehrlichen Art meta-
physische oder religiöse Erklärungen suchte, fühlte
Auge sich herausgefordert.

„Physik, Meteorologie, Mathematik, Statistik, Wahrscheinlichkeitstheorie, Chemie, Materialkunde, Chaostheorie! Eigentlich ist das alles erklärbar, wenn man nur will und sich auch mit solchen Methoden an die Probleme heranmacht. Nur wer das nicht begreift, wer es sich einfach machen will, braucht einen Manitu, um das Leben zu erklären. Schwein gehabt, ist meine Theorie. Was ich Dir wie immer gern zugestehe ist, dass ich Deine Geschichte mit der höheren Gewalt, dem großen Regisseur irgendwo da oben, eigentlich schöner finde und meine Version eher die langweiligere Variante darstellt."

„Kommt Ihr zwei, seid doch einfach froh, dass das Drama erst einmal vorbei ist. Wenn da jemand irgendwo an den großen Schrauben drehen sollte, hätte ich mir sowieso etwas ganz anderes gewünscht …"

Robert Jansen wollte den Gedanken nicht fortsetzen.

Jetzt war es an Mandy, die Gruppe wieder zusammenzubringen.

„Ich schlage vor, wir vier fahren jetzt ins Universitätsklinikum und erkundigen uns einmal nach Claudias Zustand. Vielleicht kannst Du, Robert, sie ja sofort mit nach Hause nehmen. Am wichtigsten ist meiner Meinung nach, dass Du Claudia über das weitere Schicksal von Anna informieren musst. So hart das für sie und auch für Dich ist, sie hat ein Recht darauf, diese Dinge so früh wie möglich zu erfahren."

Man merkte Mandy an, dass sie an dieser Stelle in ihrem ansonsten so eleganten Redefluss ins Stocken kam.

„Vielleicht schauen wir aber auch einmal nach Claudias Freund und erkundigen uns nach seinem Zustand. Dann hätten wir für Claudia möglicherweise auch eine gute Nachricht im Gepäck."

„Na was ist, Jo? Auge?" Es war das erste Mal, dass Robert Jansen Peter Hansmann mit diesem Namen adressierte.

„Hallo, Warten Sie!"

Es war Frank Arenz, der, flankiert von zwei uniformierten Polizeibeamten, mit wehendem Mantel auf die kleine Gruppe zueilte.

„Noch einen kleinen Moment bitte! Ich möchte Sie nur kurz auf den aktuellen Stand der Dinge bringen."

Frank Arenz musste kurz pausieren, sein kleiner Sprint hatte ihn etwas kurzluftig gemacht.

„Wir hatten ja alle bereits vermutet, dass die kriminellen Ereignisse der letzten Tage etwas mit den Batterien zu tun haben. Wie sich mittlerweile herausstellt, sind diese Batterien in Wirklichkeit für die Energieversorgung von Boden-Luft-Raketen gedacht und es scheint, dass es einen kleinen Wettlauf verschiedener politischer Fraktionen von Aufständischen in Afghanistan und möglicherweise auch in Pakistan gegeben hat, sich diese anzueignen. Ich werde Ihnen das gern noch etwas ausführlicher berichten. Die Ladung mit den Batterien ist bereits beschlagnahmt. Wir konnten den mit Sicherheitspersonal begleiteten Transport auf der Autobahn A3 noch kurz vor dem Frankfurter Flughafen abfangen. Unsere Beamten sind aktuell in der Firma, um alle Entwicklungsunterlagen und Produktionsmittel mitzunehmen. Das wird wahrscheinlich bis zum Abend dauern. Auch die dazugehörigen elektronischen Dateien müssen wir beschlagnahmen und dabei brauchen wir dann auch Ihre Unterstützung, Herr Jansen, um sicherzustellen, dass alles komplett ist. Außerdem müssen Sie schriftlich beurkunden, dass es keine weiteren Kopien der Entwicklungsunterlagen gibt, weder elektronisch noch in schriftlicher Form. Dann sind wir gebeten worden, zu erklären, dass wir tatsächlich im Besitz aller produzierten Batterien sind. Auch dazu brauchte ich Ihre Stellungnahme. Sie, Herr Jansen, und auch Sie, Frau Lee, werden wir morgen nochmals ausgiebig zu all diesen Vorgängen hören müssen.

Und dann habe ich noch eine weitere kleine Neuigkeit für Sie. Uns hat von Anfang an interessiert, ob die ausländischen Täter hier vor Ort in irgendeiner Weise Unterstützung haben. Woher hatten die Täter solch detaillierte Kenntnis Ihrer privaten Verhältnisse? Sie wussten genau, wann die Batterien fertig produziert wo zum Transport bereitstehen, wobei es da ja die bekannten kurzfristigen Änderungen gab. Zusätzlich kannten Sie ganz offensichtlich den elektrischen Schaltplan der Firma und Details der Alarmanlage. Beim zweiten Einbruch müssen die Täter zusätzlich über Informationen zum Einsatzplan des Sicherheitspersonals verfügt haben. Natürlich kann man alles auch ohne Hilfe vor Ort erklären, aber eine mit den Verbrechern kooperierende Person erscheint doch sehr wahrscheinlich. Möglicherweise haben Sie sich auch schon Gedanken darüber gemacht. Wer käme Ihrer Meinung denn da als Kandidat oder Kandidatin infrage?"

Arenz blickte lächelnd in die Runde. Jo, den Blick nach unten gerichtet, blinzelte nur einmal kurz hoch in Richtung Auge. Aber auch der stand, allerdings dem altgedienten Polizisten unbeeindruckt in die Augen blickend, wortlos dar.

„Nun, ich zeige Ihnen einmal ein Foto von einer Person, die im Auto der beiden Hauptverdächtigen saß, von denen einer ja erschossen und der Zweite hier von einem Teil des Doms fast erschlagen wurde. Dass wir dieses Foto aus einem Unfallbericht aufgearbeitet haben, dass wir dort überhaupt nachgeschaut haben, verdanken wir übrigens dem jungen Mann da drüben."

Arenz nickte mit seinem Kopf in Richtung Jo, der auf das allgemeine Interesse an seiner Person hin wiederum prompt errötete.

„Dieser junge Mann hat ja noch etwas anderes Erstaunliches zuwege gebracht. Wir haben mithilfe des von ihm in dem Transporter der Firma versteckten Mobiltelefons den gestohlenen Wagen sehr schnell lokalisieren können. Dann haben wir über das Mobiltelefon der Person, deren Bild ich Ihnen gleich zeige, ein Bewegungsprotokoll erstellen lassen. Dabei können wir sehr schön zeigen, dass die besagte Person den gestohlenen Wagen auf dem Parkplatz bei dem Güterumschlagplatz am Eifeltor persönlich inspiziert hat. Wahrscheinlich wollte er oder sie einfach nicht glauben, dass die Batterien doch nicht mitgenommen wurden."

Mit dieser Ankündigung gab er das etwa DIN A4 große Foto an Robert Jansen weiter. Dieser blickt nur den Bruchteil einer Sekunde auf das ihm angebotene Bild und schloss dann mit einem tiefen Seufzer sofort die Augen. Mandy, Auge und Jo, die das Foto nicht einsehen konnten, Robert Jansen hatte es an seine Brust gezogen, blickten angespannt abwechselnd in das freundlich lächelnde Gesicht von Frank Arenz und dann wieder in die eingefrorene Miene von Robert Jansen, der weiterhin die Augen geschlossen hatte.

„Nun, ich will Sie nicht über Gebühr strapazieren. Unser Mann heißt Günter Menden, der Chef der Sicherheitsagentur der Firma Weiss. Er ist durchaus polizeibekannt, da gibt es in seiner Vorgeschichte ein paar kleinere Dinge, aber auch eine größere Sache, er ist jedenfalls unser Mann."

„Vielleicht kann man das aber auch anders erklären. Ob so ein vergrößertes und umfangreich bearbeitetes Foto Beweiskraft hat, wage ich zu bezweifeln. Darüber hinaus ist er ein Sicherheitsmensch, vielleicht hat seine Agentur den Lieferwagen mit ihren eigenen Methoden gefunden und natürlich fährt er dahin. Wie waren Sie denn überhaupt an seine Handynummer gekommen?"

Robert Jansen war nach einigen Momenten größter Enttäuschung offensichtlich wieder im Besitz seines kritischen Verstandes. Dass einer seiner wenigen Freunde für das erlittene Unglück mitverantwortlich sein sollte, konnte er so schnell nicht akzeptieren.

„Nun, um einmal mit dem Einfachsten zu beginnen. Sie hatten heute Nacht in der Firma mit dem Handy von Herrn Menden Frau Lee angerufen. Frau Lees Telefon haben wir zu diesem Zeitpunkt bereits überwacht, also war das einfach. Aber das wäre auch sonst kein Problem gewesen. Die Frage, ob die von mir geschilderten Fakten von der Beweisqualität zu einer Verurteilung ausreichen würden, kann ich Ihnen nicht beantworten. Aber das ist auch nicht mehr notwendig."

Alle Umstehenden, die bis dahin konzentriert den Ausführungen des Polizeichefs gefolgt waren, ließen die kleine Pause geduldig über sich ergehen. Das bisher Gehörte hatte ihre Vorstellungskraft bereits weit überschritten.

„Leider wird uns Herr Menden für die weitere Ermittlungsarbeit und auch für einen möglichen Prozess nicht zur Verfügung stehen. Der Verdächtige ist heute am frühen Morgen mit einer Schusswaffe getötet worden. Die Umstände erinnern sehr an die Ermordung von Frau Jansen. Ich glaube, hier fügt sich

Einiges zusammen. Wahrscheinlich ist er für die wiederholte vermeintliche Falschinformation, den genauen Lagerungsort der Batterien in der Firma betreffend, abgestraft worden. Die einzigen Tatverdächtigen hier in Köln, die wir jetzt zusammen mit anderen Dienststellen weiter befragen können, sind der festgenommene Fahrer des schwarzen Mercedes, der ja möglicherweise an mehreren Stellen eine Rolle gespielt hat, und der schwer verletzte Mann da vorn, wenn er das Ganze hier überleben sollte. Das müssen wir einmal abwarten.

Wie genau die Ermordung Ihrer Frau und die Anschläge auf Ihre Tochter ins Bild passen, ist noch nicht in allen Details aufgeklärt. Mittlerweile gibt es aber weitergehende Informationen, insbesondere des Bundeskriminalamts und der Geheimdienste. Der aktuelle Ermittlungsstand geht zusätzlich zu der Gruppe, die primär, hinter einer komplizierten Verschleierung, die Produktion und Bestellung der Batterien veranlasst hat, von mindestens zwei weiteren rivalisierenden, an den Batterien interessierten Fraktionen aus. Eine solche Gruppe, unterstützt von dem Sicherheitsverantwortlichen Ihrer Firma, wollte primär über den Diebstahl der Batterien zum Erfolg kommen. Die Versuche, Ihre Tochter zu entführen, gehen am ehesten ebenfalls auf diese Gruppe zurück, die sich nach dem erfolglosen ersten Einbruch in die Firma damit eine zusätzliche Option verschaffen wollte. Mehr Klarheit werden wir hoffentlich bekommen, wenn wir die Überlebenden dieser Kölner Ganoventruppe verhört haben.

Eine dritte Fraktion hat von Anfang an eine Erpressungsstrategiestrategie verfolgt. Ihre Frau wurde in Hamburg bereits kurz, nachdem sie den Verbrechern in die Hände gefallen war, getötet. Ihnen wurde mit der ‚Got her‘ Nachricht irreführend eine Entführung vorgetäuscht. Forderungen dieser Gruppe wären im weiteren Verlauf ganz sicherlich eingegangen. Allerdings hat das frühe Auffinden der Leiche von Frau Jansen das Konzept dieser Gruppe wahrscheinlich kräftig durcheinander gebracht. Ob dieser Umstand den Tätern allerdings bekannt war, kann ich nicht sagen.

In Hamburg gibt es aktuell die erste Festnahme eines Verdächtigen. Offensichtlich ist das Fahrzeug der dort agierenden Gruppe identifiziert worden. Dieses hatte über einen längeren Zeitraum den Zugang zur Tiefgarage des Krankenhauses blockiert, was zu Beschwerden verschiedener anderer Zulieferer geführt hat. Diese hatten sich dann mit Hinweis auf das Kennzeichen des Fahrzeugs an die Krankenhauspforte gewandt. In dem mittlerweile von der Polizei festgesetzten Wagen wurden bereits Hinweise auf Ihre Frau gefunden. Ich gehe davon aus, dass die weitere Spurensuche das weiter absichert. Die Vernehmung eines Tatverdächtigen dauert zurzeit noch an. Ich bin ganz sicher, dass wir die Umstände der Entführung und Ermordung Ihrer Frau so aufklären werden."

„Ich würde das gern mit etwas mehr Abstand erfahren. Aber für heute habe ich erst mal genug. Wir wollen noch ins Krankenhaus, spricht da irgendetwas dagegen?"

Robert Jansens Stimme war leise, er war froh, hier mit Mandy, Auge und Jo zusammenzustehen und wollte so schnell wie möglich auch seine Tochter in der Nähe wissen.

„Nein, gar nicht. Ich wollte Sie auch nicht aufhalten, Ihnen vielmehr nur einen kurzen, aktuellen Zwischenbericht geben. Wir werden uns morgen nochmals zusammensetzen, dann auch mit etwas mehr Zeit."

Robert Jansen, der die Diskussion mit seinem Hinweis auf den Besuch im Krankenhaus bereits hatte beenden wollen, kam doch noch einmal zur Sache zurück.

„Eins noch, ich weiß nicht, ob das für Sie wichtig ist. Wenn Sie den Laster mit der Luftfracht durchsuchen, müssten dort genau fünftausend Batterien gepackt sein. Wir hatten allerdings eine zusätzliche Batterie produziert und haben diese bei unseren Abschlussverhandlungen in Berlin vor wenigen Tagen unseren Geschäftspartnern geschenkt. Ich glaube, ein Mitarbeiter der Produktionsfirma aus Pakistan hat das Geschenk an sich genommen."

„Nun, das lässt sich jetzt ja nicht mehr ändern. Ich werde das aber sofort an die entsprechenden Stellen weitergeben. Ihnen allen wünsche ich nach den Tragödien, Aufregungen und Unannehmlichkeiten der letzten Tage einen ruhigen Nachmittag und Abend."

Mit einem freundlichen Kopfnicken drehte sich Frank Arenz um und war mit seinen beiden Begleitern sofort im weiterhin bestehenden Durcheinander auf der Domplatte verschwunden.

Epilog

Kundus, Afghanistan, Samstag, 28. Mai 2011

Auf dem Flughafen von Kundus im Nordosten Afghanistans herrschte in der Abenddämmerung dieses sommerlichen Tages eine ungewohnte Aktivität. Die Sonne war mittlerweile hinter den nahegelegenen Ausläufern des Hindukusch-Gebirges verschwunden, was die Temperatur im Tal deutlich abfallen ließ. Das gesamte Gelände war weiträumig abgesperrt und gepanzerte Fahrzeuge, Scharfschützen und schwer bewaffnete Soldaten der deutschen Bundeswehr hatten den gesamten Flughafen besetzt. Der Airbus A310 der deutschen Luftwaffe, der mit laufenden Turbinen auf dem Vorfeld des Flughafens wartete, hatte seine Vorbereitungen zum Start bereits abgeschlossen.

In der Ferne konnte man nun eine Staubwolke wahrnehmen, die sich mit einiger Geschwindigkeit dem Flughafen näherte. Wenige Minuten später war die Fahrzeugkolonne der deutschen Regierungsdelegation erkennbar, die aus wenigen gepanzerten Limousinen und etwa doppelt so vielen militärischen Fahrzeugen bestand. Unmittelbar vor der Gangway der Maschine, die am vorderen Eingang des Airbus festgemacht war, kam das gepanzerte Fahrzeug des deutschen Verteidigungsministers zum Stehen. Soldaten öffneten die Wagentüren und der Minister sowie zwei weitere Personen entstiegen der Limousine.

Zügig gingen sie die wenigen Stufen der Flugzeug-treppe hinauf. Schon in der Tür des Flugzeugs stehend blickte der Minister noch einmal kurz zurück und hob die rechte Hand zum Abschiedsgruß. Dann entschwand er, gefolgt von seinen Begleitern, ins Innere der Maschine. Auch aus den anderen Fahrzeugen waren Personen entstiegen, die nach wenigen Schritten ebenfalls die Gangway erreichten und sich ins Flugzeug begaben. Innerhalb weniger Minuten war so die gesamte kleine Delegation im Innern des Airbus verschwunden. Sofort wurde die Kabinentür geschlossen und die Gangway zurückgeschoben. Dann wurden die Turbinen leicht hochgefahren und die Maschine begann, sich über die kurze Rollbahn zur Startbahn hinzubewegen. Dabei wurden nun auch die Scheinwerfer des Airbus eingeschaltet, welche die in der Dämmerung liegenden Gebäude und das über den Flughafen verstreute Militär in einem grellen Licht erscheinen ließen. Die Szenerie erinnerte an Bilder alter Schwarz-Weiß-Filme.

Im komfortabel ausgestatteten Innenraum der Maschine hatten es sich die hochkarätigen Fluggäste schnell bequem gemacht. Es folgte eine kurze Instruktion zu den Details des Abflugs. Die zum Start im Innenraum abgedunkelte Maschine würde auf der einzigen Startbahn des Flughafens in südöstlicher Richtung beschleunigen und in Abweichung von normaler Flugprozedur sofort nach dem Abheben ihre gesamten Außenlichter inklusive der Positionsleuchten löschen. Nach Erreichen der Reiseflughöhe würden

319

innere und äußere Maschinenbeleuchtung dann wieder auf Normalbetrieb eingestellt. Außerdem würde die Maschine bereits kurz nach dem Abheben eine scharfe Rechtskurve einleiten, um nicht in niedriger Flughöhe die umliegenden Anhöhen überfliegen zu müssen. Der letzte Hinweis war verbunden mit der Bitte, dass die Fluggäste, soweit sie bereits mit Mineralwasser, Orangensaft oder Sekt versorgt waren, die Gläser ans Kabinenpersonal zurückgeben oder aber ihre Getränke festhalten sollten. Noch während der letzten Worte der Ansage wurde die Innenbeleuchtung der Kabine ausgeschaltet. Mit langsamer Geschwindigkeit drehte sich die Maschine von der Rollbahn auf die aktive Startbahn. Ohne anzuhalten wurden die beiden mächtigen General Electric Triebwerke auf volle Schubkraft hochgefahren und das vollgetankte, knapp hundertfünfzig Tonnen schwere Flugzeug nahm über die von Schlaglöchern und Bodenwellen durchsetzte Startbahn langsam Geschwindigkeit auf. Über den Bordlautsprecher erfolgte kurz und knapp die eigentlich überflüssige aber wahrscheinlich vorschriftsmäßige Ansage:

„Wir starten!"

Dankbar nahmen die Passagiere zur Kenntnis, als sich die Nase des Flugzeugs anhob und die laute und rumpelnde Beschleunigung auf der Startbahn in eine ruhige Flugbewegung überging. Der Airbus stieg steil in den Abendhimmel. Ein lauter Ruck signalisierte, dass der Pilot das Fahrwerk eingezogen hatte. Nach wenigen Sekunden Steigflug neigte die Maschine sich dann, wie angekündigt, in eine enge Rechtskurve. Die Passagiere auf der rechten Seite der Kabine konnten einige hundert Meter unter ihnen die Umrisse des Flughafens erkennen. In wenigen Minuten würde die Reiseflughöhe erreicht sein und der gemütlichere Teil der Reise beginnen.

Wenige Kilometer vom Flughafen entfernt, von den deutschen Soldaten bis dahin unbemerkt, hatten sich die beiden Taliban Kämpfer in Stellung gebracht. Sie hatten sich freiwillig zu dieser Mission gemeldet, ihr eigenes Schicksal hatten sie dabei wohlbedacht. Bereits am Tag zuvor hatten sie sich von ihren Familien und Mitkämpfern verabschiedet und dann auf den beschwerlichen Weg gemacht. Der ältere der beiden, er hatte bereits Raketen gegen sowjetische Hubschrauber abgefeuert, hatte die FIM-92 Stinger mittlerweile geschultert. Unter den eingelagerten Raketen hatte man ein gut erhaltenes, noch original verpacktes Exemplar der B-Serie ausgewählt. Bei dieser Version war gegenüber dem Serie-A Basismodell der Rakete der Infrarot-Suchkopf erheblich verbessert, um Gegenmaßnahmen gegen die anfliegende Rakete zu erschweren. Der zweite Kämpfer, der bei Transport, Zusammenbau und Aktivierung des Systems geholfen hatte, beobachtete das umgebende Gelände und warf zwischendurch ehrfürchtige Blicke auf seinen älteren Mitstreiter, der nun seine Vorbereitungen abgeschlossen hatte. Dann aktivierte der alte Mann das System. Alle Kontrolllichter sprangen sofort an, die Energieversorgung der Stinger stand außer Zweifel.

Die Batterie war in Deutschland gebaut und über Pakistan nach Afghanistan geliefert worden. Man munkelte, dass bald noch viele Batterien folgen würden, auch wenn es da derzeit Verzögerungen gab. Aber diese eine, damit wollte man schon einmal ein Signal setzen. Der Einsatz war daher wohlüberlegt. Immer wieder hatten sie für diese Minuten trainiert. Das Abflugverhalten deutscher Flugzeuge vom Flughafen in Kundus war ihnen mittlerweile bestens bekannt. Es war diese frühe Rechtskurve der startenden Maschinen, die eine sicherere Abschussposition aus den Bergen heraus erschwerte. Aber auch dazu hatten sie sich eine Strategie überlegt. Seit fast 24 Stunden warteten sie nun in der unter einem Felsen gelegenen, gut getarnten Grube. Erst vor einer Minute waren sie ihrem Versteck entstiegen, wohl wissend, dass sie in dem dicht überwachten Gelände mit ihrer metallischen Bewaffnung sofort auffallen würden. Aber jetzt war es zu spät. Sie würden nur noch wenige Sekunden für ihre Mission benötigen.

In der Ferne sahen sie die Maschine die Startbahn des Flughafens herunter auf sich zurasen und dann steil vom Boden abheben. Kaum hatte das Flugzeug etwa dreihundert Meter an Höhe gewonnen, zog es mit einer scharfen Rechtskurve von Ihnen weg. Das war der Moment, die Rakete abzufeuern, die sich dann über ihre hochmoderne Suchtechnik und die automatische Steuerung an die Triebwerke der Maschine anheften und nicht mehr abschütteln lassen würde. Mit einer lauten Detonation und einem kräftigen Rückstoß, der den alten Mann fast aus dem Gleichgewicht gebracht hätte, zischte die Stinger in den Nachthimmel in Richtung des weniger als tausend Meter entfernten, aus Sicht der Angreifer nach links in die Höhe ziehenden Flugzeugs. Der alte Mann murmelte einen Dank, ein Gebet, in das der jüngere Kämpfer sofort einfiel. Beide Männer blickten, weiter im Einklang mit leiser Stimme einen Text rezitierend, dem Leitstrahl der abgeschossenen Rakete hinterher. Dann, innerhalb weniger Sekunden, veränderten sich die Gesichtszüge des alten Mannes, der initial mit freudiger Erwartung den Flug seiner Rakete verfolgt hatte, zuerst in eine fragende Miene des Nicht-Verstehens und schließlich in einen Ausdruck größter Enttäuschung. Anstelle ihren Kurs auf das wegziehende Flugzeug hin zu korrigieren, flog die Stinger ohne jede Lenkbewegung pfeilgerade in die Höhe, etwa zweihundert Meter am Heck des Airbus vorbei und verschwand schließlich im schwarzen Nachthimmel.

Was der betagte Taliban Kämpfer, sein jüngerer Gehilfe und die zahlreichen Mitstreiter, die von den nahe gelegenen Bergen das Geschehen beobachteten, nicht wissen konnten, die komplizierte Technik des Such- und Lenkmechanismus der Rakete war, ähnlich der Energieversorgung, über die Jahrzehnte funktionsuntüchtig geworden. Die beiden Kämpfer im Tal reagierten nicht weiter, als einer der über das Gelände verteilten deutschen Schützenpanzer Fahrt in ihre

Richtung aufnahm und aus naher Distanz mit seiner 20-mm-Bordkanone das Feuer eröffnete. Sie hatten sich nie einer Illusion hingegeben und mit diesem Leben lange zuvor abgeschlossen.

Nachtrag und Danksagung

Warum schreibt ein älterer Mann mit einem seit Jahren weitgehend auf fachspezifische Literatur beschränkten Leseverhalten einen Roman? Schlimmer noch, eine Erzählung über internationalen Terrorismus, von dem sich zwei junge Männer herausgefordert fühlen, die man als wenig privilegiert bezeichnen würde.

Ich möchte mit einem Klischee beginnen, das ich wiederholt gehört habe, wobei ich nicht bestätigen kann, ob und wenn ja wie viel Wahrheit darin enthalten ist. ‚Ältere Menschen malen Bilder, die keiner sehen will, oder schreiben Bücher, die niemand liest'. Das klingt abwertend, ist deshalb aber nicht unbedingt falsch. Was also treibt Menschen an, ihre Gedanken, Gefühle, ihr Inneres in Formen und Farben oder als geschriebene Texte wiederzugeben? Auf den ersten Blick fallen Unterschiede zwischen Malen und Schreiben auf, mit möglichen Konsequenzen, sich auf das eine oder andere aktiv einzulassen.

Im Vergleich zu einem Schriftsteller oder Musiker bewegt sich der malende Künstler in einer mehr chaotisch-anarchistischen Umgebung weitgehend ohne objektivierbare Kriterien von Qualität. Spätestens seit Joseph Beuys ist alles Kunst und zudem kann man über Geschmack entsprechend einem viel zitierten deutschen Sinnspruch bekanntlich nicht streiten. Allerdings bin ich sicher, das weitgehende Fehlen eines Regelwerks und handwerklicher Vorgaben macht die

Malerei nicht weniger anspruchsvoll, sondern ausdrucksstärker, vielfältiger, kreativer.

Dem schreibenden Künstler stellen sich andere Hindernisse in den Weg. Das beginnt bei der deutschen Interpunktion und Rechtschreibung bis hin zur Originalität und Logik der zu erzählenden Geschichte, der Zeichnung der Charaktere und der notwendigen Qualität der Sprache. Wer die strengen und komplexen sprachlichen Vorgaben beim Schreiben selbstbewusst ignorieren will, muss bereits vorher als außergewöhnliches Genie etabliert sein, wie es zum Beispiel Arno Schmidt in den siebziger Jahren mit seinem Werk ‚Zettels Traum' vorgeführt hat. Entsprechend braucht jeder Text eine externe Durchsicht auf formale und sprachliche Fehler und letztlich ein sorgfältiges Lektorat. Aber auch wenn all diese Ansprüche erfüllt sind, wird ein Manuskript, in Monaten oder sogar Jahren harter, disziplinierter Tätigkeit entstanden, auf dem Markt der Verlage nicht selten empfangen wie ein Aussätziger.

Was also treibt angehende Autoren in dieses anspruchsvolle Spiel? Ein in seinem Ursprung nicht sauber herzuleitendes Sprichwort besagt, dass man in seinem Leben ein Kind zeugen, ein Haus bauen und ein Buch schreiben soll. Der Schweregrad der drei geforderten Leistungen ist eindeutig ansteigend. Vielleicht liegt in der sportlichen Herausforderung ein erster Erklärungsansatz.

Möglicherweise verspüren ältere Menschen mit ihren privaten und beruflichen Erfahrungen aber auch

326

das Bedürfnis, Lebensweisheiten zu dokumentieren und weiterzugeben. In anderen Fällen kann Schreiben auch Methode sein, sich selbst zu orientieren. Komplexe gedankliche Alternativen in einer fiktionalen Erzählung aufeinanderprallen zu lassen, kann helfen, in den eigenen Vorstellungen mehr Klarheit und Sicherheit zu erreichen.

Vielleicht hilft der Vergleich mit anderen künstlerischen Tätigkeiten, die man mit großem Zeitaufwand betreibt, zum Beispiel Musik. Warum investieren so viele Menschen regelmäßig viele Stunden in die Beherrschung eines Instruments, mit nur geringen Chancen, jemals vor großem Publikum aufzutreten oder mit ihrer Musik Geld zu verdienen?

Es muss nicht unbedingt Kunst sein. Millionen Menschen in Deutschland treiben regelmäßig Sport, wobei für die meisten materielle Vorteile keine oder nur eine untergeordnete Rolle spielen. Auch der gesundheitliche Nutzen sportlicher Betätigung ist meist eher willkommene Beigabe denn primäre Motivation.

Auch berufliche Tätigkeit kann Charakterzüge dieser wahrscheinlich durch viele Faktoren getragenen Motivation beinhalten. In meinem Fachgebiet, der Medizin, sind ökonomische Kriterien mittlerweile die sichtbarste Antriebskraft. Wer genauer hinsieht, wird jedoch wahrnehmen, dass unabhängig von einer als ‚Business‘ betriebenen Medizin viele Akteure auch durch Hilfsbereitschaft, Interesse, Neugier und Mitgefühl angetrieben werden.

Fragt man Künstler nach ihrer Motivation, wird oft ‚Spaß' vorgeschoben. Was Maler, Musiker, Autoren, Sportler und manchmal auch Menschen bei ihrer Arbeit treibt, ist jedoch vielschichtiger. Sebastian Fitzek hat es einmal ‚Selbstverwirklichung' genannt. Spaß, Ehrgeiz, soziale Kontakte, Ansehen, Ausloten der eigenen Leistungsfähigkeit, des eigenen Könnens, der Wille, etwas Schönes, Wichtiges zu kreieren und wahrscheinlich viele andere Faktoren sind in unterschiedlicher Gewichtung beteiligt. Freude, Spaß sind also dabei, aber es ist sicherlich mehr. Es scheint, dass wir die zugrunde liegende Motivation für das, was wir jenseits einer klar ökonomisch motivierten Arbeit im Leben tun, nur schwer mit einem Begriff fassen können.

Beim nächsten Schritt, ‚was male oder schreibe ich' oder ‚welches Instrument wähle ich aus', spielt wahrscheinlich auch der Zufall eine Rolle.

So geht meine Erzählung auf eine Begegnung im Januar 2008 zurück. An diesem Abend reiste ich nach einer Vortragsverpflichtung in München bei eisigen Temperaturen und heftigen Schneefällen mit dem letzten, nur spärlich besetzten aber gut geheizten Zug von München zurück nach Bonn. Dabei entwickelte sich ein Gespräch mit einem in Uniform reisenden Offizier der Bundeswehr, das von meinen eigenen Erlebnissen als Stabsarzt in den siebziger Jahren ausging und schließlich bei den aktuellen Auslandseinsätzen der Bundeswehr, zum Beispiel in Afghanistan,

verweilte. Ein Detail der Diskussion betraf die Ausrüstung der Taliban mit modernen Waffensystemen,
die ihnen zum Kampf gegen die Sowjets in früheren
Jahren von den Amerikanern zugespielt wurden und
zum großen Teil weiterhin dort lagern. Warum setzen
die Taliban diese hocheffektiven Waffensysteme, insbesondere die vielen damals gelieferten Boden-Luft-
Raketen, nicht gegen alliierte Soldaten ein? Wenn
diese defekt sind, warum werden sie nicht instandge-
setzt? Wenn Ersatzteile notwendig sind, warum werden diese nicht beschafft?

Der grundsätzliche Handlungsrahmen einer Erzählung war seit jenem Abend gesteckt, aber eine
brauchbare Geschichte benötigt darüber hinaus gut
gewählte Akteure. Einer meiner Protagonisten, Auge,
ist eine historische Figur, ein bereits in jungen Jahren
an seinen vielfältigen gesundheitlichen Problemen
verstorbener Freund. Ich habe ihn so gesehen, wie ich
es hier beschrieben habe. Nur bezüglich seines insbesondere naturwissenschaftlich-astronomischen Wissens habe ich möglicherweise etwas übertrieben. Ein
Höhepunkt unserer Freundschaft bestand in einem
Besuch Auges Ende der siebziger Jahre, als ich in
Buffalo im Bundesstaat New York lebte und an der
dortigen Universität arbeitete. Meine amerikanischen
Freunde nahmen Auge an wie einen Außerirdischen,
diesen schmächtigen Kerl, der bei gemeinsamen Essen nur ein wenig in seinen Fritten herumstocherte,
dabei ein paar Flaschen Molson Bier verdrückte und

bei passender Gelegenheit die Schwächen des amerikanischen ‚way of life' trotz eingeschränkter sprachlicher Möglichkeiten sarkastisch kommentierte.

Der zweite Protagonist meiner Erzählung ist Jo, ein
Freund von Auge mit einem Down-Syndrom. Mir
war wichtig, den nüchternen Analysen und Beurtei-
lungen von Auge eine Position entgegenzustellen, die
versucht, tiefer zu blicken, als es Auges wissenschaft-
licher Ansatz vermag. Wie ich darauf kam, einen
Menschen mit Down-Syndrom als Auges Konterpart
zu wählen, hat vielleicht damit zu tun, dass diese ge-
netisch bedingte Behinderung in den letzten Jahren
wiederholt Gegenstand öffentlicher Kontroversen gewesen ist. Meine Wahrnehmung ist, dass sobald man
in diese Diskussionen einsteigt, man unmittelbar in
sehr   grundsätzliche   Überlegungen   zu   unserer
menschlichen Existenz gezogen wird. Unter meinen
Patienten habe ich wiederholt mit Müttern von Kindern mit einem Down-Syndrom zu tun gehabt, Menschen mit einer Trisomie selbst habe ich ansonsten
selten und bisher nie wirklich näher kennengelernt.
An dieser Stelle war die Gefahr natürlich sehr groß,
dass ich mich an einem zentralen Punkt meiner Geschichte auf dünnes Eis begebe und berechtigten Widerspruch und Protest ernte.

Mein Plan war entsprechend, den Entwurf von
‚Spielzeug' Menschen mit Down-Syndrom und eventuell auch deren Angehörigen vorzulegen und um
kritische Kommentierung zu bitten. In unserer Bon-
ner Lokalzeitung stieß ich dann auf einen Artikel über

330

eine Zeitschrift, die ausschließlich Beiträge von Menschen mit Down-Syndrom veröffentlicht. Der Name der Zeitschrift ist ‚Ohrenkuss' und deren Chefredakteurin eine promovierte, in Bonn lebende Humangenetikerin, Katja de Bragança. Man könnte an ihrem Beispiel die weiter oben geführte Diskussion ‚warum tun Menschen, was sie tun' weiterspinnen. Jedenfalls haben ihre hilfreichen Anmerkungen und Vorschläge geholfen, meine Unsicherheiten bezüglich meines Protagonisten zu zerstreuen.

Bevor man ein Manuskript einer breiteren Öffentlichkeit anbietet, ist ein sogenanntes Lektorat unentbehrlich. Schließlich gewährleistet dieses nicht nur eine Verringerung sprachlicher Fehler und eine verbesserte Lesbarkeit, sondern ist auch der finale Test auf Schwächen der erzählten Geschichte selbst. Unter meinen Schulkameraden in den sechziger Jahren gab es einen, dem die Freude an der Literatur schon damals ins Gesicht geschrieben war. Dünn, etwas blass, Nickelbrille und eine für einen jungen Menschen ungewöhnlich differenzierte Sprache, das war Thomas Reschke. Literatur war seine Berufung und natürlich studierte er später Germanistik, bis ich ihn dann aus den Augen verlor. In der Klasse gehörte ich selbst eher zur Fußball-spielenden und insgesamt weniger zivilisierten Fraktion. Auch hatte ich zu diesem Zeitpunkt ein Interesse für Literatur nicht einmal ansatzweise entwickelt.

Jahrzehnte später berichtete mein Sohn über einen Deutschlehrer an seinem Gymnasium, dem es offensichtlich gelungen war, ihn mit seinen Themen zu begeistern. Immer wieder, wenn es um schulische Angelegenheiten ging, fiel bei uns zu Hause der Name meines alten Schulkameraden. Für mich stand sehr schnell fest, ich würde Thomas Reschke an unsere gemeinsamen Wurzeln erinnern und versuchen, ihn für mein kleines Projekt zu gewinnen. Ähnlich wie ich es zuvor bereits bei Katja de Bragança erlebt hatte, sagte mir mein ehemaliger Klassenkamerad in einem kurzen Telefongespräch die ihm angetragene Aufgabe zu, noch bevor ich sie ihm überhaupt detailliert erläutert hatte.

Der Rest ist schnell erzählt. Stellen Sie sich vor, ein älterer Familienvater in einem kleinen Vorstadthaus beginnt mit dem Trompeten- oder Geigenspiel. Für die Familie ist das Quälerei auf höchstem Niveau. Zumindest in meinem Fall war, einen nicht medizinisch-wissenschaftlichen Text zu schreiben, für die Familie eine vergleichbare Belästigung. Spätestens nach den ersten fünfzig Seiten bat ich meine Frau zum ersten Mal, den Text durchzusehen und dann wieder nach etwa hundert Seiten usw. Auch das ‚fertige‘ Manuskript in seiner ersten, zweiten und den folgenden Versionen wurden von ihr geduldig gelesen und immer wieder mit konstruktiver Kritik an mich zurückgereicht. Meine erwachsenen Kinder habe ich ebenfalls versucht, einzuspannen, jedoch ließen sich diese nicht in gleichem Maße wieder und wieder motivieren. An diesem Punkt habe ich es zum ersten und einzigen Mal bedauert, dass unsere Kinder selbstbewusste Menschen sind, die sich nicht für unsinnige Aufgaben einspannen lassen.

Wie bereits angedeutet, wäre dieses Buch nicht möglich gewesen ohne das Zutun vieler Menschen, von denen ich einige wenige an dieser Stelle hervorheben möchte. Da ist an erster Stelle mein alter Freund Auge, der viel zu früh verstarb und den ich nicht vergessen werde. Viele kleine Geschichten kommen mir in den Sinn: Die gemeinsamen Abende in seinem Zimmer bei Musik vom Plattenspieler, politischen Diskussionen und natürlich ein paar Flaschen Bier, die Reise mit weiteren Freunden in seinem altem Renault Dauphine nach Paris und letztlich, der Höhepunkt seines Besuchs bei mir in Buffalo, unsere gemeinsame Tour in meinem betagten Chevrolet nach New York City. Meine Geschichte lebt von seiner Figur und seinem sarkastischen Humor, der schützend seiner verletzlichen Persönlichkeit vorgelagert war.

Katja de Braganças Bedeutung für das Buch habe ich bereits erwähnt. Über die konkreten Hinweise und Anregungen hinaus hat sie mir während der kurzen Zusammenarbeit eine Vielzahl von Materialien überlassen, um meinen offensichtlich defizitären Kenntnisstand über Menschen mit Trisomie aufzubessern, darunter ein beeindruckendes, von ihr mitinitiiertes Buch zur Geschichte des Down-Syndroms.

Mein Respekt und mein Dank gehen entsprechend weit über ihre Hilfe an meinem Buchprojekt hinaus.

Thomas Reschke im Boot zu haben war ebenfalls ein Glücksfall. Welch ein Literaturliebhaber und belesener Mensch er ist, wird einem spätestens klar, wenn man ihn einmal zu Hause besucht. Bereits vor der Wohnungstür, im Treppenhaus des von ihm bewohnten Hauses, passiert man an vollen Bücherregalen vorbei, weil in der großen Wohnung, die er mit seiner Frau bewohnt, schlichtweg kein Platz mehr für weitere Bücher vorhanden ist. Sein Lektorat verhalf mir zu einer Zeitreise zurück in die Jahre meiner Schulzeit, als ich meine Deutsch-Aufsätze mit dichten, in roter Tinte geschriebenen Kommentaren zurückerhielt. Der Unterschied ist, jeder von Thomas Kommentaren war kein Schritt hin zu einer schlechten Note, sondern Hilfestellung zu einem sprachlich verbesserten Manuskript. Meinen Dank an ihn verbinde ich mit Anerkennung und Respekt für einen Menschen, den man mit großer Berechtigung einen Liebhaber und Kenner der deutschen Literatur nennen kann.

Die Hilfestellungen meiner Familie kann ich nicht ausreichend genug würdigen. Meinen Kindern sage ich Dank für ihre konstruktive und hilfreiche Kritik, bei meiner Frau füge ich diesem Dank aus den oben genannten Gründen eine dicke Entschuldigung bei mit dem Versprechen, dass sich Ähnliches nicht wiederholen wird.

Ihnen, den Lesern dieser Zeilen, sage ich Dank für Ihre Zeit und Ihr Interesse. Wenn ich mir etwas wünschen dürfte, wäre es, dass Sie meine Sympathie für die Protagonisten meiner kleinen Erzählung teilen.

Über den Autor

Rainer Düsing, Jahrgang 1948, ist Arzt und Professor für Innere Medizin. Neben einem mehrjährigen Forschungsaufenthalt an der State University in Buffalo, New York, und den National Institutes of Health in Bethesda, Maryland, hat er den überwiegenden Teil seines Lebens in seiner Geburtsstadt Bonn verbracht. Über etwa vierzig Jahre war er in wechselnden Positionen an der dortigen Universitätsklinik tätig. Sein klinisches und wissenschaftliches Interesse während seiner gesamten beruflichen Tätigkeit galt Herz-Kreislauf-Erkrankungen und insbesondere der Regulation des Blutdrucks. Er ist verheiratet und hat zwei erwachsene Kinder.

Musik zum Buch

Don't think twice, it's alright, Bob Dylan
Imagine, John Lennon
Madame Butterfly, Giacomo Puccini
Scatterlings of Africa, Johnny Clegg
Hinterm Horizont geht's weiter, Udo Lindenberg
Wachet auf, Johann Sebastian Bach